UNE MAISON SUR L'EAU

EMUNA ELON

UNE MAISON SUR L'EAU

roman

Traduit de l'hébreu
par Katherine Werchowski

ALBIN MICHEL

Ce livre est un ouvrage de fiction. Les noms, personnages et événements relatés sont le fruit de l'imagination de l'auteur ou sont utilisés à des fins de fiction. Toute ressemblance avec des faits avérés, des lieux existants ou des personnes réelles, vivantes ou décédées, serait purement fortuite.

Édition originale israélienne parue sous le titre :
בית על מים רבים (*House on Endless Waters*)
Chez Kinneret, Zmora-Bitan, Dvir

Publié avec l'accord d'Atria Books, a division of Simon & Schuster, Inc., New York

PREMIER CAHIER

1.

Les uns après les autres, les gens s'engouffrent en un flot ininterrompu dans l'avion pour Amsterdam. Yoel approche du but quand soudain les passagers s'immobilisent : une femme en K-Way orange, plantée devant l'entrée du Boeing 737, refuse d'avancer. Les pensées de Yoel volent déjà vers le nouveau roman qu'il a décidé d'écrire et il se demande lequel de ses nouveaux personnages serait prêt à reconnaître l'angoisse existentielle qui étreint tout individu enfermé dans ce piège volant qu'on appelle un avion. Lequel d'entre eux en bloquerait l'entrée, démentant que tout va bien et profanant l'ordre sacro-saint qui nous fait obtempérer par hantise du chaos.

D'où Yoel se trouve, il ne voit que le dos de la femme, crispé à travers le coupe-vent. Au-delà des épaules des passagers arrêtés devant lui, il distingue les gouttes de sueur qui coulent sur sa nuque et derrière ses oreilles. Un frisson de nervosité commence à courir dans la file. Les gens jettent des coups d'œil anxieux sur le numéro de leur carte d'embarquement, semblant s'agripper à ce bout de papier cartonné comme à la promesse du décollage imminent. Soudain, surgi de nulle part, un homme à l'uniforme flambant neuf, la chevelure grise, l'air assuré, se présente comme le chef de cabine et pose un bras paternel sur l'épaule de la passagère tétanisée. Tandis qu'il la conduit doucement sur le côté, l'avion continue de se remplir. En passant devant eux, Yoel l'entend lui dire : « Croyez-moi, à chaque vol il y a des voyageurs qui ont peur, et ça se passe très bien. Je vous promets qu'au moment du décollage, je viendrai vous tenir la main. »

Lorsqu'il est invité à l'étranger pour ses livres, Bat Ami et lui voyagent généralement en classe affaires, ce qui lui épargne le contact et le regard importuns de la foule. Comme cette fois il part seul, et surtout parce qu'il paie son billet de sa poche, il a dû se résigner à prendre la classe éco. Aussi ne lui reste-t-il plus qu'à se glisser sur son siège pour tenter de préserver autant que possible son intimité. Regarde devant toi et baisse les yeux, se dit-il, devant toi, vers le bas. Surtout pas vers le haut ni sur les côtés, tu pourrais croiser le regard d'un admirateur. Prends garde à ceux qui t'ont reconnu et qui vont tenter d'attirer ton attention : Tiens ! Mais c'est Yoel Blum ! Ou : Voilà cet écrivain... Ou encore : Tu vois l'homme à la casquette ? C'est ce type célèbre... Rappelle-moi déjà comment il s'appelle ?

Une semaine seulement s'est écoulée depuis son premier voyage à Amsterdam et la soirée organisée en son honneur par son agent hollandais, en présence de personnalités locales du monde des lettres et des médias. Une semaine seulement depuis qu'il déambulait avec Bat Ami au milieu de la foule de ces hommes et femmes de haute taille dans la ville du vélo et des canaux, à la découverte des rues, des places, des palais et des musées. Lorsqu'ils étaient arrivés, éreintés et affamés, dans la maison cossue de l'agent, Apollolaan, dans le quartier sud de la vieille ville, ils avaient dû cependant se contenter de carottes et de concombres en bâtonnets : le buffet dressé sur la table était abondant et varié, mais ici comme ailleurs, lors des soirées à leur intention à travers le monde, leurs hôtes n'avaient manifestement pas songé un instant qu'il existait encore, en cette époque éclairée, des êtres civilisés observant les lois mosaïques et antiques de la casherout.

Au milieu de la soirée, on le pria de bien vouloir prendre place sur une chaise en bois sculpté au centre du salon, près du buffet marqueté de style flamand sur les étagères duquel étaient disposés des plats en porcelaine de Delft blanche à motifs bleus. L'immense et large fenêtre de la pièce donnait sur le canal aux reflets irisés. Assis en face de lui, les invités attendaient qu'il réponde à la question du maître de céans aux joues rubicondes sur la différence entre les écrivains israéliens de la génération du nouvel État et ceux – « comme M. Blum lui-même, et j'espère que vous accepterez qu'on vous appelle simplement Yoel » – de la vague israélienne contemporaine.

« On ne peut occulter le passé, commença-t-il dans un anglais impeccable, réponse qu'invariablement il donnait à cette question inéluctable, tout en croisant les jambes et en fixant d'un regard affable son public changeant selon les continents et les pays. Il me semble qu'il est impossible d'écrire de la littérature israélienne sans considérer de façon directe ou indirecte que cet État, dont le rivage est perpétuellement léché par des vagues anciennes et nouvelles, est la cristallisation de différentes strates historiques. »

Des visages attentifs l'approuvèrent avec empathie et compréhension.

Des visages attentifs l'approuvent toujours avec empathie et compréhension.

« Cependant (et là il avait insisté dans un sensible crescendo), les écrivains israéliens contemporains sont avant tout des écrivains de leur temps. Moi-même j'espère que mon écriture ne trempe pas dans le marais du passé mais qu'elle transporte mon âme, comme celle de mes lecteurs, vers le présent et le futur. »

Le dialogue se poursuivit. Les Hollandais lui demandèrent, comme toujours et où qu'il se trouve, si les personnages qui peuplaient ses livres étaient typiquement israéliens. Il répondit, ce qu'en tout lieu, invariablement, il répondait, qu'à ses yeux ses personnages étaient universels.

Il s'était un instant demandé s'il allait déroger à son habitude et raconter, précisément devant ce public, à quelle rigueur il devait s'astreindre pour doter ses protagonistes d'une valeur universelle. Pour saisir dans chaque mouvement ceux passés et à venir. Pour traduire le cœur des choses, le cœur intrinsèque des choses.

« Comme c'est le cas pour n'importe quel auteur, poursuivit-il, comme il le ressassait devant chaque nouvel auditoire, mes personnages évoluent et agissent dans un environnement qui m'est familier. En tant qu'auteur vivant dans la réalité israélienne, il me semble naturel d'y faire vivre mes personnages. Néanmoins les histoires que je raconte parlent de l'homme qui, où qu'il se trouve, respire, aime, est en proie à la nostalgie… »

Les joues de son agent s'empourprèrent davantage lorsqu'il lut devant ses hôtes un extrait de la rubrique littéraire du *New York Times* : « Rien d'étonnant à ce que les ouvrages de Yoel Blum aient déjà été traduits en plus de vingt langues et qu'ils aient été couronnés des prix littéraires les plus prestigieux. Yoel Blum est un magicien qui, d'un coup de baguette, transforme chaque anecdote humaine, la transfigure, faisant s'y refléter l'histoire intime de chaque lecteur. »

Et, devenu cramoisi jusqu'aux oreilles, il continua sa lecture : « Lorsque vous prenez entre les mains un roman de Yoel Blum, vous pouvez être certain que va vous être révélé votre plus profond secret, secret enfoui au fond de vous-même et que jusqu'alors vous ignoriez. »

Il y eut d'autres questions attendues, inévitables – et Yoel sentit que la soirée touchait à sa fin –, quand soudain un homme qu'on lui avait présenté comme un journaliste local du nom de Neuemark, ou peut-être Neueberg, intervint : « Si je ne me trompe, l'interpella-t-il de sa chaise à l'extrême droite du cercle des invités, si je ne me trompe pas, monsieur Blum, vous êtes vous-même né ici, à Amsterdam ? »

Stupeur dans l'assemblée. Yoel lui-même demeura interdit car, autant qu'il s'en souvienne, cette information ne figurait dans aucune de ses biographies officielles.

Il tenta de se rappeler le nom de ce journaliste. Neueshtet ? Neueman ? Était-il juif ?

Ce faisant, il s'entendit répondre calmement : « Ce fait est exact, c'est-à-dire que sur le plan technique je suis effectivement né à Amsterdam. Mais ma famille a émigré en Israël alors que j'étais bébé, aussi me suis-je toujours considéré comme natif d'Israël. »

Puis il réussit à détourner la conversation vers l'histoire collective de son pays, et enfin à énoncer quelques généralités sur la littérature hébraïque au fil du temps. Mais l'énigme de son origine hollandaise, une fois soulevée, continuait d'occuper tous les esprits. Yoel se demandait si ses auditeurs auraient souhaité plus de détails biographiques que ceux divulgués par ce Neuehoz ou Neuefeld – à savoir qu'il était un écrivain israélien célèbre, issu d'une vieille famille juive d'Amsterdam, déraciné à la suite des événements de la Seconde Guerre mondiale. Mais ils étaient loin de s'imaginer que l'homme de lettres israélien lui-même n'en savait pas davantage.

2.

Il voyage plusieurs fois par an dans les pays où sont publiés ses livres. Mais jusqu'à la semaine précédente, il ne s'était encore jamais rendu à Amsterdam, ni pour la première ni pour la deuxième traduction d'un de ses ouvrages en néerlandais. Quand il a appris que son troisième roman paraîtrait aux Pays-Bas au début de l'automne, son agent, Tsvika, a décrété que cette fois il n'avait pas le choix : il devait y aller pour en faire la promotion avant sa sortie. « Envoie-moi où bon te semble, lui a rétorqué Yoel, où tu veux, mais pas à Amsterdam. Je refuse catégoriquement. » Pour une fois, son agent n'avait pas cédé : « Impossible d'ignorer cette publication, impossible de mépriser ainsi tes lecteurs », s'était-il insurgé. Quand il en avait parlé à Bat Ami, celle-ci avait elle aussi affirmé qu'il ne pouvait refuser davantage. Elle avait décidé qu'ils s'y rendraient ensemble. « Nous n'y resterons que très peu de temps », lui avait-elle promis.

Il avait tenté de protester : « Ma mère, avait-il argumenté, a exigé que jamais je ne foule le sol d'Amsterdam.

– Ta mère est morte, Yoel. »

Ses mots l'avaient frappé de plein fouet comme si l'événement venait tout juste de se produire.

Et cependant, sa mère ne l'avait-elle pas abandonné bien avant d'avoir déserté ce bas monde ? Petit à petit, elle avait perdu la raison jusqu'à ce que son âme égarée quitte son enveloppe corporelle. Progressivement, elle avait perdu le contact avec la réalité, les liens qui l'y rattachaient s'étaient peu à peu distendus, effilochés, défaits, rompus. Comme lorsqu'il était enfant et qu'elle lui avait appris à nager. Debout dans la piscine municipale, là où on avait pied, elle le maintenait au-dessus de l'eau, ses mains vigoureuses sous son ventre et son torse, tandis que ses jambes chétives se tendaient et se pliaient au gré des consignes maternelles. Puis, millimètre après millimètre, insensiblement, elle avait retiré ses grandes mains. Elle les avait détachées lentement, très lentement, pour les croiser devant elle, se tenant alors près de lui sans plus le toucher. La première fois qu'il s'était aperçu qu'elle ne le tenait plus, qu'en réalité il nageait tout seul, il avait été pris de panique, avait perdu l'équilibre, battu des pieds, remuant en tous sens jusqu'à s'enfoncer dans l'eau. Il avait tellement bu la tasse qu'il avait cru mourir.

Son premier voyage dans sa ville de naissance le vit tourmenté par le remords d'avoir cédé : « J'aurais dû tenir bon et dire non, gémissait-il à Bat Ami dans le taxi qui devait les conduire de Jérusalem à l'aéroport. Ma mère m'avait pourtant demandé si peu de choses. J'aurais dû respecter sa volonté.

– De quoi avait-elle donc si peur ? s'étonna Bat Ami.

– Que veux-tu dire ?

– Pourquoi ne voulait-elle pas que tu retournes à Amsterdam ? Que craignait-elle que tu y découvres ?

– Rien, que peut-il bien rester après tant d'années ? Elle voulait que ni moi ni Néti n'ayons le moindre lien avec l'endroit où elle avait perdu mon père, ses parents, ses frères, en fin de compte avec l'existence qu'elle avait pu mener là-bas. Voilà tout. »

Au carrefour de Ben Shemen, il se rappela avoir laissé à la maison la pochette contenant ses phylactères et décida aussitôt de tout annuler. « Que j'aie oublié mes phylactères est le signe évident que je dois renoncer à ce voyage, expliqua-t-il, furieux, à Bat Ami tout en demandant au chauffeur de les ramener à Jérusalem. Les phylactères d'un Juif pieux sont son identité et l'accompagnent dans tous ses déplacements. Jamais, jusqu'à ce dernier voyage superflu et sacrilège, il ne m'était arrivé de les oublier. »

Au prix de nombreux efforts, Bat Ami parvint à le calmer. « Nous ne sommes pas dans une nouvelle de Samuel Joseph Agnon, lui chuchota-t-elle, et tu n'as pas encore perdu ton identité. » Selon ses instructions précises, le conducteur poursuivit sa route en direction de l'aéroport, tout en téléphonant à la centrale des taxis pour envoyer un autre chauffeur à Jérusalem à l'adresse de l'écrivain afin de demander la clef à la sœur de Bat Ami qui habitait au rez-de-chaussée, de prendre les phylactères dans l'appartement et de les rapporter à Ben-Gourion aussi vite que possible. Bat Ami, une fois à l'aéroport, garda le téléphone collé à l'oreille tandis qu'ils se dirigeaient avec leur valise vers le terminal, passaient l'enregistrement et les formalités de sécurité, pour guider le coursier-transporteur des précieux phylactères tout au long des étapes de sa complexe mission. Mission finalement couronnée de succès : le chauffeur annonça son arrivée avec l'étui de velours brodé à l'extérieur de l'aérogare. Elle courut à sa rencontre et le paya généreusement pendant que Yoel l'attendait à la porte d'embarquement, l'estomac noué par l'angoisse.

Ses premiers souvenirs d'enfance précis remontent au jardin d'enfants à Netanya. En grandissant, quand il demandait à sa mère ce qui avait précédé cette période, celle-ci détournait toujours le regard, faisait mine d'être occupée à une tâche indispensable et urgente, et déclarait d'une voix forte et claire : « Rien ne sert de remuer le passé, depuis l'eau a coulé sous les ponts. »

Plus d'une fois il avait fait part de son désir d'en savoir davantage sur son lieu de naissance, mais sa mère lui répondit chaque fois que lorsqu'on émigrait bébé en Israël, on était israélien : « Tu es né ici en quelque sorte, Yoel », affirmait-elle invariablement.

Quant à Néti, sa sœur aînée, elle lui avait expliqué qu'il en était ainsi des Hollandais : « Ils ne parlent pas de ce dont ils ne doivent pas parler, ils n'évoquent jamais le passé. Et en règle générale, avait-elle ajouté avec ce sérieux qui la caractérise aujourd'hui encore, il n'est pas simple d'être hollandais. »

Pour tenter de détendre l'atmosphère lors de cette soirée chez son éditeur, il offrit à son auditoire, au dessert, une histoire qu'il aimait glisser dans ses conférences à l'étranger : « Dieu convoque les représentants des trois grandes religions et leur annonce que dans quarante-huit heures le monde va être en proie au déluge. Les trois hommes s'empressent de rassembler leurs fidèles, qui à l'église, qui à la mosquée et qui à la synagogue pour les préparer à l'inéluctable. L'évêque interpelle ses ouailles et leur enjoint de faire pénitence afin de se préparer à la mort. L'imam tient des propos similaires devant un public nombreux et fervent. Quant au rabbin qui monte sur l'estrade au milieu de la synagogue, il frappe du poing sur la table et proclame : "Nous avons quarante-huit heures pour apprendre, nous Juifs, comment vivre sous l'eau !" »

« Sache que c'est une blague antisémite, lui murmura Bat

Ami un peu plus tard, pelotonnée sous les draps de leur chambre d'hôtel. Les goys à qui tu la racontes rient à gorge déployée et les Juifs à en pleurer. » Et elle s'endormit aussitôt. Yoel se sentait épuisé lui aussi, exténué comme s'il arpentait depuis la nuit des temps les canaux d'Amsterdam.

3.

Et une semaine n'est pas passée depuis cette soirée que déjà il retourne à Amsterdam. Il compte mettre en chantier son nouveau roman, dont le sujet lui est apparu entre les deux voyages.

Il est empli de craintes à l'idée de séjourner longuement sur cette terre natale qui lui est étrangère – et c'est un euphémisme.

Dire qu'il doute de sa capacité à collecter la matière nécessaire à ses notes pour trouver ensuite la force de rentrer chez lui et de transformer tout cela en livre est aussi un euphémisme.

Mais une voix lui souffle que si tout cela réussit, cet ouvrage sera celui de sa vie : le roman pour lequel en réalité il est devenu écrivain.

Cette fois Yoel part seul à Amsterdam, et tout ce qu'il y fera ou non dépendra exclusivement de lui. Mais lors de sa première visite dans la ville interdite, il avait été saisi d'une angoisse terrible à l'idée d'avoir osé profaner l'injonction maternelle. Bat Ami avait dû lui tenir la main comme à un enfant perdu pour le conduire là où bon lui semblait.

Ils logeaient à l'hôtel de Paris aux frais de leurs hôtes, dans un de ces nombreux petits établissements coquets disséminés à travers le centre animé autour de la place Leidse, et Bat Ami disait qu'elle n'était jamais descendue dans un lieu aussi charmant. Depuis leur atterrissage à l'aéroport de Schiphol, elle ne cessait de s'extasier et de se montrer impressionnée par l'architecture pittoresque d'Amsterdam, la magie des canaux, des ponts, des avenues et des bâtiments, par la variété des couleurs et des formes, et bien évidemment par ses habitants, ces géants à l'air avenant qui circulaient librement à vélo.

Yoel, lui, ne comprenait pas comment s'orienter dans cette ville étrange dotée de quatre canaux principaux concentriques. Par exemple le canal de l'Empereur, qui commençait à la limite occidentale d'Amsterdam et s'achevait après avoir tracé un demi-cercle à sa limite orientale : devant le panneau indiquant « Keizersgracht », on savait qu'on se trouvait au bord de ce canal, mais on ne pouvait deviner si on était au centre, à l'ouest ou à l'est de la ville.

Malgré cela, Bat Ami avait aussitôt appris à s'orienter avec assurance dans ces bandes de terre labyrinthiques tout en louant l'esprit de liberté qui régnait partout, et même en s'émerveillant devant ce piège à touristes qu'était le marché aux fleurs flottant ou devant les escaliers étonnamment raides et mortellement dangereux des différentes bâtisses.

« C'est à cause de l'eau que les escaliers sont si raides, lui expliqua-t-elle d'après ce qu'elle avait lu dans son *Guide à l'intention du touriste israélien* qu'elle ne lâchait plus. D'abord pour exploiter au mieux l'espace au sol, une denrée rare, ensuite pour pouvoir s'enfuir en cas d'inondation. »

Elle lui raconta également les yeux brillants qu'en raison de l'étroitesse et de la forte inclinaison des marches, les Hollandais faisaient entrer ou sortir de chez eux leurs meubles et autres charges lourdes au moyen de grues. Dans le passé on utilisait des poulies, précisa-t-elle en lui montrant au hasard un alignement de maisons, et Yoel aperçut le gros crochet qui saillait sur les poutres apparentes des pignons.

Elle était également séduite par l'habitude, douteuse pour ce qui le concernait, de laisser les grandes fenêtres des maisons exposées à tous les regards, renonçant ainsi à toute intimité derrière des volets ou des rideaux. Cet exhibitionnisme le choquait profondément, mais Bat Ami semblait si heureuse, n'arrêtant pas de s'exclamer : « Regarde ! Regarde ça ! Regarde ! », « Regarde comme rien n'a changé ici à Amsterdam depuis l'âge d'or hollandais ! », « Nous sommes passés par tant de choses, nous les Juifs, et tout ce temps, ces bâtiments, ces rues, cette eau et ces gens sont restés inchangés ! » Jusque dans le hall de l'hôtel où elle lui chuchota, « Regarde cet homme, par exemple, tandis que le vieux réceptionniste en cravate leur tendait la clef de leur chambre au-dessus du comptoir encombré de sabots hollandais, de moulins à vent miniatures et de photographies de voiliers : je suis prête à parier qu'il n'a pas quitté sa place depuis Philippe le Bon. »

Il semble que durant leurs pérégrinations à l'étranger Bat Ami fasse montre de plus de légèreté qu'en Israël. Tant de charges lui incombent chez elle, entre les affaires familiales, la maison, l'État d'Israël et les êtres humains en général. Mais dès que l'avion quitte la piste de l'aéroport Ben-Gourion, Bat Ami largue les amarres, s'affranchit du poids du monde. Chaque fois, elle laisse sciemment le lourd jeu de clefs qui l'accompagne partout en Israël – mais pas son grand sac à main ni son téléphone portable. Il est clair qu'elle se sent plus légère quand elle se retrouve sans son porte-clefs argenté en forme de main de Fatma où est gravé le patronyme familial, et dont le volumineux trousseau à l'incessant cliquetis comporte, entre autres, les clefs de leur appartement, de la réserve, du jardin, de l'accès au toit de la maison, de la boîte aux lettres, du local du chauffe-eau, de sa voiture à elle et de celle de Yoel, le double de l'appartement de son frère, de ses sœurs, de chacun de leurs trois filles, ainsi que d'autres jeux de grande et de petite taille dont elle est seule à savoir à quelle serrure ils correspondent.

4.

Le lendemain de la soirée littéraire chez son agent hollandais, entre un saut aux musées de l'autre côté de l'Amstel et une visite éclair planifiée à la maison de Rembrandt et au marché aux puces, Bat Ami décida qu'ils ne pouvaient pas traverser le vieux quartier juif sans jeter aussi un coup d'œil au Musée historique juif. Ainsi Yoel se retrouva-t-il dans une salle obscure où étaient exposés pêle-mêle, dans des vitrines, des boîtiers de mezouzas arrachés, un vieil écriteau en bois proclamant en lettres noires : « Interdit aux Juifs », d'anciennes photographies, des documents et divers objets hétéroclites. Il songea qu'il valait mieux qu'il s'en aille. Qu'il fallait qu'il respecte la mémoire de sa mère qui s'était toujours opposée à ce qu'il soit témoin de tous ces événements. Tout à coup, Bat Ami ne fut plus à côté de lui. Paniqué, il finit par apercevoir sa silhouette dans la lumière tamisée de la pièce : elle était assise, immobile, sur un banc.

Il se fraya un chemin jusqu'à elle, entre les visiteurs qui déambulaient en silence, contournant un groupe de jeunes Hollandais qui entouraient leur professeur. Bat Ami semblait ne pas l'avoir vu, et lorsqu'il effleura son épaule, elle lui fit signe avec une émotion contenue, sans lever les yeux, de venir s'installer auprès d'elle. Yoel s'exécuta et comprit qu'elle était absorbée par la projection d'extraits de vieux films en noir et blanc sur le mur d'en face.

Comment ces images muettes pouvaient-elles hypnotiser son épouse de la sorte ? s'interrogeait Yoel. On y voyait des gens qui faisaient la fête à l'occasion d'un mariage, se souriaient et se faisaient trois bises : l'une sur la joue droite, l'autre sur la gauche, puis à nouveau sur la droite. Les hommes, tête nue, les cheveux gominés, portaient des smokings, les femmes, magnifiquement coiffées, étaient vêtues d'élégantes robes du soir.

Bat Ami ne bougeait pas, les yeux rivés sur l'écran, et sentant sur elle le regard de son époux, elle lui adressa en silence un signe pressant : qu'il regarde donc le film au mur ! Il vit alors un marié et une mariée avec, au second plan, zoomés, les parents de l'un et de l'autre, puis les demoiselles d'honneur derrière la mariée qui avançaient en portant solennellement la longue traîne de sa robe. Apparut ensuite l'image d'une femme qui tentait de faire sourire le bébé qu'elle avait dans les bras, une petite fille qui désignait la caméra, indifférente ; celle de deux jeunes garçons arborant fièrement un nœud papillon et qui agitaient la main vers l'objectif. Bat Ami lui prit alors le bras. Aux garçons succéda une jeune famille : un homme et une femme, dans les bras de celui-ci une fillette, dans ceux de la femme un bébé. Leur apparition avait été fugace, mais même brièvement, Yoel avait eu le temps de voir que cette femme était sa mère : sa mère dans sa jeunesse, celle d'avant le temps de ses propres souvenirs. Il cessa de respirer.

« Attends, c'est projeté en boucle, on va tout revoir », lui chuchota Bat Ami en desserrant son étreinte et en traçant du doigt un cercle imaginaire. Yoel acquiesça en avalant sa salive, car en dehors de cette histoire de boucle il n'avait rien saisi.

Yoel et Bat Ami regardèrent l'un après l'autre les extraits de cette ancienne cérémonie. Ils restèrent immobiles une bonne heure, sur le banc au centre de la pièce, à voir défiler le marié, la mariée, leurs parents, heureux et inquiets à la fois, les jeunes filles portant cérémonieusement la traîne, la main de la femme soulevant la toute petite fille en direction de la caméra, le salut des deux garçons, mine réjouie avec nœuds papillons, puis – Voilà ! se dit Yoel. Maintenant, sois attentif ! Et il observa avec la plus extrême attention : il n'y avait pas l'ombre d'un doute, fût-ce à la vingtième ou à la trentième fois, dans ce laps de temps très court, il reconnaissait sa mère. L'image était floue, mais c'était incontestablement sa haute taille, ses grandes mains, sa façon de se tenir, et ce large visage de paysanne, c'était celui, tant aimé, de sa mère, filmé de face ou de profil, tandis qu'elle se tournait vers la droite et souriait à son mari, c'est-à-dire à son père. Yoel était bébé quand celui-ci avait été arrêté, et toutes les photographies de cette époque avaient été perdues, de même que tout ce qu'ils possédaient, mais au vu de l'adoration avec laquelle sa mère le couvait discrètement du regard, il était convaincu que cet homme plus petit qu'elle, aux traits fins et portant lunettes, était son père.

La petite fille que l'homme tenait dans ses bras était Néti, et de cela il était certain : ses traits, son expression, tout. Mais qui donc pouvait être le bébé ? se demanda-t-il. Qui donc était ce bébé inconnu que sa mère serrait dans ses bras ?

« Ce bébé c'est forcément toi, lui murmura Bat Ami, comme si elle avait entendu sa question.

– Mais non !

– Qu'en sais-tu ?

– Ce n'est pas moi. Regarde la forme de sa tête, ses yeux, ses cheveux. Ce n'est pas moi.

– Alors peut-être…, avança-t-elle après la nouvelle et fugace apparition des différents protagonistes qui peuplaient ces séquences successives, peut-être que juste au moment où ils ont été filmés, elle avait dans les bras le bébé de quelqu'un d'autre ? »

Yoel aurait aimé adopter ce point de vue. Si seulement il avait pu se convaincre de cette éventualité. Même sur cette image fugitive, il avait cependant pu entrevoir que sa mère serrait contre elle ce bébé anonyme comme seules les mères étreignent leur enfant. Impossible en outre de ne pas remarquer à quel point le bébé ressemblait à sa mère : il avait hérité de ses larges pommettes et de ses yeux clairs aux coins légèrement tombants. En revanche, il n'y avait pas l'ombre d'une ressemblance entre le visage de cet enfant et le sien sur les différents clichés de son enfance après leur arrivée en Israël, et dont sa mère avait recouvert les pages noires et rugueuses de l'album de photos posé sur le buffet du salon de leur appartement de Netanya.

Ils n'étaient pas plutôt revenus du Musée juif dans leur chambre d'hôtel qu'il prenait son téléphone portable pour chercher le numéro de Néti. En fixant les différents chiffres lumineux sur l'écran, il songea à sa sœur qui, en cette fin d'après-midi, devait être assise dans son petit appartement du kibboutz situé entre le Jourdain et le mont Guilboa. Il se la représenta un livre ouvert sur les genoux, l'expression sereine, avec en arrière-fond la musique classique de sa radio arrêtée sur l'éternelle et même fréquence. Son époux, Eliézer, l'attendait au cimetière au pied de la montagne. Il avait été enterré à côté d'Israël, leur fils aîné, fauché dans la fleur de l'âge, qui avait combattu pendant la guerre du Kippour et celle du Liban, et n'avait pas été tué au champ d'honneur mais dans les champs de dattes du kibboutz. Yoel n'avait jamais réussi à se figurer comment, ce jour-là, l'on était venu annoncer à Eliézer, Néti et leur fille que la grue qu'utilisaient les agriculteurs de la plantation de dattiers avait heurté le câble électrique et qu'Israël, qui se trouvait alors en haut, dans la flèche, en train de traiter les arbres en vue de la nouvelle récolte, avait rendu l'âme bien avant que son jeune corps robuste, en bleu de travail, ne s'affaisse et ne tombe sur le sol dans un bruit mat.

Yoel pensa encore à sa sœur qui bientôt poserait son ouvrage en poussant un soupir et allumerait la télévision pour regarder la première édition des informations du soir.

Il éteignit son téléphone.

Par la fenêtre, il avait vue sur une cuisine dans laquelle une femme nettoyait une carafe en inox. Il la regardait avec la plus grande fascination savonner, frotter l'intérieur et l'extérieur du pichet à l'aide d'une longue brosse, pour ensuite le rincer méticuleusement sous l'eau du robinet. Cette femme, comme il avait pu le constater lors des dernières vingt-quatre heures, habitait dans un deux-pièces soigneusement rangé et prodiguait des soins tantôt à un chien au poil roux et blanc, tantôt à des plantes qui s'élevaient de jardinières sur le bord de sa fenêtre. Elle avait un physique agréable, les cheveux blonds, lisses, coupés court, et un tablier fleuri était noué à sa taille svelte lorsqu'elle s'affairait dans la cuisine. Le matin, elle se préparait une tasse de café avant de partir travailler. Au milieu de la journée, le chien aux courtes pattes, aux oreilles tombantes, l'attendait tristement sur le canapé du salon. Ce jour-là, elle était rentrée vers six heures, avait allumé la lumière, s'était accroupie à deux mètres de lui pour préparer sa pâtée dans sa gamelle qu'elle avait probablement posée sur le sol en bas de la fenêtre. Il s'était demandé si elle se savait observée et si cela la dérangeait. Il avait encore dû la voir battre des œufs, couper des légumes, mélanger le tout dans un bol et goûter. Il entendait les cliquetis de la vaisselle – et presque sa respiration.

Il avait appris à inventer des histoires très jeune, grâce à ses camarades de maternelle et de son quartier.

« Dis-moi, Yoel, pourquoi tu n'as pas de papa ?

– Bien sûr que j'en ai un ! s'insurgeait-il. Mon père travaille. Mon père est à l'armée. Mon père est à l'étranger, envoyé en mission par les services secrets. »

Les intrigues que son imagination tissait dans l'enfance autour du personnage du père disparu étaient truffées de mystère et de magie. Il lui attribuait une multitude de missions téméraires, à l'armée, dans les services secrets, lui prêtait toutes sortes de tâches scientifiques novatrices et de recherches de la plus haute importance au-delà des océans.

Et chaque fois qu'on l'interrogeait sur son père et qu'il inventait une nouvelle réponse, il finissait par y croire dur comme fer. La version que donnait sa mère – cet homme jeune mort lors d'une lointaine et incompréhensible guerre – n'était à ses yeux qu'une des réponses possibles à la question de savoir où se trouvait son père. Pourquoi n'aurait-il pu remplacer cette histoire misérable, médiocre, par d'autres plus intéressantes, en donnant libre cours à son imagination ?

5.

Cette nuit-là, le sommeil ne vint pas. Bat Ami ronflait doucement lorsqu'il s'extirpa de sous les lourdes couvertures de ce lit étranger, couche anonyme dont il ignorait si le précédent occupant avait été heureux ou triste, seul ou aimé. Sans bruit, il chercha un endroit où se glisser, tentant de ne heurter aucun des meubles ni des objets qui encombraient la chambre exiguë, jusqu'à ce qu'il découvre près du mur, sur le tapis, un espace libre où s'asseoir en tailleur. En réalité, il aurait eu besoin d'air frais, il aurait eu besoin de s'extraire de cette chambre à l'air confiné ; mais il n'en faisait rien, de peur que Bat Ami n'ouvre les yeux en son absence. S'il s'était, lui, réveillé en pleine nuit pour s'apercevoir de la disparition de sa compagne, une terrible angoisse l'aurait saisi à l'idée qu'il ne lui soit arrivé malheur, qu'elle ne l'ait abandonné et qu'il ne la revoie plus jamais.

Mais en y réfléchissant, il se demandait si Bat Ami aurait vraiment été contrariée de ne pas le trouver au réveil. Il se redressa et s'adossa au mur, les mains posées sur ses jambes croisées, regardant droit devant lui. Sous cet angle, les murs et les recoins du plafond lui paraissaient bien différents. Tout comme l'armoire, le lit et la femme qui y dormait. Quand elle marmonnait dans son sommeil, il s'interrogeait sur ce qu'il pouvait bien connaître d'elle ou de ses rêves. J'ai toujours été persuadé d'être capable de déchiffrer les êtres, se disait-il, pour savoir les observer. Mais voilà, aujourd'hui il m'apparaît clairement que je n'ai même jamais su voir ma propre mère. Je me croyais proche de toi, ma chère maman, je pensais bien te connaître, mais il s'avère que tu as vécu avec le souvenir de ce bébé mort au fond de toi, et moi, ton enfant vivant, je ne l'ai jamais perçu.

Cerné par l'obscurité qui semblait suinter des murs de la pièce, s'insinuer sous sa peau, s'introduire dans ses pores, il fut obligé de se lever, de se rhabiller prestement pour se réfugier dans la rue. Bat Ami n'est pas comme moi, se répétait-il en laçant ses chaussures. Bat Ami c'est Bat Ami : si elle venait à se réveiller et s'apercevait de mon absence, elle comprendrait que je suis sorti prendre l'air et refermerait aussitôt les yeux pour se rendormir.

De l'autre côté de la rue, face à l'hôtel, dansaient les lumières multicolores d'un étroit pub bondé. Un homme immense en uniforme, aux bras nus, musclés et tatoués pénétra dans le pub et se mêla au joyeux brouhaha.

Yoel s'éloigna.

Sans sa mère, il ne savait même plus marcher, il l'avait compris lorsqu'il était sorti de chez lui à l'issue des sept jours de deuil. Lentement, il avait réappris à cheminer sans elle, et depuis il avait le sentiment d'y être parvenu. Mais à cette heure nocturne, seul par les rues de la ville où il avait vu le jour et où il avait appris à marcher, il lui semblait nécessaire de donner des instructions à son corps pour qu'il accomplisse les mouvements requis. Lève la jambe droite. Maintenant, avance-la devant toi, et pose-la sur la chaussée. Bravo, Yoel ! se félicita-t-il. Et maintenant, à la jambe gauche !

Il remonta le col de son manteau jusqu'aux oreilles, enfonça la tête dans ses épaules et marcha à petits pas comptés, le regard rivé sur ses pieds et sur les dalles qu'ils foulaient. Au bout d'une rangée de bâtiments, il sentit que la chaussée s'élevait ; en jetant un coup d'œil en contrebas il constata qu'il était arrivé à un petit pont qui enjambait un canal. Au bord de celui-ci il avisa un banc public sur lequel il s'écroula, épuisé. L'eau obscure coulait imperturbablement dans un léger murmure. Yoel demeura assis, le regard plongé dans l'étendue noire et silencieuse, dépositaire de la mémoire de la ville. Pour y puiser ne fût-ce qu'une ombre fugitive ou le faible écho laissé par son frère perdu qui était, d'après ses calculs et l'âge que devait avoir Néti dans le film, un peu plus jeune que lui. Son jeune frère.

Qu'était-il advenu de ce bébé à la peau claire ? Où était-il, lui, Yoel, au moment où le caméraman qui filmait le mariage avait immortalisé l'image de son jeune frère avec ses parents et sa sœur Néti ? Avait-il lui aussi failli connaître le sort de cet enfant, ce qui expliquait peut-être le souvenir enfoui où il se retrouvait abandonné tout petit, remisé dans un coin, tremblant de tout son corps à cause de l'humidité, du froid et de la peur ? Toute son existence il s'était convaincu que cet obscur souvenir n'était que le fruit de son imagination débridée, toute sa vie il l'avait enseveli dans les tréfonds de sa mémoire, mais il revenait malgré tout inlassablement à la surface, rejaillissait pour le tarauder, le ramenant aux tourments lancinants d'un petit enfant qui ne savait pas encore les traduire par des mots. Qu'il ait véritablement connu ces affres ou les ait seulement imaginées, il ne pouvait oublier la dureté du sol sur lequel il avait été jeté, ni comme celui-ci tanguait et remuait sous lui tandis qu'il pleurait toutes les larmes de son corps – ni que son seul désir, né du désespoir et de la solitude, n'était plus que de mourir. Et l'image de sa mère le poursuivait sans cesse, sa mère qui, alors qu'il souffrait, était au supplice, demeurait simplement assise près de lui, sans rien faire, assise, comme impassible, comme si elle n'avait pas été sa mère.

Une bande de cinq ou six jeunes traversa le petit pont près du banc, dispersant dans l'air nocturne des cris de joie et des rires. Et l'eau sombre du canal continua de couler Dieu sait vers où, charriant avec elle les derniers souvenirs diurnes, riche en visions et en échos d'autrefois.

6.

Dans l'aube blafarde, alors qu'Amsterdam demeurait plongé dans l'obscurité et qu'il n'avait pu encore nouer ses phylactères pour la prière du matin, Yoel ralluma son téléphone portable. Bat Ami dormait toujours et ne s'était vraisemblablement pas aperçue de son absence en pleine nuit ni de son retour depuis peu. Il s'appuya contre la fenêtre et fit défiler les numéros pour trouver celui de sa sœur, résolu à l'avoir au bout du fil avant qu'elle parte travailler à l'entrepôt de vêtements du kibboutz. Sous les réverbères passaient les premiers vélos de la journée. Un cycliste, un autre, puis deux et trois. De l'autre côté de la rue, devant le pub, un camion rouge portant l'inscription « Budweiser » était garé, et deux hommes vêtus de rouge déchargeaient des caisses rouges remplies de bouteilles.

« Bonjour, Néti, bredouilla-t-il.

– Yoel ! s'exclama-t-elle joyeusement. Yoel, comment vas-tu ? Et comment va Bat Ami ?

– Nous sommes à Amsterdam, Néti », lui dit-il tout de go.

Silence. Seul était perceptible le bruit des bouteilles débarquées sur le trottoir d'en face : les transporteurs en rouge avaient fini de déposer les caisses pleines dans le pub et entreprenaient de lester le camion de celles qui étaient vides.

« Mon troisième livre..., commença-t-il en faisant en sorte que sa voix ne trahisse aucune émotion, mon troisième livre a été traduit en néerlandais et... nous sommes à Amsterdam, Bat Ami et moi. »

Après quelques secondes qui lui parurent une éternité, Néti ne put qu'articuler : « Vous êtes à Amsterdam.

– Pourquoi ne m'avais-tu rien dit ? » réussit-il seulement à lui demander.

Elle ne répondit pas.

Un énorme et lourd tonneau atterrit sur le trottoir.

« Pourquoi ne m'avoir rien dit ? redemanda Yoel. Bat Ami et moi avons visité hier le Musée juif, et nous avons vu... Pourquoi ne m'as-tu jamais rien dit, Néti ? Pourquoi maman ne m'a-t-elle rien raconté ? Comment avez-vous pu me laisser découvrir cela seul, et par hasard, après tant d'années ? »

Cela lui avait fait mal de la faire ainsi souffrir. Il l'avait fait souffrir et cela lui avait fait de la peine.

« Mais, Yoel, finit-elle par dire d'une voix gutturale avec l'accent hollandais qui revenait lorsqu'elle était émue, comment as-tu découvert ça ?

– Parce que c'est vrai ? » s'emporta-t-il, désespéré, comme si jusqu'à cet instant il avait compté sur elle pour le convaincre qu'il s'était trompé. Comme si jusqu'à cet instant il avait cru qu'elle lui dirait qu'ils n'avaient jamais eu d'autre frère et que le petit enfant du film, le marmot à la peau claire que leur mère serrait contre son cœur, était le fils d'une autre femme. « Tu dois tout me raconter, dit-il en élevant la voix de l'autre côté de l'océan. Tu dois me raconter... »

Elle resta un long moment silencieuse. Puis, d'un ton ferme mais non dénué de tendresse : « Quand tu reviendras en Israël, Yoel, quand tu rentreras, tu viendras me voir. Je te raconterai ce que je sais. »

Dans quelques minutes, songea alors Yoel, à cause du froid

matinal, elle irait chercher un gilet. Elle prendrait son panier rectangulaire vert, sortirait de son petit appartement et claquerait la porte derrière elle sans fermer à clé. Elle descendrait les deux marches basses jusqu'au sentier fissuré par les années, accrocherait son panier vert à l'avant de son vieux vélo toujours garé à l'ombre d'un chèvrefeuille odorant, s'installerait précautionneusement sur la selle et pédalerait jusqu'à l'entrepôt derrière les cuisines. Elle pédalerait lentement, très lentement, dans l'abondante lumière qui inondait depuis les collines les sentiers du kibboutz, les champs et les allées de figuiers.

Dans la rue, le camion rouge avait été chargé des tonneaux vidés tout au long de la nuit.

Il était parti.

Bat Ami ouvrit les yeux.

Amsterdam était toujours dans l'obscurité.

7.

À présent, il regarde par le hublot les champs de nuages à perte de vue, semblables à des sillons d'écume blanche compacte.

Il est en route pour Amsterdam, trois jours après avoir écouté Néti, assis sur le vieux canapé marron de son unique pièce, lui raconter – d'abord d'une voix hésitante puis dans un flot croissant et ininterrompu – ce qu'elle savait de ses premières années. Au moment de se séparer, tard dans la nuit, elle avait été prise de remords et de tristesse : « Mon Dieu ! Qu'ai-je fait là ? s'était-elle désolée. À quoi cela va-t-il servir ? » Il l'avait regardée droit dans les yeux, ces yeux qui du plus loin qu'il se souvienne avaient toujours été clairs et transparents, et avait répondu : « Merci, ma sœur, merci, Néti, d'avoir accepté de me raconter la vérité. » Puis il avait descendu les deux marches qui menaient à la chaussée lézardée, avait dépassé le chèvrefeuille qui embaumait et aperçu la bicyclette de son défunt beau-frère toujours garée dans le râtelier rouillé à côté de celle de sa sœur. « Bon voyage, avait lancé Néti, bon voyage ! »

En jetant un dernier regard sur sa silhouette dans le rectangle lumineux formé par l'embrasure de la porte et sur son visage angoissé, il avait alors compris qu'en lui souhaitant bon voyage, elle voulait avant tout lui signifier combien il lui était cher.

Il s'était senti différent, un nouveau Yoel, tandis qu'il cheminait au milieu du concert des cigales et des crapauds, sous l'abondante frondaison des peupliers et de l'acacia de la maison de Néti, jusqu'à l'endroit où l'ancien Yoel avait laissé sa voiture. Tout le trajet du retour, de la vallée de Beit Shean à Jérusalem, il s'était repassé en esprit les révélations de Néti sans cesser de s'exclamer : « Comment cela est-il possible ? Comment cela est-il possible ? » Pied au plancher, il fonçait sur la route tortueuse éclairée par les faisceaux lumineux des réverbères qui trouaient l'obscurité originelle et lui avaient semblé éclairer aussi, pour la première fois, des fragments de son existence : à chaque sinuosité, une parcelle de passé lui était révélée. « Comment est-ce possible ? demandait-il à la nuit. Comment est-il possible qu'on ne m'ait jamais rien dit, qu'on n'y ait jamais fait la moindre allusion ? Comment n'ai-je jamais rien soupçonné ? » Mais la nuit avait gardé le silence, et la voiture avait quitté les collines pour parcourir la plaine qui s'étendait entre le nord et le sud, et Yoel s'était senti orphelin comme jamais à travers ces solitudes désertes entre les monts noirs de Samarie à sa droite et ceux, scintillants, de Moab à sa gauche, au-delà du Jourdain qui coule quelque part, parallèlement à la route, du lac de Tibériade à la mer Morte. Il lui avait semblé alors que la terre sur laquelle il roulait était un corps vivant, le sien, et que la faille syro-africaine n'était qu'une cicatrice sur sa peau : une vieille et longue cicatrice soudain rouverte et qui saignait à nouveau.

À l'approche de Jéricho, en empruntant la route montant à Jérusalem, il avait commencé à y voir plus clair. Arrivé au panneau indiquant le niveau de la mer, il avait compris qu'il devait retourner à Amsterdam le plus vite possible. Mais aussi qu'il devait le faire seul.

« Attends ! s'était exclamée Bat Ami le lendemain matin quand il lui eut tout raconté. Attends, n'y retourne pas tout de suite, accorde-toi du temps pour retrouver tes esprits et pour digérer tout ce que tu viens d'apprendre », l'avait-elle exhorté.

Mais Yoel n'avait pas voulu attendre. Il était fébrile comme si quelqu'un l'attendait avec impatience à Amsterdam. Ou comme s'il avait été en son pouvoir, si seulement il parvenait à l'endroit où ils s'étaient déroulés, de changer le cours des événements dont l'essentiel lui avait été révélé par Néti.

8.

Il ne sortit pas de chez lui durant les vingt-quatre heures précédant son deuxième voyage à Amsterdam. De fait, il franchit à peine le seuil de son bureau, absorbé dans le classement de papiers et de documents ainsi que dans le rangement de tiroirs et de chemises qu'il passa en revue les uns après les autres, comme s'il y cherchait quelque chose. Ce faisant, il levait parfois la tête vers la fenêtre pour regarder les voitures qui traversaient Emek Ha Matsleva au pied du monastère de la Croix, et apparaissaient et disparaissaient entre le feuillage argenté des oliviers sur la route pentue.

De temps à autre, Bat Ami passait une tête dans le bureau, avec la crainte néanmoins de l'importuner, puis elle se décidait à entrer pour lui apporter une tasse de thé et quelques biscuits. À l'heure des repas elle l'appelait de la cuisine pour qu'il se sustente. Elle se moquait comme elle l'avait toujours fait de sa manie de laisser ouvert et allumé devant lui son ordinateur portable sans jamais s'en servir. « Je suis certaine, disait-elle, que tu es le dernier écrivain sur terre à écrire de sa blanche main ses manuscrits dans des cahiers d'écolier. »

Qu'y pouvait-il si, malgré toute son admiration pour les nouveautés de l'époque et les mille possibilités qu'offrait le génial ordinateur posé devant lui, il n'était toujours pas capable d'écrire, ne serait-ce que des notes, un brouillon, une esquisse, un premier jet, autrement qu'avec un stylo-bille dans des cahiers d'écolier tels qu'ils existaient dans son enfance, des cahiers lignés de quarante pages à fine reliure marron au verso desquels étaient reproduites les tables de multiplication ? Cela faisait des années qu'il se promettait d'essayer, progressivement certes, de s'habituer à écrire sur un ordinateur comme le commun des mortels. De temps en temps il changeait même son vieil appareil contre un plus récent avec lequel – ainsi le lui promettait-on – l'écriture serait plus fluide et plus agréable. Mais il revenait toujours à ses cahiers qu'il achetait chez un ancien grossiste, dans une petite boutique d'une ruelle du centre-ville.

Le jour viendrait peut-être où il se forcerait à utiliser un traitement de texte. Le jour viendrait peut-être où il saurait aussi se contraindre à vivre, à parcourir le monde comme n'importe qui, sans être submergé par la pensée que, de fait, il est étrange, et même ridicule, d'être un homme, un assemblage de membres qui s'usent sans cesse tandis qu'il chemine de-ci de-là, vêtu d'étoffes diverses et prononçant toutes sortes de sons.

À l'approche du soir, la fenêtre de son bureau lui fit l'effet d'une toile céleste rougeoyante au-dessus d'Emek Ha Matsleva. La lumière irradiait au-dessus des cubes blancs et gris du Musée d'Israël qui, à cette heure, ressemblaient aux maisons d'un village méditerranéen telles que les avaient imaginées les architectes du musée. Dans un de ces cubes il avait vu, lors de sa dernière visite, une des œuvres de l'artiste hollandais Jozef Israëls intitulée *Mère et fils marchant au bord de la mer*, et il avait compris, l'espace d'un instant, quelle était la chose qu'il avait cherchée toute sa vie. Il en avait eu une compréhension claire et aiguë à en avoir mal. Mais elle avait été fugace et l'avait laissé muet et perdu, plein d'une nostalgie indéfinissable.

Il n'avait plus en mémoire que des taches de couleur liquides qui se fondaient les unes dans les autres : l'enfant marchant à côté de sa mère, la mer, le ciel et, en arrière-plan, un village de pêcheurs.

9.

Il avait préparé en vue de son voyage une pile de cahiers lignés vierges de quarante pages, en humant avec plaisir leur odeur si particulière, lorsque Bat Ami revint. Galia et Zohar venaient lui dire au revoir, lui annonça-t-elle gaiement. Il arbora alors son sourire paternel le plus convaincant pour rejoindre ses filles, venues moins pour lui souhaiter bon voyage que pour rassurer leur mère qui s'inquiétait quand il partait seul.

Il ne s'était pas habitué malgré les années à ce que Galia, la deuxième de leurs trois filles, soit devenue hassidique Breslev et son cœur ne manquait jamais de se serrer à la voir coiffée d'une sorte de tarbouche blanc et revêtue de sa robe longue qu'elle boutonnait jusqu'au cou. En général, elle venait chez eux avec son mari barbu et sa horde de bambins dont l'un d'eux, petit Breslever aux papillotes bouclées et à la calotte couronnée d'un pompon blanc, s'était approché de lui lors de leur dernière visite pour le fixer de ses yeux noirs de braise et lui déclarer sans ambages : « Tu vas mourir. » Cette fois, Galia était avec Zohar, sa jeune sœur, et quand Yoel entra dans le salon, les trois femmes, penchées sur la toute petite fille de Zohar, gazouillaient à qui mieux mieux. Elles se redressèrent pour entamer une conversation oiseuse qui n'avait d'intérêt ni pour elles ni pour lui, avant de s'orienter vers des considérations insolubles sur les sujets d'actualité qui, comme on pouvait s'y attendre, tournèrent à la polémique politique. C'est le moment que choisit comme toujours Bat Ami, qui avait continué à jouer avec la petite, pour se lever et aller chercher à la cuisine un autre café et d'autres gâteaux tandis que Yoel leur demandait une fois de plus de bien vouloir renoncer à parler politique. Requête formulée de ce ton mi-figue mi-raisin qu'il utilisait quand elles étaient petites afin qu'elles remettent à leur place, dans la salle à manger, les sièges apportés dans le salon pour jouer aux chaises musicales. Et, comme toujours, Galia répondit que cela n'avait rien à voir avec la politique, qu'elle essayait de comprendre pourquoi sa chère sœur préférait se bercer d'illusions plutôt que de reconnaître la réalité, tandis que Zohar riait amèrement en disant qu'elle non plus ne parlait pas politique mais voulait seulement qu'un jour il soit possible de mener dans cet État une vie normale.

Un peu plus tard, ils furent rejoints par Ronit, l'aînée, et la fillette de Zohar, avant de s'endormir dans les bras de sa mère, fit entendre quelques gazouillis. Tel un spectateur extérieur, Yoel regarda dans le salon le cercle qu'il formait avec sa femme et leurs trois filles, en train de boire un dernier café accompagné de petits-beurre tout en discutant, et il inspira à fond en songeant qu'il était toujours en vie.

Malgré ce qu'il venait d'apprendre sur sa mère, elle avait su lui dispenser son amour et sa force. Elle l'avait toujours rassuré, la nuit, lorsque enfant il avait peur de mourir en se couchant et n'allait au lit que si elle s'installait sur le petit tabouret à son chevet : chaque nuit, elle y restait assise pendant des heures, jusqu'à ce qu'il ferme les paupières et s'assoupisse. Et s'il se réveillait aux premières lueurs de l'aube pour s'apercevoir dans la pénombre que le petit tabouret était vide, il poussait des cris jusqu'à ce qu'elle revienne, la chevelure en désordre et les paupières lourdes de sommeil. En silence, elle reprenait vite sa place auprès du lit comme pour dire : Je ne te quitterai pas, mon enfant, jamais je ne te quitterai.

10.

Il ne restait plus que quelques heures avant l'arrivée du taxi qui devait le conduire à l'aéroport. Mais avant d'aller se coucher, il souhaitait se détendre un peu, comme il en avait l'habitude. Aussi prit-il une feuille de papier d'une pile posée sur son bureau pour griffonner quelques mots qui lui étaient venus à l'esprit.

« Mère et fils marchant au bord de la mer », écrivit-il. Puis il dessina le mot חתול, « chat », dont il avait récemment découvert que le lamed final selon l'écriture cursive en hébreu avait la forme d'une queue relevée.

Le mot עץ, « arbre », aussi, si l'on considérait le tsadé final, faisait songer à un arbre enraciné dans la terre dont les branches se ramifiaient. Il traça d'autres mots encore dont le dessin des lettres figurait irrésistiblement le sens :

הר, « montagne ».

שדה, « champ ».

בית, « maison » (mot dans lequel, songea-t-il, il y avait un plancher, un plafond et des cloisons).

Mais également גג, « toit », רוך, « tendresse ».

Soudain le silence de la nuit fut troublé par des cris de détresse. Ces derniers temps, ces gémissements lugubres, semblables aux lamentations d'un chœur de pleureuses folles de douleur et inconsolables, résonnaient dans la nuit comme surgis du fond sépulcral des ténèbres. Bat Ami prétendait que l'on avait toujours entendu les piaulements des chacals dans la nuit hiérosolymitaine, mais Yoel était certain qu'ils n'avaient jamais été aussi désespérés ni si proches des habitations humaines. En plein jour, il réussissait à ne pas trop y penser, mais la nuit, il était persuadé qu'une horde de chacals sauvages envahissait les chemins goudronnés d'Emek Ha Matsleva, s'emparait des pelouses soignées du parc Sacher et bientôt conquerrait par petits groupes les rues du quartier – s'ils ne s'introduisaient pas chez lui.

DEUXIÈME CAHIER

11.

Seul résonne à présent le vrombissement monotone du moteur de l'avion ; seul le moutonnement blanc des nuages occupe maintenant son champ de vision. Comme il est difficile de croire que, quelque part, sous cette couche d'écume blanchâtre, se nouent des existences, se trament des écheveaux complexes de relations.

Il avait ignoré la vérité sur sa mère, l'âme de celle qui lui avait été le plus proche. Il ne connaissait pas la vérité sur elle, même après avoir rencontré, après sa mort, quelques-unes de ses anciennes connaissances – comme Bertha Solomon, dont seule la lettre laconique de condoléances qu'elle leur avait adressée durant la période de deuil lui avait révélé l'existence. Néti, ainsi avait-il été surpris de l'apprendre, avait toujours connu Bertha Solomon ; il avait été pour sa part ému à l'idée de rencontrer quelqu'un qui avait pu connaître sa mère avant d'arriver en Israël. Aussi s'était-il rendu, à la suite de cette lettre, à la maison de retraite des natifs de Hollande qui se trouvait non loin de la ville de son enfance, Netanya. Il arriva un après-midi d'hiver dans une résidence située au cœur d'un quartier tranquille où abondaient les jardins bien entretenus ; les rues étaient alors pavoisées aux couleurs des différents candidats à l'approche des élections municipales.

Le cœur battant, il poussa le portail orné du nom de la reine des Pays-Bas en lettres d'or, dépassa les fleurs arrangées dans le plus pur style hollandais et le moulin à vent miniature qui décorait le bâtiment. Grâce à une énergique infirmière au fort accent yéménite, il trouva Bertha, une vieille dame menue à la chevelure blond cendré partagée par une raie telle une enfant sage, assise dans le hall, en compagnie d'autres résidentes, regroupées là pour le goûter. Bertha, atteinte de la maladie de Parkinson, était immobilisée dans un fauteuil roulant, le visage grimaçant et les membres parcourus de tremblements. Elle avait du mal à parler, mais elle émit un grognement de plaisir devant le fils d'une ancienne amie venu lui rendre visite et le présenta aux autres vieilles dames dont l'une, une femme au fier maintien et à la figure affable qui répondait au nom d'Annie de Lévy, lui dit : « Yoel Blum ? Vous êtes l'écrivain Yoel Blum ? Quel honneur ! J'ai lu tous vos livres ! » Lorsqu'il lui serra la main, Yoel aperçut les chiffres tatoués sur son bras.

Il s'installa au milieu du petit cercle en se souvenant que sa mère non plus ne dérogeait jamais à son goûter, qu'elle prenait quant à elle à cinq heures. « Votre mère, lui dit Bertha, n'avait pas très envie de rester en contact avec moi. » Quand il lui demanda ce qu'elle connaissait de son existence durant les années de guerre, ses mains continuèrent de s'agiter de bas en haut sur sa poitrine contractée mais son visage fin se figea. Une autre vieille, assise à sa droite, grommela alors : « Jamais ici on ne parle d'autre chose que de la guerre. La guerre, toujours la guerre ! Moi, poursuivit-elle sans qu'on lui demande rien, pendant la guerre j'ai été cachée chez des chrétiens. Après la guerre, ma mère est venue me retrouver, mais personne ne savait où je me trouvais, ma mère a dû chercher longtemps avant de découvrir où j'étais. »

Vers six heures et demie seulement – heure à laquelle,

l'avaient prévenu ses interlocutrices, il leur faudrait le quitter pour se rendre dans la salle à manger pour le dîner –, il parvint à arracher à Bertha des fragments de réponses à ses questions. Il comprit, en les assemblant tant bien que mal, que sa mère et Bertha avaient grandi ensemble dans le vieux quartier juif d'Amsterdam mais que leurs chemins s'étaient séparés à l'adolescence. Elles ne s'étaient retrouvées que dans le train d'échange, lui raconta Bertha avec une émotion croissante ; Yoel ne savait de quel train il s'agissait, ni non plus à quel échange elle faisait allusion, mais il n'osait interrompre le flot de son récit qui soudain ne tarissait plus. « Je me rappelle comment tout le monde se trouvait déjà dans les wagons, et elle, ta mère, refusait d'entrer. Je ne l'ai pas vue longtemps, mais je l'ai aussitôt reconnue : sa grande taille, son côté têtu… Sa fille était à côté d'elle, et elle se tenait là avec la petite à l'extérieur du train. Elle disait attendre qu'on lui amène son fils. Le train n'allait pas tarder à partir, et tout le monde lui criait : "Sauve-toi, sauve la petite !" mais elle ne répondait rien, elle restait sans bouger, les gens descendaient des wagons et essayaient de la pousser à l'intérieur du train, mais elle était plus forte qu'eux, elle demeurait sur le quai, les policiers avaient déjà fermé toutes les portes, seul notre wagon était maintenu ouvert de l'intérieur par des Juifs. Moi aussi je m'étais mise à crier de toutes mes forces son nom, lui enjoignant de monter, mais elle ne réagissait pas, et le train a commencé à s'ébranler. Soudain j'ai aperçu quelqu'un qui courait au loin, à une vitesse inimaginable. Lorsqu'il s'est approché, j'ai vu qu'il avait dans les bras un petit enfant, il a couru directement vers ta mère et le lui a remis. Finalement, elle est montée dans le train. Et nous sommes partis. »

Bertha était secouée de violents tremblements.

« Je n'avais jamais entendu cette histoire, murmura la vieille femme à sa droite.

– Un instant, dit Annie de Lévy, l'air stupéfait, ce petit enfant qui lui a été remis, ce fils sans lequel elle refusait de partir, c'est vous ? C'est vous, monsieur Blum ? »

Yoel lui sourit. Il était déjà six heures et demie et l'infirmière énergique apparut dans le hall en poussant devant elle un fauteuil dans lequel était installée une femme aux yeux clos, la bouche béante. « Mesdames, mes chères pensionnaires, dit-elle, on vous attend pour le dîner. » Yoel s'esquiva tandis que ces dames se dirigeaient lentement vers la salle à manger éclairée. Il remercia Bertha Solomon qui n'avait cessé de grimacer involontairement et de trembloter. Annie de Lévy entreprit de pousser son fauteuil roulant.

Impossible de ne pas remarquer en sortant le portrait satisfait et cravaté du candidat à la mairie sur l'immense panneau municipal. Yoel s'arrêta un moment près des plates-bandes fleuries et du moulin à vent miniature. Une rumeur s'échappait des fenêtres de la salle à manger à laquelle se mêlait la musique d'une radio. Il tira alors de sa veste un cahier où il avait noté la phrase suivante : « Depuis l'eau a coulé sous les ponts. »

Puis il relut la phrase et ajouta, en tout petit, un point d'interrogation.

12.

Seul résonne à présent le vrombissement monotone du moteur de l'avion ; seul le moutonnement blanc des nuages occupe maintenant son champ de vision. Il a jusqu'ici ignoré la vérité sur sa mère, l'être dont il a été le plus proche sur cette terre. Mais que sait-il des autres membres de sa famille ?

Que sait-il de Bat Ami ? Il l'avait rencontrée quand ils étaient tous deux étudiants à l'université. Elle lui avait plu, il s'en souvenait, mais il n'aurait su dire s'il avait été amoureux d'elle ; en réalité il n'était pas certain d'avoir jamais aimé une femme. Il n'avait jamais eu de petite amie, jamais souhaité non plus en avoir une. Il n'avait jamais eu d'ami véritable, que ce soit à l'école primaire ou au lycée. Quand il avait décidé que l'heure était venue de se marier, il avait passé en revue toutes les filles qu'il avait eu le loisir de rencontrer, entre l'université et les locaux du journal où il travaillait comme correcteur, et Bat Ami lui avait semblé le meilleur parti. Il avait été séduit par son assurance et il se rappelle avoir été conquis, lui, orphelin, fils d'immigrante, par le fait qu'elle soit issue d'une immense famille implantée à Jérusalem depuis plus de cinq générations. Il avait aimé son prénom et sa prononciation, avec l'accent sur l'avant-dernière syllabe, à la manière des Sabras, les Juifs nés en

Israël. Il avait également aimé la maison familiale, dans le quartier de Rehavia, que le père de Bat Ami avait construite avec la pierre des collines de Jérusalem, et dans laquelle elle avait toujours vécu depuis sa naissance. En épousant cette fille sympathique, Yoel savait qu'il pourrait même vivre dans cette belle demeure entourée de cyprès et de pins toujours verts des fenêtres de laquelle on apercevait Emek Ha Matsleva, le monastère de la Croix, comme la mer d'une maison côtière.

Et que sait-il au juste de ses trois filles ? Bat Ami les avait portées et élevées et il semblait que, aujourd'hui encore, elles n'avaient pas coupé le cordon. Avec lui, elles étaient aussi agréables et pleines d'admiration que réservées et respectueuses. Aucune d'elles ne lui parlait jamais de choses intimes, aucune d'elles ne lui faisait jamais partager ce qui la préoccupait ou la touchait vraiment. Ses gendres lui témoignaient la même affection circonspecte ; de même, depuis qu'ils avaient l'âge de raison, ses petits-enfants avaient assimilé les codes familiaux et se jetaient bras grands ouverts dans ceux de leur grand-mère Bat Ami, alors qu'ils s'approchaient respectueusement de lui, le gratifiant d'un « Bonjour, grand-père Yoel » des plus polis.

Ce n'est qu'avec Tal, son premier petit-fils, que les choses avaient été sensiblement différentes. Tal, un magnifique petit garçon au regard rayonnant, avait l'habitude de faire irruption dans son bureau dans lequel il se barricadait pour l'assaillir et lui manifester une tendresse inconditionnelle. Peut-être agissait-il de la sorte parce qu'en tant qu'aîné il n'avait pu apprendre des autres que l'on n'embrassait pas grand-père Yoel. Quoi qu'il en soit, il était certain d'une chose : aucun autre de ses petits-enfants ne s'autorisait à l'embrasser ainsi. Cependant, en grandissant, Tal s'était lui aussi aperçu que grand-père Yoel était une forteresse inexpugnable. Depuis qu'il était adolescent, Yoel ne le voyait plus que rarement, et ils ne faisaient plus désormais que se regarder. Yoel ne parle jamais de cela, mais lorsqu'il songe à Tal, il est pris d'une forte nostalgie.

13.

La lumière du jour commence à décliner et l'avion entreprend sa descente vers la vaste plaine des Pays-Bas. Un quart de leur territoire est au-dessous du niveau de la mer, veiné d'un réseau d'eau et de sang. Leurs terres avaient ouvert leur gueule et englouti beaucoup de ceux qui l'aimaient. Peu s'en était fallu qu'elles ne referment aussi leurs mâchoires sur lui s'il n'y avait eu sa mère pour l'en arracher in extremis. « Notre existence a commencé le jour où nous sommes arrivés en Israël, n'avait-elle eu de cesse de lui répéter durant son enfance et son adolescence. Souviens-toi, Yoel, et ne l'oublie surtout pas : il y a ta mère, ta sœur et toi. C'est tout. Et rien d'autre ne compte », ajoutait-elle invariablement.

Il est déjà tard lorsqu'il sort du taxi et entre dans l'élégant hall de l'hôtel de Paris. Il y avait déjà séjourné quelques jours auparavant avec Bat Ami, et c'est avec l'émotion d'un homme qui rentre chez lui qu'il franchit à présent le seuil ; cependant, le vieux réceptionniste qui lève les yeux sur lui l'accueille avec l'expression fermée de quelqu'un qui ne l'a jamais vu.

Tandis que l'homme lui tend le formulaire réglementaire, Yoel balaye à nouveau du regard la décoration familière de la réception : des moulins à vent et des maisons multicolores miniatures, des assiettes de Delft de porcelaine blanche au marli peint en bleu, des sabots en bois de différentes tailles et une grande peinture à l'huile représentant un ancien bateau à voiles affrontant une mer agitée. Son œil est attiré par l'étonnante juxtaposition de prospectus intitulés *Guide complet d'Amsterdam pour LGBT*, et d'autres flyers invitant à visiter la maison d'Anne Frank.

« Tu vas mourir », lui avait dit l'un de ses petits-fils ; la mère de l'enfant avait froncé ses beaux sourcils sous son tarbouche blanc et lui avait demandé avec colère : « Qu'est-ce qui te prend, Hesed ? Comment peux-tu parler comme ça à ton grand-père ? » L'enfant s'était abstenu de répondre, Galia avait souri à son père, mal à l'aise. « Il me semble, avait-elle suggéré l'air didactique, que Hesed pense qu'un grand-père c'est un très vieil homme. Mais grand-père Yoel est encore jeune, mon petit Hesed, grand-père Yoel…

– C'est pas vrai, l'avait coupée le petit, ce n'est pas parce qu'il est vieux qu'il va mourir.

– Alors pourquoi ? »

Hesed avait baissé sa tête encadrée de papillotes bouclées. Après que Yoel s'était engouffré dans son bureau pour se plonger dans ses papiers, il avait senti sur lui le regard brûlant de l'enfant, ses yeux telles deux flammes noires et le nez arrivant à peine à la hauteur de sa table de travail. « Je vais mourir », lui avait dit Yoel calmement, et l'enfant avait confirmé d'un hochement de tête. Ils s'étaient regardés sans ciller tandis que Yoel avançait la main vers l'un de ses tiroirs pour en extraire un bonbon à la réglisse et le déposer dans la menotte déjà tendue, bien qu'il fût clair pour tous deux qu'aucune offrande ne pourrait adoucir le verdict.

Il ne s'est pas encore remis de l'accueil humiliant qu'on lui a réservé aujourd'hui à l'aéroport d'Amsterdam-Schiphol. « Pourquoi revenez-vous si vite en Hollande ? lui a demandé l'immense policier préposé au contrôle des passeports d'un ton hostile. Que venez-vous faire ici ? » Yoel a tenté de lui expliquer qu'Amsterdam était une si belle ville que lors de son précédent séjour, trop bref, il n'avait pas eu le temps de profiter de tout ce qu'elle avait à offrir. Puis il a révélé au colosse acariâtre qu'il était écrivain, que ses livres avaient déjà été publiés en néerlandais et qu'ils se vendaient bien. Alors a surgi un homme armé du service de sécurité, qui lui a demandé de le suivre dans une pièce où il a dû attendre un long moment puis, mortifié, se prêter à un long et scrupuleux interrogatoire ; il a encore dû attendre ce qui lui a semblé une éternité jusqu'à ce qu'enfin on lui rende son passeport et l'autorise à s'en aller. Lorsqu'il y songe à présent, il doit reconnaître qu'il n'est pas complètement illogique qu'un étranger atterrissant en Hollande deux fois dans la même semaine soit suspect. Malgré tout, il se sent blessé comme s'il avait subi une injustice. La logique était de leur côté, mais il ne parvient pas à se défaire de l'impression que s'ils se sont conduits de la sorte, c'est parce qu'il est israélien.

14.

Il fait sa prière du matin près de la fenêtre qui donne sur le pub d'en face puis descend prendre son petit déjeuner. Il est arrivé exténué, la veille, à l'hôtel, et a sombré dans un profond sommeil alors qu'il mourait de faim ; mais à présent, il trouve au buffet son menu casher habituel : un simple yaourt, du pain et du beurre, des œufs durs. Il mange avec appétit tout en observant les clients et finit par repérer quelques Israéliens. Puis il traverse la place, se faufilant entre les chaises et tables vides disposées par dizaines en lignes droites devant les cafés, attendant leurs occupants du soir. Dans la rue du Keizersgracht il s'arrête, sort de son veston une carte de la ville, la déploie puis la replie et se dirige vers la rive du canal en direction de l'est.

Soixante-seize mille arbres sont plantés sur les bords des canaux d'Amsterdam afin que leurs racines puisent l'eau sur laquelle la ville a été édifiée. C'est ce qu'a raconté la guide de la petite croisière qu'il a faite avec Bat Ami, et Yoel a noté pour lui-même de vérifier les noms hébraïques de ces arbres ; mais il décide maintenant qu'il ne le fera pas. En Israël, il connaît le nom de chaque arbre, cyprès, peuplier, chêne, pin, olivier, figuier ou saule. Mais ici, peu lui importe d'utiliser le terme générique d'« arbre », car qu'ont-ils, lui et eux, en commun ?

J'aurais pu être cet homme, se dit-il alors qu'un Hollandais qui semble avoir son âge le double, dos droit, sur son vieux vélo. Ou celui-ci, qui me ressemble un peu par sa corpulence, ses cheveux coiffés en arrière et qui est installé avec sa jolie compagne à l'angle d'un petit café de l'autre côté du canal. J'aurais pu chaque jour respirer cet air, sous ce ciel flamand gris et modeste, aux teintes douces et harmonieuses. Être un écrivain néerlandais : un écrivain qui écrit sur lui, c'est-à-dire sur moi, dans le lieu où sont nés mes ancêtres, mes parents, et moi.

Tout ici est beau et précis. S'il avait vécu ici toute son existence, peut-être serait-il aussi léger que ces mouettes blanches qui planent au-dessus du canal, plongent en piqué et jaillissent presque aussitôt de l'eau pour s'élever dans le ciel. Peut-être saurait-il aussi s'asseoir dans un pub ou dans un des coffee shops qui fleurissent à chaque coin de rue pour y boire, fumer, ne rien faire. Que serait-il devenu s'il n'y avait eu la guerre, qui serait-il si sa famille n'avait été arrachée à cette terre riche et fertile ? S'il avait vécu ici depuis sa naissance, s'il n'y avait eu, enfouis au tréfonds de son existence, ces secrets dont il vient juste de prendre connaissance, se serait-il attelé à l'écriture ? Aurait-il souffert du besoin irrépressible de chercher ses mots à travers le monde ? Aurait-il été contraint de raconter son histoire encore et encore ? Serait-il devenu écrivain ?

Nombre de petits balcons d'appartements sont encombrés de caisses de bières locales ; il voit l'intérieur des habitations par les fenêtres, distingue sur leurs rebords des orchidées en pot. Bat Ami les déteste. Elle préfère toutes les fleurs qu'elle cultive, dans des pots en terre, en vieil émail ou dans des jardinières, dans leur maison ou sur la terrasse, ses géraniums, ses bégonias, ses pétunias, ses mandevillas qu'elle soigne avec amour, entretenant avec chaque bourgeon, chaque pétale des relations intimes. « Les orchidées sont à la fois prétentieuses et kitsch, prétend-elle, elles ont une espérance de vie trop courte, et rien ne justifie la peine que certains s'obstinent à investir pour leur entretien. » Quant à Yoel, il est moins attaché aux fleurs en pot et s'émeut davantage devant des parterres de marguerites sauvages qui déploient leur couleur jaune le long des routes en Israël ou des roses trémières qui rosissent entre le printemps et l'été. Mais qu'y peut-il si, malgré tout, les orchidées revêtent à ses yeux quelque beauté, une beauté pleine de mystère ?

Lorsque Yoel songe à Bat Ami, la première chose qui lui vient à l'esprit, c'est son odeur. Celle du jardin de chez elle, lui a-t-il semblé lors de leur rencontre, surtout celle des pins hiérosolymitains, comme dans la chanson de Naomi Shemer *Jérusalem d'or*, devenue célèbre à la même époque. Puis il pense à sa voix, à ses gestes, lorsqu'elle rentre et jette son trousseau de clefs sur la table avant de s'asseoir par exemple. Et ce n'est qu'après l'odeur, la voix, les gestes qu'il se la représente entièrement et constate qu'elle n'a pas changé depuis leur jeunesse. « Bien sûr que j'ai changé, se lamente Bat Ami, j'ignore si tu me dis ça parce que tu crois que c'est ce que je veux entendre ou parce que tu ne me vois pas vraiment. » Yoel se défend en lui disant qu'il la voit, mais elle désigne alors le miroir : « Regarde comme mes joues se sont affaissées, mes paupières, mon menton, mon cou. J'ai la peau flasque, sans parler des séquelles que j'ai gardées de mon accident. Depuis, je me tiens et je marche différemment, mon regard a changé. J'ai changé, Yoel, je suis différente, j'ai du mal à croire que tu ne voies rien. » Mais Yoel n'en démord pas : « À mes yeux, tu es la même femme que celle que j'ai rencontrée la première fois. Même ces blessures que tu as eues n'ont laissé aucune trace. »

Selon la carte du Keizersgracht, il doit tourner à gauche, passer devant le bâtiment des Archives municipales dont les tourelles gothiques semblent fendre le ciel de leur pointe et continuer vers la place de la Monnaie. Du sommet du beffroi résonnent les cloches et Yoel songe à ses ancêtres qui devaient eux aussi entendre ces sons harmonieux en passant par là. Des touristes venus du monde entier traversent cette place en couples ou en groupes, admirant, chacun dans sa langue, l'architecture ou les canaux, avant d'accélérer le pas vers le Bloemenmarkt, le marché aux fleurs flottant. Yoel quant à lui se dirige le long du quai animé débordant de tulipes de toutes les tailles, de toutes les couleurs imaginables. Il voit également de nouvelles sortes de lis, des orchidées, des roses, d'énormes tournesols et des dahlias, mais principalement des tulipes, ouvertes ou fermées, des bulbes à planter soi-même, des tulipes à profusion, comme si les Hollandais ignoraient que cette fleur colorée puise son origine du côté de la Méditerranée, qu'elle a émigré en Hollande depuis la Perse en passant par la Turquie et que son nom est une curieuse altération du mot perse « turban ».

Du temps est passé depuis la dernière fois où il a vu Tal. Quelle était la couleur de ses cheveux ? Fut un temps où l'adolescent avait les cheveux vert pré, un autre bleu outremer, et pendant une assez longue période carotte. À la dernière fête des Cabanes, Ronit était venue leur rendre visite avec toute sa petite famille, excepté Tal. Et un jour que Yoel et Bat Ami s'étaient rendus chez eux, au milieu de l'été, Tal, cette fois les cheveux blancs comme neige, tels ceux d'un vieillard, venait tout juste de sortir avec plusieurs de ses copains.

Il doit apprendre à s'orienter dans ce réseau labyrinthique que constituent les canaux d'Amsterdam et ses rues, il doit observer, regarder, se souvenir de ce qu'il voit mais aussi de ce qu'il ne verra pas. Une foule de touristes passent devant lui, discutent dans diverses langues, s'émerveillant et photographiant. Ils sont en quête d'attractions ; lui est à la recherche d'un enfant mort. Dans les enquêtes criminelles, il est question de trouver le meurtrier ; lui, il sait qui est le meurtrier, et cherche la victime.

15.

Son existence se résume à l'attente de ce seul instant : celui où il se sentira vivant. Dans le passé, il se berçait de l'illusion que ce moment adviendrait s'il partait sur un cheval au galop, sautait en parachute, se lançait à l'assaut des flots sur un scooter des mers, le visage offert au vent. Sauf qu'il ne lui était jamais venu à l'esprit d'acquérir l'une de ces compétences ; et même lorsqu'il était adolescent, à l'heure où ses camarades descendaient d'échelles de corde dans des grottes profondes, gravissaient des pics rocheux ou gouvernaient des bateaux à voiles, il avait toujours préféré rester sur la terre ferme en expliquant à la cantonade que c'est parce qu'il devait penser à sa mère, angoissée à la moindre petite sortie scolaire. En vérité, ce n'était pas à cause d'elle mais entièrement de son fait s'il se dérobait toujours aux défis physiques ; et ce n'était pas non plus à cause d'elle mais de son fait s'il avait choisi de faire son service militaire dans l'administration d'une unité de renseignement. Après l'armée, il avait malgré tout eu envie de sauter à l'élastique. Son cœur palpitait rien qu'à la pensée de l'élan de son corps vers le vide qui s'affranchirait ainsi de la pesanteur, de la force d'attraction terrestre, mais finalement il avait renoncé à cette idée. Car le projet qui consistait à transporter sa carcasse au bout du monde dans le seul but de le hisser au sommet d'un promontoire, de l'attacher avec une corde puis de le balancer dans un ravin comme un yoyo lui avait paru grotesque.

Place Rembrandt, des touristes sont agglutinés au pied de la sculpture altière et solitaire de l'homme qui a révélé les mystères de la lumière à l'humanité : miracle qu'avant Rembrandt Van Rijn, seul l'Éternel avait su réaliser. Yoel se fraye un chemin à travers les touristes et leurs appareils photo et, une boule de tristesse en travers de la gorge, lève les yeux sur le géant de pierre dont la main porte une immense palette et dont la tête semble fendre les cieux. Puis il traverse l'Amstel par le large et royal pont aux piles ornées de couronnes dorées et le voilà déjà dans l'ancien quartier juif, avec à sa droite la grande synagogue ashkénaze d'Amsterdam qui abrite en son sein le Musée historique juif. Une affiche vert et bleu souhaite la bienvenue aux visiteurs. Yoel achète un billet au guichet lui donnant accès à tous les musées de la ville, s'empresse d'entrer, monte en courant les escaliers en colimaçon qui conduisent à la salle des collections.

La semaine dernière, il avait tenté en vain avec Bat Ami de dénicher dans le Musée juif d'autres photos des membres de sa famille ou un témoignage de leur histoire. Les employés de l'établissement avaient consulté pour eux les dossiers, fouillé les étagères et les tiroirs, mais aussi interrogé les données numérisées. Ils s'engageaient à poursuivre leurs recherches, avaient-ils promis avec émotion, même après le retour de l'écrivain et de sa compagne en Israël ; ils allaient surtout essayer de retrouver toute la bande du film du mariage dont seules des bribes étaient projetées dans la salle d'exposition.

À présent que Yoel s'est rendu chez Néti et qu'il a entendu ce qu'elle avait à lui révéler, il n'a plus besoin ni de documents ni de photos. L'extrait du film du mariage lui suffit :

l'unique extrait où il peut voir son père, sa mère, une fillette et un bébé. Ils n'apparaissent qu'un court instant, mais dans ce laps de temps ils respirent, ils se meuvent, tel un fragment d'existence transparent cristallisé et conservé dans le temps.

« Ne l'oublie jamais, avait coutume de lui dire sa mère dans son enfance, il y a ta mère, ta sœur et toi. C'est tout. Et rien d'autre ne compte. » Ils n'avaient ni proches, ni relations amicales avec d'autres familles, ni même avec d'autres ressortissants hollandais comme eux. Enfant, où qu'il tourne la tête, Yoel ne voyait que des familles s'invitant les unes les autres, mangeant les unes chez les autres pour shabbat ou les jours de fête, passant leurs vacances ou leur temps libre ensemble. Seuls lui, sa mère et Néti ne participaient pas aux grandes festivités, seuls eux trois demeuraient toujours en dehors, c'est-à-dire à l'intérieur du petit cercle fermé que leur mère avait tracé autour d'eux. « Nous n'avons besoin de personne », lui disait-elle chaque fois qu'il la surprenait en train de décliner une invitation, une tentative de rapprochement de la part de voisins affables ou de personnes qui la côtoyaient dans son travail au dispensaire. Elle n'avait même pas d'amie proche, et il avait toujours cru qu'elle avait choisi la solitude par individualisme, à cause de son besoin d'intimité, de calme, et probablement aussi de sa tendance à la critique qui l'entraînait à juger les autres avec sévérité et même à leur dire parfois leurs quatre vérités.

Il comprend seulement maintenant que si sa mère s'était isolée à ce point, c'était pour lui. Il comprend seulement maintenant, après les révélations de Néti sur son passé, que pour protéger ce secret, sa mère s'était abstenue d'introduire dans le cercle familial le moindre élément extérieur. Et elle s'était tout particulièrement tenue à l'écart de tout Juif émigrant en Israël depuis la Hollande, car il aurait pu lui rappeler son passé et connaître la vérité qu'elle occultait. Son cœur se serre à la pensée de l'immense effort qu'elle avait fourni pour maintenir le fragile équilibre dans lequel il avait grandi. Et à celle de l'abnégation avec laquelle elle avait barré la route à toute intrusion susceptible de briser la délicate enveloppe de la cellule familiale.

Il a toujours eu un besoin irrépressible de raconter des histoires : déjà, enfant, il ne se contentait pas de celles qu'il forgeait sur son père ; il parlait aussi à ses camarades de son immense et bouillonnante famille qui incluait des grands-parents, des tantes, des oncles, des cousins à Jérusalem, à Tel-Aviv, au kibboutz et dans des villages. De l'hélicoptère privé qui tournoyait chaque nuit au-dessus de chez eux pour les protéger, lui, sa mère et sa sœur, des voleurs ou des importuns. Mais aussi de la panthère féroce que son père lui avait rapportée d'un de ses voyages et qu'il élevait et domptait sur le balcon de leur cuisine, ainsi que d'autres cadeaux extravagants que son père, de tous les coins du monde, lui offrait pour lui faire plaisir. Et il repartait dans des récits interminables sur son immense famille, gaie, chaleureuse, et qui comptait à travers le pays des dizaines de membres tous plus aimants les uns que les autres. Même Yehoshua Glazer, le glorieux buteur de l'équipe de foot d'Israël, était en réalité son cousin, avait-il un jour fanfaronné devant ses camarades ébahis. Mais il n'avait jamais compris ce que ses camarades de classe et du quartier attendaient de lui. Pourquoi se moquaient-ils, se mettaient-ils en rogne chaque fois que l'un d'eux s'avisait de vérifier ses dires et déballait les conclusions de ses investigations ? « Où est ton cousin célèbre ? » ricanaient-ils. « Menteur ! disaient-ils en le montrant du doigt. Tu n'es qu'un mythomane ! » Nulle n'était son intention de mentir car il ne savait tout simplement pas – ou peut-être ne voulait-il pas – faire la différence entre son imagination et la réalité, totalement subjective, comme chacun sait.

16.

Il n'avait pas l'intention de rester au musée plus d'une heure ou deux. Aussitôt après, se disait-il, il continuerait ses déambulations vers la partie sud, ancienne, de la ville, à la recherche de la rue Jacob-Obrecht : celle où il était né, le quartier où selon Néti s'était déroulé l'essentiel de l'histoire qu'il s'apprêtait à écrire.

Mais il s'attarde longuement devant les extraits de la noce qui repassent en boucle.

Après s'être enfin éloigné, il est attiré par les différents objets exposés dans la salle, se fondant littéralement parmi eux, aimanté par les cartels, les vêtements, les ustensiles, les livres, les documents et les documentaires diffusés. Absorbé par eux à tel point qu'il lui semble ne plus vivre au présent, mais uniquement dans le passé des Juifs d'Amsterdam.

Une des vitrines présente les cahiers d'Etty Hillesum. Il avait, il y a très longtemps de cela, lu le livre écrit à partir de son journal. Voici qu'il peut voir à présent ses cahiers, son écriture et les noms des personnages figurant dans les marges. Etty, jeune femme brillante et débordante de vie, qui aurait pu avoir la vie sauve grâce aux relations qu'elle entretenait au *Judenrat* – le Conseil juif –, avait choisi d'être arrêtée avec ses coreligionnaires moins bien lotis qu'elle. Elle avait choisi, comme elle l'avait écrit dans un de ses cahiers visibles ici, de seconder Dieu en ces jours où le monde n'engendrait alors que du malheur.

Une des vitrines contient des ustensiles de cuisine en cuivre. D'autres montrent des tickets de rationnement et des objets de première nécessité. Des papiers d'identité sur lesquels est apposée la lettre *J*. Les numéros d'un journal. Des jeux de société. La robe d'une fillette sous le col amidonné de laquelle a été cousue une étoile jaune, avec dessus le mot *Jood*. Un grand rouleau d'étoffe jaune où sont imprimées des lignes d'étoiles et de *Jood* comme prédécoupés. Une valise rigide, cloutée, où apparaissent les coordonnées d'un homme, avec au-dessous la mention « Hollande ». Une barrique de harengs marinés. Des jouets d'enfants en bois, pêle-mêle : des cubes, une locomotive, un lit de poupée et un moulin à vent. Des affiches de théâtre.

Il regarde une interview filmée : une belle vieille femme (les cheveux blancs, les sourcils gris épais, les yeux noirs, vifs et expressifs, un élégant collier de perles autour du cou) est assise dans une maison cossue par la fenêtre de laquelle on aperçoit un jardin luxuriant au bord d'un lac bleu. « On a arrêté ma famille, raconte-t-elle, parce qu'une autre famille de l'immeuble qui était sur les listes avait pris la fuite, et la police devait atteindre un certain quota. Nous ne pensions pas que de telles choses pouvaient se produire en Hollande. Il est clair que si nous avions su ce qu'il se passait en Allemagne, si nous avions su que l'Allemagne avait envahi la Hollande, nous aurions pu prévoir ce qui allait arriver ici. Malgré tout, nous ne pouvions pas croire que l'on nous arrêterait, nous ne pouvions pas croire qu'on viendrait nous chercher chez nous et qu'on nous enfermerait dans un camp. Pas en Hollande. »

Puis une autre : un vieillard se tient place Waterloo au pied des deux tours de l'église Moïse-et-Aaron que Yoel a pu voir de l'autre côté de la rue en entrant au musée. L'homme évoque le marché des Juifs perpétuellement animé qui se trouvait en plein milieu de la place. Il raconte comment dans son enfance son père, qui travaillait là (il désigne du doigt l'endroit) comme cordonnier, avait l'habitude de l'envoyer chaque jour acheter un poisson chez la marchande de harengs dont le tonneau se trouvait précisément là, dit-il en pointant à nouveau l'index.

« Nous ne pouvions pas le croire. Nous ne pouvions pas le croire. Nous ne pouvions pas croire que de telles choses pourraient arriver en Hollande. »

Enfin, le fragment d'un court-métrage : un train de marchandises en provenance d'Amsterdam fait halte dans un camp de concentration en Pologne. La porte d'un wagon à bestiaux s'ouvre lourdement. En descendent des hommes en costumes, des femmes en manteaux de renard et talons hauts, ainsi que des enfants portant des cols marins. Ils commencent à descendre lentement avec leurs valises et leurs effets, clignant des yeux face à la lumière aveuglante du soleil et mettant la main en visière pour observer ce qu'il y a alentour.

Les gros plans du mariage et d'autres séquences de la vie quotidienne à Amsterdam avant la guerre dansent toujours en boucle sur les murs de la salle : des familles organisent un pique-nique en plein air, des jeunes garçons en marcel jouent au handball sur la pelouse, des femmes et des hommes d'âge mûr sortent d'un bâtiment, se séparent d'une poignée de main ou se font la bise, enfourchent un vélo stationnant sur la chaussée et pédalent, une fillette en maillot de bain se tient debout dans une bassine en fer-blanc, se penche pour remplir un petit ustensile, l'eau lui arrive aux chevilles, elle se redresse aussitôt pour renverser son contenu sur la tête, l'eau dégoutte de sa chevelure, coule le long de son visage qui sourit à la caméra.

On annonce que la fermeture du musée est imminente et Yoel, qui a perdu le compte des heures, se rappelle soudain que le temps passe.

En sortant sur la place Waterloo, il fait presque nuit déjà. Il décide qu'il en a eu assez pour aujourd'hui ; mieux vaut qu'il remette sa visite du sud de la ville au lendemain matin. Il se rend donc à la station de tram pour retourner à l'hôtel, sur la place Leidse, mais il s'arrête net comme devant un barrage invisible : c'est étrange mais il sait, il ne sent pas mais il sait avec certitude comme si on le lui martelait dans la tête qu'il ne doit absolument pas emprunter les transports publics. Il n'y a aucune raison à cela, essaie-t-il de se raisonner, mais il sait qu'il n'a d'autre choix que de regagner à pied son hôtel. Et il sait, il ne le sent pas, il sait avec certitude qu'un grand danger le guette : eux, à savoir tous ceux qui marchent dans la rue en cet instant, voient qu'il est juif et sont déterminés à l'assassiner. Peut-être est-ce la faim, pense-t-il, car je n'ai presque rien mangé. Peut-être est-ce une faiblesse physique, car ces dernières vingt-quatre heures je n'ai pas dormi plus de deux heures d'affilée. Quoi qu'il en soit, il se met à faire de plus petits pas et à longer les murs des bâtisses tout en regardant autour de lui avec crainte.

Face à la chaussée bourdonnante séparant le quartier juif du pont doré au-dessus du fleuve, il a peur de quitter le trottoir, persuadé que les automobilistes et les conducteurs de bus cherchent à l'écraser. De même, les cyclistes, travailleurs ou étudiants qui, en cette fin de journée, inondent les rues lui paraissent soudain menaçants et prêts à lui rentrer dedans. Que m'arrive-il ? se demande-t-il. Tout cela manque de logique et cependant il reste convaincu que des regards haineux sont braqués sur lui. Que tous le fixent et le désignent du doigt en s'interpellant en néerlandais : « Regardez ! Un Juif ! Il faut le liquider ! »

Il se rappelle avoir lu un jour, dans une revue pseudo-scientifique américaine lui semble-t-il, un article sur le syndrome de la paranoïa juive. Cette impression de persécution serait instinctive et génétique, était-il écrit. Un instinct inné que développent les Juifs, reposant sur la mémoire juive collective et non sur la réalité individuelle. Mais cette explication ne l'aide pas à retrouver un rythme cardiaque normal.

Te voilà en proie à une peur imaginaire, se dit-il. Une peur fantôme, à l'image des douleurs fantômes que ressent un homme dans un membre longtemps après avoir été amputé de celui-ci. Mais la peur le paralyse tout de même, elle l'empêche de quitter le trottoir et de traverser la rue. Il sait qu'il est impossible qu'il soit en danger et se répète : Tout va bien, tout va bien, tout va bien, conscient pourtant que cette fois ce mantra ne l'aidera pas.

Il fait finalement le chemin du retour en courant. C'est lui ce Juif terrorisé qui jette de tous côtés des regards traqués ? Il refuse de le croire. Mais il ne peut s'empêcher de traverser la rue en se fondant dans des groupes de touristes ou de s'insinuer entre les passants qui lui font office de remparts. Dès qu'il aperçoit des policiers ou quelque porteur d'uniforme, il s'empresse de trouver une cachette ou un refuge en se glissant derrière des bâtiments, des voitures ou des troncs d'arbres. Au Keizersgracht, la voie le long du canal lui semble trop exposée et il emprunte une rue latérale bondée, mais cela rallonge son chemin et il finit par se perdre, ne sachant plus d'où il vient ni où il va.

Il ne parvient à la place Leidse que tard dans la soirée. À bout de souffle, il dépasse la place animée pour se réfugier dans le renfoncement d'un bâtiment à cause d'un policier qu'il a aperçu sur le trottoir d'en face. Quand il recouvre un peu ses esprits, il s'aperçoit que ce renfoncement est l'une des entrées d'un magasin de luxe à la coupole de cuivre vert-de-gris. Son nom, Hirsch, visible où que l'on se trouve sur la place ou dans les rues adjacentes, scintille en immenses lettres métalliques en haut de ses cinq étages. Yoel a découvert aujourd'hui au Musée historique juif cet homme d'affaires, Léo Hirsch, qui avait à l'époque acquis ce qui n'était alors qu'une vaste zone marécageuse désolée, l'avait fait assécher et avait fait construire ce bâtiment surmonté de cette coupole verte qui abritait une boutique pour femmes devenue célèbre en son temps à travers toute l'Europe de l'Ouest. Les sens en alerte, Yoel se recroqueville dans une immense tension nerveuse en se disant : Fais attention, syndrome ou non, tu dois prendre tes jambes à ton cou pour sauver ta peau.

Il court alors à folle allure, s'envole telle une feuille balayée par le vent, et ne s'arrête qu'à la vue de l'enseigne au néon de l'hôtel de Paris qui l'éclaire de loin. L'angoisse l'étreint alors qu'on ne l'autorise pas à entrer, à regagner sa chambre où il a laissé ses affaires avant de sortir au début de la journée.

17.

Le matin, il reste un long moment sous le jet puissant et brûlant de la douche, puis il fixe les courroies de ses phylactères. Paranoïa proprement juive et peur fantôme mises à part, il a vécu la veille une expérience particulière. Il ne croit ni à la mystique ni à ses étranges répercussions, il laisse tout cela à Bat Ami, mais il existe sans nul doute une explication à ce qui lui est arrivé après sa visite au Musée juif. Si Bat Ami avait été avec lui, elle aurait certainement prétendu qu'il avait été escorté par les âmes suppliciées qui continuent de hanter les rues d'Amsterdam, surtout le vieux quartier juif : les âmes d'êtres persécutés qui n'ont pu être sauvés, d'êtres torturés et martyrisés sans que leur souffrance ait été entendue. « Il y avait ici de nombreux Juifs qui ont disparu, aurait-elle certainement dit, et leur peine et leur tristesse demeurent dans ces lieux, tout comme leur souffrance et leur angoisse. Qui mieux qu'une âme sensible comme la tienne pourrait s'identifier à eux ? »

Quoi qu'il en soit, son nouveau roman commence à prendre forme. De plus en plus, il a le sentiment que tout ce qu'il a écrit dans sa vie n'était au bout du compte qu'un exercice préparatoire, une ébauche en vue de l'élaboration de son grand œuvre. Tout comme grandit en lui l'assurance de trouver ici, à Amsterdam, les lettres de son histoire dont la combinaison donnera naissance aux mots. Néti ne peut que lui raconter le peu qu'elle sait et dont elle se souvient ; il tissera une nouvelle trame à partir de ces fils épars et irréguliers.

Un ciel clair d'azur s'étend au-dessus de la ville lorsqu'il sort de son hôtel. Il étudie la carte, la replie et la range dans la poche intérieure de sa veste en tweed bien coupée, traverse calmement la place Leidse, passe tranquillement devant le Hirsch avec son bâtiment cossu de cinq étages, avance en direction du sud-ouest et pénètre dans le Vondelpark. Les allées de ce grand jardin public sont plantées d'arbres, de plantes et de fleurs, traversées de plans d'eau et de pelouses, envahies, même en cette matinée tardive de semaine, de promeneurs avec leur chien, de cyclistes paisibles et de sportifs qui marchent ou courent et qui respirent le bien-être, la santé et l'efficacité.

Voici sa mère, jeune, faisant du vélo dans l'allée centrale du parc. À quoi pense-t-elle ? Comment a-t-elle dormi cette nuit, quels ont été ses rêves ? Peut-il savoir qui elle a été dans sa jeunesse, avant qu'elle ne devienne sa mère, afin d'en faire un personnage de roman ? Peut-il savoir comment elle se mouvait, comment elle parlait, quels étaient ses pensées et ses désirs ?

À la sortie 4 du parc commence la rue Jacob-Obrecht où, le long de larges trottoirs dallés, sont alignés des bâtiments mitoyens de style typiquement hollandais – comme dans les rues exiguës qui la croisent. Certains comptent quatre étages étroits, d'autres cinq étages, beaucoup ont des appartements en sous-sol pourvus de fenêtres au ras du trottoir. Tous les édifices sont construits en toutes petites briques rouges. Chacun a en façade des doubles portes qui donnent sur la rue, et à chaque étage apparaissent des rangées de trois ou quatre hautes fenêtres s'ouvrant sur de grands arbres et la douce lumière du jour.

Tout est propre, net, tout brille, Yoel inspecte la rue Jacob-Obrecht pas à pas. Un homme en jogging et chaussures de sport multicolores le dépasse en courant ; il lui semble qu'il a le même âge que lui, qu'il revient de son footing quotidien au Vondelpark et qu'il vit ici depuis toujours. Le coureur insouciant se dirige vers un bâtiment orné de grilles Art déco en fer forgé noir et Yoel songe que c'est peut-être la maison dans laquelle il est né et a grandi, et qu'il n'est pas impossible qu'elle ait appartenu à des Juifs. Il foule avec la plus grande attention chacune des dalles grises du trottoir et passe lentement devant chaque immeuble, comme pour que chacun d'eux reconnaisse son visage, reconnaisse en lui l'enfant qu'il a été.

« Être un enfant, écrit-il dans son cahier, être un enfant hollandais qu'une mère installe devant elle sur son vélo, le visage caressé par la brise. Des feuilles tombent des arbres, jaunes, brunes, orangées, elles tombent sur la chaussée tandis qu'un air frais les fait légèrement tourbillonner. Le ciel semble tendu comme une tenture. La lumière du Créateur resplendit comme une robe. Profondeur de la beauté qui palpitait autrefois comme elle palpite aujourd'hui… »

Il ralentit encore le pas devant le seuil d'une église, devant les deux immenses piliers supportant le fronton et les deux flèches élevées. Ce portail existait, comme ces deux flèches qui obligeaient à lever les yeux. Après l'église, c'est la place du marché. Leur immeuble, d'après les souvenirs de Néti, se trouvait dans une rue étroite parallèle à la rue Jacob-Obrecht, entre l'église et la place du marché voisine, la place Jacob-Obrecht. Yoel se tient au centre du cercle dallé de la petite place où jadis existait un marché permanent ; aujourd'hui un panneau indique que les étals ne sont installés que le samedi. Il regarde les dalles plates qui n'ont jamais été changées, le ciel à travers le ramage du chêne qui ombrage la place ainsi que les quatre rues pittoresques qui convergent vers elle, créant ainsi quatre coins où se trouvent un magasin, une pizzeria et trois agences immobilières.

C'est là, dans l'un de ces commerces, que se trouvait la galerie d'art de Martin évoquée par Néti.

18.

Comme la description de Néti est précise ! Un peu avant la fin de la rue Jacob-Obrecht, au bout de la rangée d'immeubles coquets et bien entretenus, il y a en effet un grand bâtiment flanqué d'arbres à fleurs blanches. Yoel s'arrête. Il y est. À l'hôpital juif. C'est là qu'il est né. Et c'est encore un établissement médical ; à travers la façade vitrée, dans le vaste hall d'entrée, stérile en apparence, il aperçoit quatre fauteuils roulants qui se reflètent sur un sol étincelant de propreté, près de la porte de l'ascenseur.

Mitoyenne de l'hôpital, la synagogue en petites briques rouges, construite quelques années seulement avant la guerre, se dresse vers le ciel, faisant songer par sa forme à l'église tout en haut de la rue. Un portail en fer forgé et une clôture pointue marquent l'accès aux escaliers menant au porche. Yoel lit en chuchotant, comme s'il priait, l'inscription gravée au-dessus de la porte en lettres hébraïques carrées : « Je t'ai construit, Seigneur, une maison somptueuse, un lieu où tu habiteras pour l'éternité[1]. » Puis il répète à voix haute et tremblante les versets : « Je t'ai construit… pour l'éternité. »

Deux vitraux parallèles occupent le mur tourné vers l'est ;

1. I Rois VIII, 13. (*Toutes les notes sont de la traductrice.*)

sur le mur méridional sont inscrites sur une plaque en pierre les lettres hébraïques d'un autre verset : « Heureux l'homme qui m'écoute, qui veille à mes portes chaque jour[1]. »

Yoel soupire. Impossible de rendre les Hollandais responsables de ce qui s'est passé simplement parce qu'ils sont obéissants de nature, habitués à respecter la loi et l'ordre et à faire ce qu'on leur dit ; peut-être la plupart des êtres humains se comportent-ils ainsi. Comme ce à quoi ils ont assisté la semaine passée, Bat Ami et lui, sur la place Leidse : trois hommes, des touristes hongrois apparemment, s'étaient installés au milieu de la place pour exécuter sauts périlleux et marche sur les mains. Puis ils apostrophèrent les passants dans un anglais approximatif et l'invitèrent à se rassembler pour assister à un « spectacle à nul autre pareil » ; en un clin d'œil les badauds se regroupèrent autour d'eux. Plus les secondes passaient, plus les gens s'agglutinaient et la foule des spectateurs allait croissant, cependant que le trio, en jeans et T-shirts aux couleurs passées, enchaînait des figures athlétiques simples. Ils ne chantaient ni ne dansaient, il n'y avait nulle mise en scène ni volonté de faire rire, ils n'avaient fait qu'intimer la foule à se masser autour d'un cercle figuré par une corde. Et tandis que les bateleurs sautillaient sur place et se contorsionnaient, le public docile constitué d'hommes, de femmes et d'enfants demeurait assemblé là, obtempérant comme un seul homme. Une immense foule compacte, immobile et silencieuse, qui cherchait à voir, entre les têtes des premiers arrivés, le numéro de ces trois types minables et négligés qui faisaient le poirier, avançaient sur les mains, enchaînant des saltos avant et des saltos arrière dignes de collégiens en cours de gymnastique. Bat Ami tenta de le tirer en arrière. « Pourquoi donc restes-tu planté là ? s'exclama-t-elle.

1. Proverbes VIII, 34.

Allons-y ! » Mais il ne pouvait détourner le regard de la scène, il voulut tout voir, jusqu'à la fin, où l'un des trois compères retira son chapeau plein de sueur et ordonna à la foule de le remplir ; tout le monde ouvrit son portefeuille, et chaque spectateur sortit, qui de sa poche, qui de son porte-monnaie, des espèces sonnantes et trébuchantes, comme s'il n'avait eu d'autre choix.

D'un côté la synagogue jouxte l'hôpital juif, de l'autre elle est contiguë à un petit jardin public. Un vieux jardin dont les arbres perdent à présent leurs feuilles jaunies. S'y trouvent des aménagements récents – des échelles de corde, des balançoires –, mais également un vieux bac à sable circulaire dont les années ont cassé par endroits la basse rampe de béton, ainsi qu'un antique carrousel et un toboggan.

Yoel entre lentement dans le jardin, désert à cette heure matinale. Il s'approche d'un banc, balaie du revers de la main les feuilles qui s'y sont accumulées et s'assied. Il demeure ainsi assis une bonne heure et il fixe le bac à sable, puis son regard s'élève vers l'échelle du toboggan, s'y attarde un instant puis retombe. Finalement son œil est attiré par le carrousel abandonné, peint aujourd'hui en rouge et bleu ; de quelles couleurs était-il autrefois ?

Il s'abandonne encore quelques instants à sa contemplation et écoute les voix qui l'attendent ici depuis toujours.

19.

Autour de la place du petit marché, les vitrines des trois agences immobilières sont criblées de photos d'appartements à louer ou à vendre dans les environs. Yoel examine celles qui montrent l'intérieur des logements où, même si les cuisines ont été refaites et que le mobilier est plus moderne, les murs demeurent les mêmes depuis des années. Les appartements restent inchangés.

C'est ici que l'histoire se passe, se dit-il. Dans un de ces logements, dans un de ces immeubles, dans l'une de ces rues, et plus certainement encore dans celle-ci.

Il lève les yeux, et sur un bâtiment étroit, près d'une des agences qui avait été autrefois le magasin de Martin, il avise un panonceau effacé qui lui avait échappé. « Hôtel Mokum », est-il écrit en néerlandais.

La semaine dernière, comme Bat Ami a été émue en découvrant que le surnom d'Amsterdam dans la bouche des Hollandais était Mokum (avec l'accent sur la pénultième), un nom issu du mot hébraïque *makom*, signifiant « lieu, endroit ». Mais également que *haver*, « ami » en hébreu, se disait en néerlandais *haber* (avec l'accent également sur la pénultième), et que *méshouga*, qui signifie « fou », avait son équivalent en *méshigué*.

Yoel franchit l'entrée qui se trouve sous le panneau, traverse un vestibule exigu, descend trois marches raides et arrive à une porte coulissante vitrée qui donne sur un petit hall décrépit. L'endroit semble abandonné, il n'y a personne derrière le comptoir de la réception en vieux bois complètement rayé. Quelques longues minutes plus tard une autre porte s'ouvre soudain, et un jeune homme à la peau mate qui bâille à s'en décrocher la mâchoire apparaît. Il déplisse sa chemise froissée, pose sur le comptoir un ouvrage illustré à la reliure souple et se présente avec un sourire affable, dans un anglais impeccable, comme le réceptionniste de l'hôtel Mokum. Très vite, ils lient conversation.

Yoel s'entend dire au jeune réceptionniste qu'il est écrivain, qu'il mène une enquête pour l'écriture d'un roman qui se déroule à Amsterdam et qu'il songe à louer dans cet hôtel une chambre pour le mois.

« Écrivain ! s'exclame son interlocuteur avec une émotion sincère. Un vrai écrivain ! » Il s'avère que le jeune homme se prénomme Achille et que lui-même écrit et aime ça. « En vérité, avoue-t-il en désignant l'ouvrage qu'il a apporté, mon amie et moi adorons lire des biographies de leaders de tous les temps et nous passons notre temps à les analyser. » Leur passion, c'est de décrypter les ressorts latents des personnages, de pénétrer dans les coulisses de l'Histoire et de comprendre ce qui s'est réellement passé. « Je suis avec mon amie depuis longtemps », ajoute-t-il avec un sourire joyeux. Ils ont déjà lu et analysé la vie d'Abraham Lincoln, d'Helen Keller, du Mahatma Gandhi, de Moshe Dayan, de Marilyn Monroe et de bien d'autres encore. Ils sont amoureux l'un de l'autre depuis leur tendre enfance, mais avant d'épouser son amie, Achille veut gagner suffisamment d'argent. « Mon père est anglais et ma mère indienne, poursuit-il dans un sourire. Tout ce que je gagne je le confie à ma mère, car si je le gardais, j'aurais peur de le dépenser sans m'en rendre compte. »

Yoel jette un coup d'œil sur le livre retourné sans parvenir à identifier le portrait figurant sur la couverture et veut demander s'il s'agit également d'une biographie et de qui. Mais alors un son strident, métallique, assourdissant, effrayant retentit, suivi d'autres semblables. Achille ferme les yeux et les compte sur ses doigts. Lorsque le silence est enfin rétabli, il annonce : « Il est onze heures ! » Son visage laisse transparaître de l'étonnement et de la surprise, comme s'il ne pouvait être certain de l'heure qu'il est sans ces sonneries.

« C'étaient les cloches de l'église de l'autre côté de la rue, explique-t-il avec un certain respect, Notre-Dame-des-Roses. »

Puis il se lance dans un laïus sur ses relations avec ses parents, sa merveilleuse compagne, et les ouvrages où elle et lui décèlent énigmes et symboles. Yoel parvient à profiter d'une seconde de pause entre deux phrases pour demander s'il y a une chambre libre à louer pour le mois. Achille se frappe le front de la paume de la main et s'excuse d'être un moulin à paroles, réprime un bâillement de la même main et défroisse sa chemise de l'autre. Il invite son hôte à choisir une chambre dans le large choix qu'offre en ce moment l'hôtel.

« Les chambres ici sont assez petites, s'excuse-t-il dans l'ascenseur poussif qui gémit à chaque soubresaut, mais j'espère que malgré tout nous allons réussir à trouver un endroit qui pourra convenir à la rédaction d'une œuvre littéraire. » Yoel opine du chef en guise de remerciement et se demande si un tel endroit existe sur terre. Quant à ce « nous » utilisé par le jeune garçon… cela signifie-t-il qu'il compte être partie prenante dans la composition de l'œuvre dont il est question, dans le labeur à venir ?

La première est meublée de quatre lits à l'aspect monacal, un devant chaque mur chaulé. Comme deux sentinelles à l'air grave, les deux flèches de l'église de l'autre côté de la rue veillent sur l'unique fenêtre de la chambre. Yoel avise la table sous la fenêtre, s'imaginant écrire sous la perpétuelle surveillance des deux tours, et se dit que peut-être il pourrait puiser de leur présence une inspiration pour lui inédite.

Dans la chambre suivante, huit lits identiques, sur une même rangée. « Vous aurez l'embarras du choix », fait remarquer Achille en riant. Mais s'il prenait cette chambre, réfléchit Yoel, ce serait pour les choisir tous les huit. Ainsi pourrait-il dormir chaque nuit dans un lit différent et faire chaque nuit un rêve différent, se dit-il. Peut-être même passerait-il au cours d'une même nuit d'une couche à l'autre dans l'ordre de leur disposition et jouirait-il ainsi d'un rêve nouveau à chaque heure et sur chacun des différents matelas.

De temps en temps son regard tombe sur du papier peint décollé ou de la poussière qui s'amoncelle par endroits, mais il décide d'en faire abstraction. Le jeune réceptionniste le fait finalement monter au son des gémissements de l'ascenseur jusqu'au quatrième étage. « Je voulais vous montrer une dernière chambre, lui dit-il en longeant un couloir, elle est plus petite. » Ils s'engagent alors dans l'aile arrière de l'hôtel dont la vue est moins plaisante. « Mais peut-être malgré tout vaudrait-il la peine que vous la voyiez », poursuit-il.

Au bout du couloir, toujours en bâillant, il ouvre la porte d'une chambre qui fait l'angle et dont la superficie ne dépasse pas celle de la salle de bains de l'appartement de Yoel et de Bat Ami à Jérusalem. L'espace est presque entièrement occupé par un lit imposant, dont on ne sait s'il s'agit d'un lit double étroit ou d'un grand lit simple, qui trône en plein milieu de la chambre ; près d'un mur, une petite chaise minable contre une table en formica sur laquelle est posé un vieux téléviseur. D'abord peu convaincu, Yoel aperçoit une porte vitrée à travers laquelle on devine un petit balcon sur lequel il sort prendre l'air. Il peut à peine y écarter les jambes et le garde-corps est rouillé, voire branlant. Mais regardant en contrebas, il est étonné de voir, comme dans une image vivante, les cours arrière de deux rangées de bâtiments parallèles à la place du marché. « Je vais prendre ce balcon, déclare-t-il rapidement, je veux dire cette chambre. »

20.

À l'hôtel de Paris, propre et bien entretenu, Yoel jette un dernier coup d'œil aux sabots et moulins à vent miniatures, puis quitte le vieux réceptionniste, aussi indifférent à son départ qu'à son arrivée. Après un court trajet en taxi, un lourd sac en bandoulière et une valise qu'il tire derrière lui, il emprunte l'étroit passage conduisant à l'entrée de l'hôtel Mokum, en descend précautionneusement les trois marches raides. Achille surgit aussitôt d'une porte latérale, étale devant lui une fiche d'inscription et lui présente un stylo d'un geste théâtral. Yoel s'en empare, tente de remplir sa fiche mais le pose sur le comptoir rayé et en extirpe un qui fonctionne de la poche de sa chemise.

« C'est un grand honneur pour nous de recevoir à l'hôtel Mokum un véritable écrivain », lui dit Achille. Il s'avère que l'ouvrage dans la lecture duquel il est plongé est une biographie de Napoléon, la troisième qu'il étudie sur ce grand et mystérieux conquérant, et cette fois en français, lui explique-t-il. « C'est un grand honneur pour nous », répète-t-il dans un immense sourire découvrant toutes ses dents.

Yoel s'étonne intérieurement de l'emploi de ce pluriel et se demande au nom de qui il peut bien parler, car il semble qu'à part eux, il n'y ait personne d'autre dans l'hôtel.

« Je vous remercie, répond-il.

– Je suis à votre disposition à toute heure, dit le jeune réceptionniste, mais aussitôt il nuance cette déclaration hâtive : C'est-à-dire, je suis à votre disposition de sept heures à dix-neuf heures tous les jours.

– À dix-neuf heures, on vient vous remplacer ?

– Pas tout à fait. De sept heures du soir à sept heures du matin, il n'y a personne à la réception.

– Et que se passe-t-il si un client débarque durant ce créneau-là ?

– Personne ne vient car la porte d'entrée est fermée. À propos, l'ascenseur ne fonctionne pas non plus.

– Cela veut dire que de dix-neuf heures à sept heures du matin, il est impossible d'entrer ou de sortir de l'hôtel ? »

Achille éclate de rire. « Évidemment qu'il est possible d'entrer ou de sortir ! Comment avez-vous pu imaginer une chose pareille !

– Vous venez de dire que l'entrée était fermée, et que l'ascenseur…

– Oui, mais il y a une porte à l'arrière de l'établissement et on peut évidemment emprunter les escaliers. »

Au moment où Yoel tente de pénétrer dans sa nouvelle chambre, quelque chose à l'intérieur empêche la porte de s'ouvrir. Alors qu'il force un peu, il s'aperçoit que c'est celle de l'armoire, proche de la chambre, qui est ouverte et qui bloque. La porte de la chambre comme celle de l'armoire sont rayées et abîmées, en raison, selon toute apparence, des nombreux chocs qu'elles ont dû subir ; une fois entré, il a soin de les fermer l'une et l'autre. Il donne un tour de clef, et tandis qu'il cherche à mettre la chaînette de sécurité pour préserver son intimité, il s'avère que plusieurs maillons y manquent, la rendant inutilisable. Il traîne sa valise à l'intérieur, puis pose sa sacoche sur le lit. Il ouvre sa sacoche, en sort son nouvel ordinateur portable qu'il installe sur la table en formica. Il pousse sur le côté l'encombrant et vieux téléviseur dont il retire la prise pour brancher à la place le câble de son ordinateur. Il l'ouvre, glisse deux doigts sur les touches noires et brillantes et appuie sur le bouton « Marche ».

Puis il sort sur le balcon.

Deux rangées de bâtiments dans lesquels on sent la vie palpiter sont alignées sous le garde-corps blanc. Sous les fenêtres arrière des appartements qui se tournent le dos s'étendent de larges cours. Plus loin, les arbres et la végétation sont dissimulés au regard, mais on peut tout voir de celles qui sont plus proches. Yoel aperçoit des plantes, du mobilier de jardin, un tricycle, une balançoire accrochée à un arbre, un ballon en caoutchouc qui a glissé sous un banc ainsi qu'une poupée oubliée sur la pelouse.

Au deuxième étage d'un immeuble de la rangée de droite, il voit par la fenêtre la silhouette d'une femme à la chevelure bouclée assise face à un ordinateur. Tout autour d'elle, emplissant toute la largeur de la table sur laquelle repose l'ordinateur, sont amoncelées des montagnes de papiers, tandis que la femme, visiblement nerveuse, s'agite sur sa chaise, les doigts courant sur le clavier, marquant parfois, désespérée ou résignée, des arrêts.

En passant dans la rue, Yoel a aperçu sur la façade de ce bâtiment la plaque d'un cabinet de psychanalyse ; cette femme fébrile ne peut être que praticienne. Elle doit taper les comptes rendus des séances de la journée et sa nervosité est la manifestation d'un manque de certitude quant à ses diagnostics : elle sait que ses rapports peuvent avoir une influence sur l'existence de ses patients, voire être décisifs sur leur destin.

Dans le bâtiment le plus proche du balcon, il aperçoit par la fenêtre un mur tapissé de tableaux encadrés. La faible lumière ne lui permet pas d'en distinguer des détails, mais sous les tableaux il y a une large commode sur laquelle différents objets sont disposés, apparemment des petites sculptures et d'autres objets d'art ; entre les unes et les autres est tapi un animal au pelage soigné et au nez pointu, vraisemblablement un chien.

Par une fenêtre éclairée, Yoel voit le côté d'une cuisine, le plan de travail, l'évier, la cuisinière. Tout est blanc, méticuleusement rangé, brillant de propreté. À droite de l'évier est posé un saladier en porcelaine blanche.

Yoel a soudain très faim. Il rentre dans ses nouveaux quartiers et grignote une galette de riz puisée dans les provisions préparées par Bat Ami. Il installe sur le coin de la table la bouilloire électrique, le café en poudre et la tasse de café en céramique qu'elle lui a soigneusement emballés, mais n'ayant pas de lait, il est obligé de se rendre au supermarché le plus proche, situé, d'après les explications d'Achille, sous l'esplanade, entre le musée d'Art moderne, le Stedelijk, et le musée Van Gogh, juste en face du Concertgebouw, la salle de concert surmontée d'une lyre dorée.

21.

Les supermarchés, comme les aéroports, les hôpitaux, les hôtels et les banques, se ressemblent partout, comme s'ils avaient été agencés selon les mêmes critères universels avant d'essaimer à travers le monde. Celui-ci fonctionne comme tous les autres, mais il n'y a que Yoel pour ignorer comment détacher un caddie des autres en introduisant une pièce dans la fente prévue à cet effet. C'est Bat Ami qui généralement se soucie de toutes les tâches matérielles, à la maison comme à l'étranger. À plus forte raison à l'étranger, où il est en général accaparé par les rencontres avec ses lecteurs, tandis que Bat Ami a tout loisir de jouir des beaux endroits où ils séjournent, de flâner aux marchés aux puces, mais aussi de faire leurs courses.

L'année dernière cependant il a décidé d'apprendre à prendre part aux tâches domestiques comme les jeunes couples d'aujourd'hui. Fort de cette résolution, il a accompagné sa femme une ou deux fois faire les courses dans leur quartier de Jérusalem, mais ces fois-là aussi c'est elle qui s'est chargée des détails techniques.

Et le voilà aujourd'hui sans elle, regardant autour de lui, déconcerté et impuissant face à son manque de sens pratique, jusqu'à ce qu'enfin surgisse une sympathique Hollandaise qui l'aide à introduire la pièce adéquate dans l'endroit adéquat afin de pouvoir utiliser un caddie comme tout le monde. Il commence alors à emprunter les allées, se perdant entre les différents rayons, jetant un coup d'œil à tous ces produits étrangers dont il ignore ce qu'ils sont, car il ne maîtrise pas le néerlandais. Après une bonne heure d'errance, il se retrouve dans une file à la caisse avec en tout et pour tout posés dans son caddie quatre énormes concombres, des barquettes de tomates cerises, trois oranges et une brique de lait, qui peut-être ne contient pas de lait mais ressemble en tout cas étonnamment à une brique de lait.

En rentrant à l'hôtel, le sac plastique bleu du supermarché à la main, en haut de la rue qui conduit de la salle de concert à la place du petit marché, il passe près d'un petit café dont les volets s'ouvrent pour accueillir la soirée qui va bientôt commencer. D'après son guide, c'est un vieux et célèbre « café brun » d'Amsterdam (qui doit son nom au bois brun naturel du plancher, des boiseries et des meubles), fréquenté par des intellectuels hollandais renommés, ainsi que par de grands professeurs, des écrivains, des musiciens et des gens de théâtre.

Yoel longe nonchalamment les façades élégantes des bâtiments dont il a pu apercevoir l'arrière depuis son balcon. Dans la rue étroite, il n'y a que de rares passants, et la plupart sont soit à bicyclette, soit en voiture. Devant lui, une jeune femme accompagnée de deux enfants avance sur le trottoir. Une femme corpulente, grande, enveloppée dans un manteau en laine bien coupé, les cheveux blonds ramassés sur une nuque robuste, à la démarche fière. Il reste derrière elle et sa petite fille aux cheveux clairs divisés en deux fines nattes ; celle-ci trottine aux côtés de la silhouette altière de sa mère en se tenant à la poussette d'un bébé emmitouflé dans un petit manteau à carreaux. Les jambes de la femme sont puissantes, la fillette doit faire de ses frêles gambettes trois ou quatre pas lorsque sa mère n'en fait qu'un, à la cadence de la poussette. Yoel perçoit le doux murmure de l'échange entre la mère et la fille, le crissement des roues ainsi que le babil de l'enfant tandis qu'elles dépassent le cabinet de psychanalyse puis le croisement entre le café brun et la place du marché où finalement elles s'arrêtent. La femme extirpe une clef de son sac. Yoel ralentit le pas à l'instant où la porte s'ouvre en grand, où la mère invite sa fillette à entrer, puis introduit la poussette et pénètre à son tour avant de refermer la porte.

Yoel s'approche du bâtiment et avise le seuil recouvert d'un feuillage roux. Un lierre couleur carmin grimpe près de la porte d'entrée et les feuilles qui tombent jonchent l'entrée comme une flaque de sang.

« Sonia entre dans la maison en évitant de fouler le tapis de feuilles qui s'amoncellent sur le seuil. »

C'est ainsi que s'ouvrira son nouveau roman.

TROISIÈME CAHIER

22.

Sonia entre dans la maison en évitant de fouler le tapis de feuilles qui s'amoncellent sur le seuil. Eddy a souri quand il s'en est aperçu ce matin et il a suggéré d'aller à l'appartement chercher un balai. Mais Sonia ne voulait pas en entendre parler. « L'annonce de l'automne me réjouit », lui a-t-elle dit, tout sourire. Et d'ajouter : « Ce n'est pas sale, Eddyka, des feuilles qui jonchent le sol. Le seuil est plus beau comme ça, paré des couleurs automnales, non ? »

Elle fait entrer Néti dans le hall avec la poussette, referme la porte puis descend les marches abruptes, les deux mains sur la poignée métallique de la lourde voiture qu'elle fait sauter de degré en degré devant elle. Derrière, Néti compte les marches l'une après l'autre en anglais ainsi que son père le lui a appris la veille. Eddy trouve sans cesse de nouvelles choses à lui apprendre et Sonia pense qu'il est peut-être préférable qu'il soit tant absent de la maison. S'il était davantage avec elles, la petite n'aurait plus de temps pour goûter aux plaisirs de l'enfance. En dehors de ça, elle ne trouve rien de positif à ce qu'Eddy travaille seize heures par jour à l'hôpital, voire parfois davantage. Ils ont emménagé là un peu après que Sonia est tombée enceinte de Léo, et elle a cru que la proximité de l'hôpital juif leur permettrait de passer plus de temps ensemble. Les prix élevés de l'immobilier dans le secteur ne leur ont permis de louer qu'un appartement exigu en sous-sol dans l'immeuble des parents d'Anouk, mais la présence d'Eddy dans le giron familial certes réduit devait les consoler de leur logement modeste. Or il s'est très vite avéré que le fait d'être si près de son lieu de travail ne favorisait pas le temps passé avec elle et les enfants, bien au contraire. Parce qu'il est notoire que le jeune et brillant médecin habite au coin de la rue, ses employeurs considèrent qu'il doit passer ses jours et ses nuits au sein de l'unité de médecine interne de l'hôpital. Chaque nouveau malade, ou tout changement dans l'état de santé d'un ancien patient, est prétexte à le rappeler dans son service même si peu de temps s'est écoulé depuis sa dernière longue et épuisante garde, au bout de laquelle il a pu enfin rentrer chez lui. Un jour que Sonia a pris son courage à deux mains pour aller se plaindre de cette situation au directeur de l'hôpital, le professeur Sherman, celui-ci l'a regardée avec beaucoup de compassion. « Évidemment que je vous comprends, lui a-t-il déclaré, mais je suis certain que vous, ancienne employée qui n'allez d'ailleurs pas tarder à revenir au sein de notre établissement, êtes prête à un petit sacrifice pour le succès et la réputation de notre maison. Particulièrement en ce moment, en ces jours difficiles. »

Peut-être nous sommes-nous trompés, pense-t-elle à présent, en retirant son manteau et celui de Néti. Peut-être n'aurions-nous pas dû nous installer ici.

Elle déshabille Léo en dernier, et c'est alors que le bébé rompt le silence en faisant entendre un faible gémissement.

« Tu es un enfant trop sage, sais-tu ? » lui susurre-t-elle tout en le sortant de son landau. Puis elle le serre contre son cœur et le couche dans son lit pour lui changer ses langes. « Tu as le droit de pleurer, chuchote-t-elle en regardant ses yeux bleus qui la fixent avec une confiance totale, tu as le droit, mon trésor, lorsque tu as faim, ce qui doit être le cas à présent. »

Néti, qui aussitôt après qu'ils sont rentrés s'est précipitée sur sa maison de poupée dans le coin de la pièce, se rapproche de sa mère tandis qu'elle s'assied pour allaiter Léo. « Moi aussi, à mes bébés, je ne donnerai que du lait maternel, déclare-t-elle.

– Tu seras une bonne mère, lui répond Sonia dans un sourire. Tu seras une mère extraordinaire. »

23.

Yoel se prépare un café, sort sur le balcon, rentre puis se poste de nouveau à l'extérieur face aux deux rangées de bâtiments qui s'étalent avec leurs cours attenantes. Le jour meurt lentement, les lumières s'allument et des silhouettes surgissent dans l'encadrement des fenêtres éclairées.

À celle de droite, la psychanalyste fébrile est encore devant son clavier, au milieu de ses montagnes de papiers et dossiers traitant des troubles psychologiques de ses patients. Elle tape à toute vitesse. Puis elle se renverse en arrière en étirant ses bras fatigués sur les côtés. Elle relit ensuite ce qu'elle vient d'écrire, et d'un haussement d'épaules trahit son insatisfaction.

Il y a également de la lumière à gauche, dans l'appartement le plus proche, et Yoel parvient à distinguer certains des dessins et des œuvres encadrés accrochés au mur. Il peut aussi voir le meuble large et bas sous les tableaux : une commode de style, dotée de plusieurs tiroirs, sur laquelle sont exposés des statuettes et divers objets d'art. Au milieu, curieusement, est lové le même animal que la fois précédente, un maigre chien au poil clair ressemblant étonnamment à un renard ou à un chacal ; sa longue queue est pliée contre son flanc et son regard tourné vers l'écrivain qui l'observe lui aussi.

Dans la cuisine blanche étincelante de l'étage inférieur entre d'un pas dansant un garçon tout de noir vêtu. Son corps fluet semble évoluer dans une danse pleine d'harmonie et de grâce. Il verse de l'eau dans une bouilloire blanche et saisit avec des mouvements gracieux l'assiette retournée sur l'égouttoir qu'il pose sur le plan de travail, à côté de laquelle il empile des légumes. D'un tiroir blanc, il sort un couteau blanc et entreprend de couper une tomate sur une planche à découper blanche.

Les cloches de l'église sonnent six heures. Yoel tente de localiser la porte où se sont engouffrés la femme et ses deux enfants. Il pense que c'est celle de l'appartement situé au milieu du bâtiment de droite, et du balcon il en scrute avec la plus grande attention les fenêtres. C'est bien celui-là. Lentement et presque méthodiquement, il laisse glisser son regard sur les petites briques rouges des cinq étages de l'immeuble, l'encadrement blanc des fenêtres et la cheminée d'où s'élèvent vers le ciel des volutes de fumée.

Léo s'est endormi, lavé et rassasié, peu après que la cloche de Notre-Dame a carillonné six fois. Sonia aimerait lire à Néti une histoire avant qu'elle ne ferme à son tour les yeux, avant que ne commence l'échange nocturne habituel entre les canons de l'ennemi et les avions de combat britanniques.

Il semble que cette nuit encore Eddy ne rentrera pas. Quelle chance qu'elle ait pu faire un saut à l'hôpital aujourd'hui pendant que Néti était à l'école, confier Léo à une de ses amies du service de chirurgie et arracher Eddy à son travail durant une courte heure. Ils n'ont pas gâché ce temps précieux en bavardages, sont restés simplement assis à se reposer ensemble au fin fond du service de médecine interne ; ils ont fumé une cigarette sans mot dire, tranquillement, dérobant pour ainsi dire quelques minutes d'intimité – comme s'ils n'avaient pas de toit à eux pour se retrouver, comme s'ils n'avaient pas deux magnifiques enfants nés de leur amour. Comme s'ils étaient encore ces jeunes gens irrésistiblement attirés l'un par l'autre – comme au premier jour.

À présent, elle est assise avec la petite Néti dans la kitchenette de leur logement en sous-sol, elles bavardent agréablement sur la journée écoulée et celle à venir en dînant d'une soupe de lentilles claire et de pommes de terre. Par la fenêtre longue et basse qui va jusqu'au plafond, au-dessus de leurs têtes, on aperçoit parfois les jambes des passants.

Au dernier étage, une porte claque, et aussitôt la mère et sa fille se regardent dans un sourire amusé et complice. Ce bruit est suivi, comme elles s'y attendaient, par des pas légers et familiers : quelqu'un dévale les marches rapidement et s'arrête à leur palier. Une main frappe à la porte et Sonia se lève, va ouvrir et s'exclame en faisant mine d'être surprise : « Anouk ! »

Anouk, le visage pâle, se précipite à l'intérieur, serrant contre elle une couverture de laine enroulée de laquelle sort une paire de petites jambes. « Oh, Sonia, ma chérie, laisse-t-elle échapper, haletante, je suis vraiment désolée de vous déranger encore à l'heure de votre dîner en famille. »

Pourquoi parle-t-elle de dîner en famille ? songe Sonia. Ne voit-elle donc pas que je suis seule avec la gamine ?

« Aucune importance, répond-elle, tu ne nous déranges absolument pas. » Et aussitôt, comme mue par quelque mécanisme automatique, Anouk éclate en sanglots. « J'ai si peur », explique-t-elle. Un torrent de larmes recouvre ses joues de porcelaine. « J'ai l'impression que cette fois Sébastien est gravement malade… Martin me dit de me calmer, il ne fait aucun cas de moi… mais je suis si inquiète, je ne sais ce que je ferais sans toi… »

Sonia s'approche, ouvre les pans de la couverture et prend

le fils de sa voisine. Elle sent, comme à chaque fois qu'elle le tient dans ses bras, combien son corps est décharné et osseux, par rapport à celui si doux et tendre de son Léo. Et un sentiment bien connu de compassion monte en elle pour le petit Sébastien, à cause de l'angoisse que sa mère lui communique mais aussi de son apparence : Sébastien Rousso est probablement le bébé le plus laid au monde, en tout cas le plus laid qu'elle ait jamais vu. Les bébés, comme les petits des animaux tout aussi inoffensifs, sont en général dotés de traits doux et harmonieux qui suscitent spontanément, chez ceux qui les regardent, de la sympathie et l'envie de les protéger et de s'en occuper. Mais Sébastien Rousso a un visage maigre et allongé, un grand nez et des petits yeux sérieux. En fait, il a la physionomie d'un vieillard, il ressemble étonnamment au banquier De Lange, le père d'Anouk. À cet instant, son visage renfrogné pâlit, ses petits yeux s'assombrissent, sa mince lèvre inférieure s'allonge, et Sébastien – quoiqu'il la connaisse bien étant donné ses fréquentes visites chez elle avec sa mère hypocondriaque – fixe Sonia de ses yeux minuscules et se met à pousser des hurlements de terreur, faisant sursauter Néti sur sa chaise, qui envoie valser son assiette et réveille Léo.

Eddy et Martin se sont rencontrés à la faculté de médecine et ils sont restés amis même après que Martin a déclaré forfait au milieu de sa troisième année pour s'orienter vers des études de philosophie.

Martin rendait régulièrement visite à Eddy et Sonia après leur mariage, et Sonia aimait écouter ses idées originales sur le sens de l'existence de l'homme dans le chaos originel. Elle avait voulu lui présenter son amie la plus intelligente et la plus spirituelle mais Martin n'avait manifesté aucun intérêt pour elle. Aussi, quel n'avait pas été l'étonnement de Sonia et Eddy lorsqu'un soir il avait frappé à leur porte avec à son bras une fille riche, jolie et rieuse : Anouk De Lange.

Après avoir convolé en justes noces, Martin et Anouk s'étaient installés à l'étage supérieur de l'immeuble familial. Quelque temps après, Eddy et Sonia leur avaient confié qu'ils n'avaient pas les moyens de louer un appartement près de l'hôpital juif, et Anouk leur avait proposé, pour un loyer modique, celui du sous-sol qui venait tout juste de se libérer.

Quand l'enfant est calmé, Sonia rassure la mère : Sébastien n'est pas mourant, il a attrapé un simple rhume. Cependant, Léo est maintenant tout à fait réveillé. La soupe sur la table est froide. Et à peine Anouk a-t-elle remballé son paquet hurlant pour rejoindre son appartement que le fracas et les éclairs des bombardements nocturnes commencent à emplir la ville. Pelotonnée sur son lit, Sonia étreint ses deux enfants de toutes ses forces, serre leurs petits corps contre elle comme si elle essayait de les fondre en elle pour qu'ils ne forment plus qu'un seul être.

24.

Yoel décide de sortir dans la nuit. Il se rend à la station de tram la plus proche et monte dans le premier qui s'arrête. Après six ou sept arrêts, il descend, sans réfléchir, place du Dam. Il se retrouve devant le palais royal, sur le toit duquel un Atlas en bronze ploie pour l'éternité sous le poids de la voûte céleste. Il cherche à se noyer dans la multitude. Des jeunes gens pour la plupart, en couples ou en petits groupes, rient et parlent. Quand ils passent près de lui, il intercepte des bribes de conversations, certaines en hébreu. « C'était génial ! » s'exclame une fille à l'adresse d'un garçon. « On a déjà été au musée Van Gogh », dit un homme à son compagnon. Un autre, au milieu d'un groupe de jeunes qui traverse la place en sens inverse, demande : « Qu'est-ce que j'en sais ? » Tandis qu'il poursuit son chemin avec ses camarades, sa question, en suspens, continue de résonner aux oreilles de Yoel : qu'est-ce que j'en sais, en fait ?

Il s'approche du sombre monument national érigé au centre de la place, mais il ne se sent pas bien. Il essaie de se souvenir s'il s'est senti bien un jour, cherchant, dans l'obscurité, à trouver les chiffres gravés au dos du monument commémorant la libération d'Amsterdam de la tutelle de l'ennemi. Il regarde les lions en pierre, allongés lourdement le long des deux flancs de la bâtisse, qui semblent ouvrir leur gueule non pas dans un rugissement perpétuel, mais dans un bâillement d'ennui.

Il cherche à se fondre dans la foule et se laisse porter par le flot qui s'écoule de la place pour irriguer les ruelles adjacentes. Il s'arrête soudain devant une vitrine éclairée de rouge et son visage s'empourpre comme celui d'un adolescent. Il avait bien sûr entendu parler du « quartier rouge » d'Amsterdam, mais voilà qu'il est profondément choqué à la seconde où il aperçoit – du coin de l'œil seulement – une silhouette féminine debout dans la vitrine, au milieu de loupiottes rouges, offerte à la vente comme une vile marchandise. Il s'empresse de s'éloigner, et sa fuite le conduit jusqu'à l'entrée d'un petit bar mal éclairé où le serveur, posté sur le seuil, lui tend une carte. Yoel y jette un coup d'œil rapide et comprend que cet endroit n'est autre qu'un coffee shop, un lieu où l'on fume de la marijuana. Il pose le carton sur une table, bredouille une excuse et poursuit sa course.

Les bombardements continuent. Sonia est couchée avec ses deux enfants, elle regarde le plafond et invoque le Dieu de ses pères, bien que depuis un moment elle ne croie plus en lui. Elle essaie de ne pas s'endormir, car dès qu'elle ferme les yeux, ne serait-ce qu'un instant, elle rêve qu'elle perd, noyés ou perdus, Néti et Léo.

« Tu as peur de vivre », le taquine Bat Ami gentiment, sans dissimuler toutefois une certaine déception, chaque fois qu'il préfère rester en terrain connu plutôt que de tenter de nouvelles expériences. C'est en vain qu'elle a essayé de le convaincre, lors de leur séjour à Amsterdam, de franchir le seuil d'un des nombreux coffee shops d'où s'échappent des odeurs douceâtres pour appâter les passants. « C'est absolument légal, lui a-t-elle rappelé. Que pourrait-il nous arriver si on y entrait un moment ? Tu pourrais boire un café ou même un verre d'eau, sans consommer, Dieu nous garde, quoi que ce soit d'interdit par ta mère depuis ton enfance. » Mais il a refusé, « de peur, lui a-t-il expliqué, que, le cas échéant, des Israéliens le reconnaissent.

– Tu as peur de vivre, a-t-elle rétorqué en ricanant. Mon chéri, tu as tout simplement peur de vivre. »

Que veut-il, que veut-il donc ? Que pourrait-il donc lui arriver s'il prenait place dans un coffee shop ? Que se produirait-il s'il franchissait une de ces portes-fenêtres rouges et que la femme, debout en vitrine – celle précisément qu'il a dans un éclair entraperçue mais dont la vision le poursuit –, tirait derrière eux son rideau rouge ? Aller voir les putes avait un jour fait partie de sa liste des expériences extrêmes, comme le saut à l'élastique ou l'escalade, capables de tirer l'homme de son néant pour lui insuffler un véritable élan vital. Rien que de songer à ces fenêtres rouges pouvait alors, outre un sentiment de dégoût, susciter chez lui un certain émoi. Mais à présent, à la pensée de cette misérable créature qui attend le chaland, jetée en pâture dans un rectangle lumineux plein de poussière, la main posée sur la taille, il n'éprouve plus que de la répugnance et de la détresse. Toujours porté par la foule immense de la place du Dam qui s'écoule lentement dans les venelles alentour, il avise soudain à un angle un panneau portant la mention « Pub irlandais ». C'est un grand espace bondé sur trois niveaux, saturé de lumières clignotantes bleues, jaunes, rouges et violettes et de musique rythmée. Il retire son manteau, repère une petite table libre proche de la rampe qui entoure le plateau supérieur, commande une bière et se détend sous la multitude de ballons noirs et jaunes accrochés au plafond, au milieu de ces corps assis, debout ou qui montent et descendent les escaliers. Une jeune serveuse lui apporte une petite bouteille verte. Il en vide le contenu amer, et aussitôt lève la main pour en commander une autre. Non loin de lui, de joyeux drilles semblent se prêter à un concours de beuverie. Le jeune du milieu, tête renversée, maintient la bouche grande ouverte tandis qu'un autre, la main enserrant le col d'une grande bouteille de vodka, la lui déverse dans le gosier comme s'il s'agissait d'une carafe au milieu des cris d'encouragements du reste du groupe.

Yoel boit une autre bière en regardant la bouteille verte dans sa main.

Au soir de sa vie, sa mère lui avait annoncé qu'elle allait lui tricoter un pull vert bouteille.

Chaque fois qu'il lui rendait visite à la maison de retraite, elle évoquait gaiement la laine vert bouteille qu'elle comptait acheter et le pull exceptionnel qu'elle allait lui confectionner. Et elle reprenait encore et encore ses mesures. « Cette couleur t'ira si bien, Yoel », lui promettait-elle en se levant lourdement. Elle saisissait le mètre jaune sur la commode et faisait se placer devant elle cet adulte qui avait été autrefois son petit garçon.

« Mets tes mains le long du corps, lui ordonnait-elle. Je vais prendre tes mesures, Yoel, ne bouge pas s'il te plaît. »

Ainsi se postait-il devant elle, entre la grande porte des toilettes et le vieux fauteuil transporté là depuis son appartement, le dos droit, le torse bombé, les bras le long du corps, sentant le ruban lui caresser la nuque, le sillon entre ses épaules, les bras, s'enrouler autour de ses biceps et lui chatouiller le bas des reins. Et bien que ce cérémonial se soit répété à l'infini, jamais il n'avait tenté de lui rappeler qu'elle avait déjà pris ses mesures la veille, l'avant-veille, la semaine précédente et celle encore d'avant. Il se prêtait au jeu sans rechigner, sans bouger d'un millimètre, regardant les photos familiales encadrées au mur de la chambre à côté du ventilateur, écoutant sa mère se mouvoir, soupirer, haleter, mais satisfaite et peut-être même heureuse.

Sur l'immense téléviseur mural du pub défilent à présent les événements sportifs dont le sens lui échappe. Des clients jouent au billard sur une table colorée en contrebas. Comme j'avais du plaisir, se souvient-il, à ce que ma mère prenne ainsi mes mesures pour ce pull que jamais elle ne tricoterait. Si seulement je pouvais me retrouver devant elle, pour sentir à nouveau le contact de ses chers doigts qui mesuraient chaque centimètre de mon corps avec amour ! Voici que derrière lui le groupe amateur de vodka se met à applaudir le vainqueur du concours. À ce moment des haut-parleurs s'élève un solo de batterie, et le cœur de Yoel se met à battre en mesure.

Anouk est la fille unique de Yoseph De Lange, sa fille chérie, la prunelle de ses yeux. De Lange passe son temps à lancer à son épouse des piques blessantes ou à l'ignorer, mais il voue à son unique fille un amour sans bornes. Et peut-être qu'Anouk attend de Martin, son mari, une semblable adoration, car Sonia l'entend sans cesse se plaindre qu'il ne lui accorde pas suffisamment d'attention. « Martin ! l'appelle-t-elle en haussant la voix et en minaudant. Martin, apporte-moi ci, prends-moi ça. Martin, où étais-tu ? Martin, pourquoi ne répondais-tu pas ? Combien de fois, Martin, une femme doit-elle te réclamer telle chose et telle autre, hein ? »

Du jour où Sébastien est né, le flot de ses récriminations s'est accru jusqu'à le submerger complètement. Aux plaintes quotidiennes se sont ajoutées des scènes de jalousie. La petite sotte pleurniche souvent qu'elle a cessé de paraître belle aux yeux de Martin, qu'elle ne l'intéresse plus, et que son cœur lui dit qu'il a une maîtresse, peut-être même plusieurs. « Pauvre Martin ! chuchote alors Sonia à l'oreille d'Eddy. Pourquoi doit-il subir tout ça ? » Mais Eddy le sage sourit et la rassure :

« Ne t'inquiète pas, Sonia. Chacun obtient ce qu'il a choisi, et choisit ce dont il a besoin. »

« Je me suis blindé, écrit Yoel dans son cahier, je bloque l'accès de mon esprit et colmate chaque fissure éventuelle. » Il écluse sa troisième bouteille de bière lorsque surgissent de nulle part, près de sa table, un homme et une femme souriant jusqu'aux oreilles et qui se présentent en hébreu d'une voix émue : Dani et Ofra de Tel-Aviv. Ils passent des vacances à Amsterdam, lui racontent-ils, et ils doivent lui dire combien ils aiment ses livres. Lui qui, depuis toujours, reçoit ce genre de compliments avec un grand merci timide se surprend à répondre : « C'est bien que vous aimiez mes bouquins, car moi, je ne les aime pas du tout. » Ses deux admirateurs tombent des nues. Leur émotion se mue en doute – l'écrivain vénéré est-il sérieux ? Comment doivent-ils réagir à ses propos ? Il désigne les escaliers sous la rampe et déclare qu'il est désolé mais qu'il doit, après avoir ingurgité beaucoup de bière, renoncer à leur passionnante conversation pour se précipiter aux toilettes.

Entre-temps, les bombardements continuent d'ébranler l'immeuble et le monde. Néti et Léo s'endorment vite, avec la foi des enfants qui savent que leur mère les protège parce qu'elle est leur mère. Sonia les détache délicatement d'elle, couche sa fille d'un côté et son fils de l'autre, puis elle se met sur le dos, l'oreille attentive à leur calme respiration. Comme elle ne peut se fier au Dieu de ses pères pour avoir depuis longtemps décidé qu'elle ne croyait plus en lui, elle essaie de se convaincre que ce n'est pas Amsterdam ni ses habitants que les avions de combat veulent toucher mais les bases de l'armée ennemie, proches de la ville. Elle pense à son Eddy, évidemment occupé à cette heure à soigner les blessés conduits à l'hôpital, et à la façon dont elle s'est collée contre lui avant de le quitter cet après-midi, enfouissant son visage dans sa poitrine qui, recouverte de sa blouse de médecin, sentait à plein nez le désinfectant. Quand elle l'a regardé de près, elle a vu ses yeux rougis par la fatigue. Et elle a pu distinguer, derrière les verres épais de ses lunettes, de la tristesse dans ses pupilles à l'iris gris clair.

« Qu'est-ce qui se passe, mon cœur ? Qu'est-ce qui se passe ? » Eddy a secoué la tête sans dire un mot. Elle a alors compris : Martin, qui en plus de ses nombreux talents sait capter les ondes des radios lointaines, l'a informé de nouvelles préoccupantes sur ce qui se passait dans les pays à l'est de la Hollande. Au début, Eddy la tenait au courant, mais ces derniers temps il a cessé de le faire et elle a cessé elle aussi de l'interroger. Leur existence, depuis l'occupation, est suffisamment compliquée sans qu'il soit nécessaire d'en rajouter avec ce qui se passe ailleurs. Elle a alors tendu la main vers le visage assombri d'Eddy et caressé sa joue recouverte d'une barbe de trois jours.

À présent, dans le lit conjugal de son sous-sol, elle est allongée entre ses deux enfants assoupis et elle regarde le plafond. Au-dessus, sur trois étages, vivent les parents d'Anouk : le banquier juif Yoseph De Lange, un homme replet aussi large que grand, toujours engoncé dans un élégant costume gris avec une petite montre de gousset en or, et son épouse, copie conforme d'Anouk en vieille femme aigrie. Le banquier aime entrer et sortir sa montre et la regarder d'un air satisfait, mais quand il gravit les marches raides qui conduisent à son appartement, il la laisse dans sa poche, car il a besoin de se tenir des deux mains à la rampe pour hisser son corps massif. Dans l'appartement sous les toits, au-dessus de celui des De Lange, vivent Anouk, Martin et le petit Sébastien. Même s'il planait un quelconque danger sur les Juifs de Hollande, se dit Sonia, Eddy, elle et leurs enfants seraient en sécurité. Parce qu'ils sont locataires d'un des Juifs les plus puissants et respectés d'Amsterdam, qui peut se prévaloir d'accointances avec le pouvoir et d'influences dans les milieux politiques. Elle ne doute pas qu'en cas de besoin Yoseph De Lange les protégera, non seulement parce qu'ils habitent sous son toit, mais aussi peut-être et surtout parce qu'ils sont les amis d'Anouk, son unique fille, et de Martin, son gendre, cher à son cœur.

Quoi qu'il en soit, rassérénée, elle s'autorise à clore les paupières. Pas besoin de s'inquiéter. Tout le monde sait que les choses violentes et effrayantes qui se produisent dans d'autres pays ne peuvent tout simplement pas arriver en Hollande.

25.

Au matin, Yoel a du mal à comprendre comment fonctionne la douche de sa chambre de l'hôtel Mokum. Elle s'actionne à l'aide de trois robinets permettant de régler la chaleur de l'eau ainsi que la puissance du jet, mais il a beau tourner chacun des trois séparément, puis tous les trois ensemble, il ne réussit qu'à faire couler un mince filet glacé ou des trombes d'eau bouillante, sans parvenir à une température normale. Le pommeau de douche est aussi cassé à différents endroits de sorte que l'eau éclabousse tout. Quand enfin il parvient à fermer les trois mitigeurs pour s'extraire de la cabine, il s'aperçoit que la salle de bains est totalement inondée.

Sept heures et demie du matin : l'obscurité règne encore dehors, et dans les appartements visibles de son balcon, la lumière est allumée. À l'est une lumière pâle semble dessiner une bande rose comme si on avait appliqué un fin trait de pinceau au-dessus des silhouettes des arbres, des bâtiments et de la fumée qui s'élève en minces volutes de deux cheminées éloignées l'une de l'autre. Il se tient près de la porte vitrée, attendant que le monde s'éclaircisse, qu'une lumière nouvelle apparaisse, que surgisse l'azur tendre et pommelé.

Dans le hall, il surprend Achille étouffant un bâillement, qui se change en un large sourire lorsqu'il l'aperçoit. Il lui dit bonjour et lui demande comment il va tout en tirant sur sa chemise froissée. Il lui raconte qu'hier ils ont fini, sa fiancée et lui, la lecture de la biographie de Winston Churchill et qu'ils se sont aperçus que l'essentiel était toujours l'Histoire qui se déroulait en coulisse, en filigrane, fondamentale si on veut vraiment comprendre les faits.

Dans la salle du petit déjeuner, Yoel constate qu'il n'est pas le seul client du Mokum : au centre de la pièce, quatre femmes corpulentes parlent bruyamment italien, assises autour d'une table croulant sous les victuailles. En réalité, elles s'expriment toutes les quatre en même temps, sans qu'aucune écoute sa voisine. Au milieu de ce tapage, il s'approche du modeste buffet dressé près du mur : des rondelles de différents salamis, des tranches de fromage fondu, des croissants, et un panier de petits pains blancs. Finalement, il choisit une orange flétrie et une vieille clémentine ainsi qu'un bol de céréales avec du lait, puis se fraye un chemin jusqu'à la verrière donnant sur la cour arrière de l'hôtel qui se révèle limitrophe des cours arrière qu'il voit de son balcon.

Le quatuor d'Italiennes est bientôt rejoint par le mari de l'une d'entre elles. Puis une jeune femme et un enfant se mêlent à eux, l'époux de celle-ci, un autre couple, deux jeunes hommes élégants, une jeune fille maigre qui refuse de s'asseoir, et finalement un homme gras et âgé. Et tous – sauf la jeune femme restée debout – mangent, chahutent, s'apostrophent dans leur langue chantante et éclatent parfois, en chœur, d'un grand rire joyeux.

Dans la courette ronronnent, au milieu du mobilier de jardin, deux chats, un blanc et un tacheté. Énormes, ils portent autour du cou un collier coloré. Quand un des jeunes Italiens se dirige vers la cour pour aller fumer une cigarette, ils s'élancent vers lui en poussant des miaulements revendicateurs comme s'il n'était sorti que pour les nourrir. L'énorme matou blanc appuie ses pattes avant sur la cuisse du fumeur comme pour s'agripper à son jean, le tacheté bondit sur la table du jardin, faisant presque tomber le briquet qu'il tient dans sa main. Mais l'Italien qui exhale des ronds de fumée ne prête pas le moindre regard aux deux mendiants à poils. Yoel se lève, passe prudemment derrière le petit groupe animé et s'approche du buffet pour se servir une tasse de café. Contrairement à la salle du petit déjeuner de l'hôtel de Paris, équipée d'une machine récente capable de préparer cinq sortes de café différentes, il n'y a ici qu'un simple thermos – à présent vide. Il pourrait boire son café dans sa chambre mais il n'a nulle envie de reprendre l'ascenseur jusqu'au quatrième étage. Il regarde à droite, à gauche, jette un coup d'œil vers les cuisines à proximité et s'adresse à l'employée de l'établissement, une grosse femme à la peau noire comme du charbon et aux longues tresses. Elle lui tend un récipient plein et il croise son regard chaud et profond. Il aperçoit dans la fossette sous sa lèvre inférieure un petit piercing en argent.

Tandis qu'une des Italiennes ne cesse de pépier joyeusement de sa voix mélodieuse, Yoel revient à sa table dans le coin de la pièce où il trouve Achille, pâle, debout près de la porte vitrée.

« Ils sont entrés, dit-il à Yoel d'une voix stressée.

– Qui est entré ?

– Les chats ! Quelqu'un a laissé la porte de la cour ouverte, et… ces maudits chats sont entrés !

– Et donc ?

– Cher monsieur, je les déteste.

– Vous les détestez ?

– Ils me dégoûtent. Je… Bon, la vérité, c'est que j'en ai peur.

– Alors pourquoi donc en avez-vous adopté ?

– Adopté ? Non, ils… ils viennent des autres cours, ils appartiennent à des voisins, et je n'arrive pas à me résoudre à… »

L'employée noire sort de la cuisine, riant à pleines dents, serrant contre son sein le chat blanc qui se débat. Achille recule d'un pas en tremblant au moment où elle passe devant lui. Elle balance l'animal dans la cour, ferme aussitôt la baie vitrée et se penche, toujours riant à gorge déployée, sous une des tables pour en extraire le chat tacheté qui ronronne allègrement.

« Ouf ! Merci, Joséphine ! s'exclame Achille avec un profond soulagement, une fois son territoire débarrassé des deux envahisseurs. Que ferais-je sans toi, ma chère Joséphine ! »

Joséphine sourit, son visage rond d'ébène rayonne comme une lune noire.

Les jours suivants, Yoel apprendra que Curaçao, d'où vient Joséphine, est une île du sud de la mer des Caraïbes peuplée de nombreux perroquets et de flamants roses. Il apprendra aussi que Curaçao avait été une colonie hollandaise avant de devenir un État autonome mais appartenant aujourd'hui encore au royaume des Pays-Bas. Il tentera de comprendre ce qu'avait été l'empire colonial néerlandais, comment les Hollandais se considéraient comme le peuple élu, et comment l'immense succès économique d'Amsterdam à son apogée, associé à la philosophie protestante de cet âge d'or, avaient fortifié chez eux leur croyance en leur supériorité.

26.

Enfant, Yoel ne mangeait rien, sauf si sa mère le nourrissait à la cuillère. Un jour, elle décréta qu'aucun enfant ne refusait de manger. À part les enfants gâtés.

Aussi déclara-t-elle que ça suffisait : « Je ne te fais plus manger. »

À l'heure du repas, elle le fit asseoir à la table de leur humble logement de Netanya, devant une assiette de morceaux de poulet accommodés de rondelles de carottes sucrées et de purée de pomme de terre. Néti et elle s'attablèrent à leur tour et commencèrent à manger. Quand elle levait le regard de son assiette et voyait qu'il n'avait pas bougé, elle assenait : « Il ne veut pas manger ? Tant pis ! » Elles continuèrent leur repas gaiement et lui demeura sur sa chaise, sur son coussin, à leur lancer des regards emplis de tristesse.

Quatre repas s'écoulèrent ainsi. Des jours entiers sans que le petit Yoel porte à sa bouche le moindre aliment. Sa mère voyait sa peau devenir grise, ses yeux entrer dans leurs orbites, sa langue blanchir. Il s'affaiblissait et avait de plus en plus de mal à tenir sur ses jambes.

Jusqu'à ce repas où à nouveau ils se retrouvèrent tous les trois autour de leur modeste table, Yoel regardant imperturbablement devant lui, en silence, les lèvres desséchées et des veinules noires sous ses yeux enfoncés. Sa mère le dévisagea puis elle poussa sa chaise vers lui dans un mouvement brusque, et dans le même élan s'empara de sa cuillère pour la remplir de purée de pomme de terre et la lui tendre. Yoel ouvrit grand sa bouche sèche. Cuillerée après cuillerée, comme autant de gestes d'amour, sa mère lui fit aussi manger de la viande hachée et l'enfant arrondit la bouche pour accueillir chaque cuillère, engloutit la nourriture, mâcha, avala avec gourmandise, les yeux rivés sur ceux de sa mère et sur la larme qui brillait dans l'un d'eux et qui finit par rouler sur sa joue.

Depuis ce jour et jusqu'à la fin du CE1, peut-être même au milieu du CE2, sa mère lui donna ainsi tous ses repas. Cuillerée après cuillerée. Sans en sauter un seul.

Anouk. Sa taille fine de mannequin. Son joli visage qui, même lorsqu'elle se sent amère ou offusquée, reste beau. Ses cheveux couleur de miel, coupés court, qui tombent droit sur ses joues. La manière dont elle replie la jambe sous elle lorsqu'elle s'assoit. Le mouvement gracieux de son doigt fin quand elle lisse une mèche rebelle pour la glisser derrière son oreille.

Anouk, dont le mari passe ses journées dans sa galerie, place du petit marché. Elle a été confisquée il y a quelque temps déjà, comme tous les commerces appartenant à des Juifs. Mais Yoseph De Lange, qui a fait don des murs à Martin, a réussi à en transférer la propriété à un de ses amis non juifs et à faire enregistrer officiellement Martin comme son employé en attendant que l'orage passe, que s'achève cette absurde occupation et que la vie reprenne son cours normal à Amsterdam. Le banquier éprouve beaucoup d'affection pour son gendre talentueux, et les difficultés inhérentes à la guerre ne l'empêchent pas de continuer à financer Martin pour l'achat d'œuvres d'art. De proche ou de loin affluent des amateurs enthousiastes qui ne sont pas sans savoir qu'un vrai collectionneur ne saurait acheter d'œuvres rue Nieuwe Spiegel, la rue des galeries qui descend du centre de la ville jusqu'au Rijksmuseum, s'il ne s'est pas d'abord donné la peine d'aller quelques centaines de mètres plus au sud, au fabuleux magasin de la place Jacob-Obrecht.

Martin s'est fait une spécialité des œuvres hollandaises, et particulièrement celles consacrées à l'infini dans la réalité. Il aime faire partager à ses acheteurs ses œuvres préférées, bien qu'il semble que la gestion florissante de sa galerie afin de subvenir aux besoins de sa famille ne soit pour lui qu'une activité annexe : ce qui le passionne avant tout, c'est apprendre. Après avoir arrêté ses études de médecine, il a commencé des cursus d'architecture et de philosophie, s'est distingué dans chacun et les a interrompus sous prétexte que seule la connaissance l'intéressait. Finalement, Eddy en a conclu que son ami était un incorrigible dilettante. Et De Lange, qui aurait décroché la lune pour sa fille, lui a acheté cette boutique en lui disant d'y faire commerce de ce qui lui plairait. Martin a bien évidemment choisi ce qui l'enthousiasmait le plus, à savoir l'art. Entre deux clients, il se plonge dans ses ouvrages et ses propres sujets d'étude. Ces derniers temps, il lit tout ce qu'il peut trouver sur l'infini, qui le passionne autant sur le plan scientifique que d'un point de vue philosophique ou artistique. Ce n'est un secret pour personne qu'il nourrit le désir de se consacrer à l'art également de façon concrète ; et que lorsqu'il était adolescent il avait appris à peindre et avait envisagé d'en faire profession. Mais de nombreuses années ont passé depuis qu'il a tenu un pinceau entre ses doigts et c'est en vain que l'attend dans un coin de la galerie un superbe chevalet offert par Anouk. « Je ne suis pas suffisamment talentueux, répond-il à qui lui demande pourquoi il ne peint plus. Le monde n'a pas besoin d'un énième peintre médiocre », ajoute-t-il.

Un feu permanent anime Martin, le brûle de l'intérieur et attise son attirance pour le beau, pour la vérité, son aspiration à vouloir rattacher les choses entre elles. Il est issu d'une famille noble de la communauté sépharade portugaise, pleine de sagesse, cossue, installée à Amsterdam depuis l'expulsion des Juifs d'Espagne. Son père voulait qu'il soit médecin, mais l'âme fascine Martin davantage que le corps, l'esprit davantage que la matière. Quand Anouk, son épouse, se bat avec Sébastien, son fils, parce qu'il ne mange rien de ce qu'elle prépare, combat qui tôt ou tard s'achève dans les larmes – Anouk parce que Sébastien refuse de manger, Sébastien parce qu'Anouk l'y force –, Martin arrive et retire l'enfant vaincu de la table couverte de plats élaborés et de purées de différentes couleurs et de différentes textures. Il envoie son épouse s'allonger sur son lit et, son enfant dans les bras, planté devant une des œuvres d'art accrochées aux murs de leur appartement, il la lui explique et lui parle de l'artiste qui l'a réalisée jusqu'à ce que les hurlements de l'enfant s'atténuent et que Sébastien, le nez qui coule et la respiration entrecoupée de sanglots étouffés, désigne l'œuvre du doigt et sourie de joie.

La nuit, après avoir passé la soirée à la maison en compagnie d'Anouk et de Sébastien, et parfois même avec les parents d'Anouk ou encore avec son voisin et ami Eddy Blum, Martin retourne au magasin. Il n'y a pas si longtemps encore, Eddy et lui sortaient de temps en temps accompagnés de leurs femmes, pomponnées pour l'occasion, au théâtre, au concert ou simplement dans un endroit agréable où l'on peut s'asseoir et boire un verre tranquillement. Puis, pendant une longue période, n'osant pas s'éloigner, ils allaient seulement au café brun au coin de leur rue : Eddy et lui discutaient alors à tout rompre près du zinc de sujets profonds, ou tous les quatre bavardaient autour de leur table d'angle préférée. De temps à autre se joignaient à eux Vij, la propriétaire du café, ou d'autres amis pour partager une bière, manger des noisettes ou des œufs durs ; ils s'entretenaient de la situation locale et mondiale, jusqu'à parfois pleurer de rire comme si l'existence n'était qu'une vaste plaisanterie. À présent, les soirées s'écoulent dans une atmosphère plus lourde et ils demeurent cloîtrés chez eux. Martin ne voit plus beaucoup Eddy, dont les soirées libres sont devenues rares. Mais même quand ce dernier est à la maison, il n'a plus la patience pour leurs échanges amicaux. Tard dans la nuit, après qu'Anouk a endormi Sébastien et qu'elle-même s'est assoupie, Martin emprunte la rue pentue, obscure et déserte, et se glisse furtivement dans sa galerie sans allumer la lumière. Il passe précautionneusement entre les tableaux et les objets tapis dans l'ombre, ignore le chevalet qui le fixe d'un regard nostalgique, et pénètre dans la remise arrière dont la porte est dissimulée par un lourd rideau. Là, son corps fluet disparaît au milieu de ses appareils secrets, et il navigue dans l'infini, à la recherche de fréquences radio lointaines.

27.

Un chemin droit, tracé au cordeau, dallé de pavés de marbre clair, traverse la pelouse impeccable de la place des Musées jusqu'à la splendide façade du Rijksmuseum qui ressemble à un palais de conte de fées. L'herbe brille, un vent léger agite la rangée d'arbres le long de la pelouse, des nuages moutonnants paissent calmement dans l'azur du ciel. Yoel est un touriste parmi des milliers d'autres à visiter ce site célèbre par cette agréable journée.

Alors qu'il se tenait près du Concertgebouw, attendant que le feu passe au vert, et qu'il suivait du regard la manière dont se régulait la circulation sur la large avenue, les sons perçants et monotones d'une cornemuse lui sont parvenus. Il regardait les véhicules, l'écoulement ordonné des tramways, des autobus et des voitures ainsi que la multitude de cyclistes de tous âges, sans comprendre ce qu'une cornemuse pouvait bien faire ici. Mais à présent, dans un coin du sentier marmoréen, il aperçoit le musicien : un large et grand Écossais d'âge mûr en tenue traditionnelle, vêtu d'un kilt à carreaux rouges et noirs, d'un manteau assorti, coiffé d'une mitre en fourrure noire rehaussée d'une plume blanche, portant des bottes blanches et brillantes et des chaussettes rouges à carreaux frangées qui lui arrivent aux genoux. L'homme tourne sur lui-même en soufflant dans les tuyaux à anche, emplissant en cet instant l'espace de cette place où – comme le lui a raconté Néti dans son appartement du kibboutz au pied du mont Guilboa – Eddy et Sonia se réfugiaient chaque fois que Martin les avertissait d'une descente de police. Il leur fallait alors laisser leurs enfants à Anouk et Martin et se cacher dans le Rijks, c'est-à-dire déambuler dans le musée comme s'ils étaient des amateurs d'art, en priant pour que personne ne leur demande leur carte d'identité.

Par lambeaux, par bribes, Néti a reconstitué des fragments de l'histoire de sa vie. « Je suis désolée, lui a-t-elle dit, je ne peux te raconter que ce dont je me souviens, et ce n'est pas grand-chose. »

Quand il lui a demandé si elle pouvait lui décrire l'appartement de Martin et d'Anouk, elle a répondu qu'elle l'avait oublié. « Tu sais, j'étais une petite fille », a-t-elle rétorqué tandis que son regard errait dans la petite pièce pour s'arrêter sur la photographie encadrée de son fils aîné mort électrocuté, avant de repartir vers la fenêtre donnant sur la montagne et les plantations. « Quand nous avons quitté Amsterdam, j'ai traversé encore tellement de choses, avait-elle ajouté en guise d'excuse, que de nouveaux souvenirs ont refoulé les plus anciens. »

Mais lorsqu'il l'a appelée de l'aéroport Ben-Gourion pour lui annoncer qu'il retournait une seconde fois à Amsterdam, elle lui a raconté que le lendemain de sa visite, alors qu'elle était assise en train de coudre à sa place habituelle dans l'entrepôt du kibboutz, avait soudain surgi à sa mémoire la vision de l'appartement d'Anouk et de Martin.

« Je me suis rappelé, a-t-elle dit, la voix étranglée par l'émotion, que nous montions de hautes et nombreuses marches pour arriver chez eux. Et quand enfin nous étions en haut, leur porte s'ouvrait. Je voyais sur le mur face à l'entrée un grand tableau représentant la mer. Comment avais-je pu oublier ? Leurs murs étaient tapissés de peintures à l'huile. »

Le soir de leur arrivée à Amsterdam, quelques heures seulement après l'atterrissage, Bat Ami avait entraîné Yoel à bord d'un bateau couvert pour touristes. Ils avaient navigué le long des canaux, étaient passés sous des ponts et avaient emprunté des canaux si étroits que les parois de l'embarcation avaient frôlé les murs de certains bâtiments. Ils avaient alors débouché sur le fleuve, puis la mer, comme immergés dans les lumières du port. On leur avait servi une bière et des cacahuètes tandis que le bateau revenait se glisser entre les canaux de la ville. La guide, une petite bonne femme plus très jeune vêtue d'une veste tachetée, leur avait expliqué au micro, en anglais, que sur les bords du Prinsengracht se trouvait la maison d'Anne Frank devant laquelle s'étendait, de nuit comme de jour, une immense queue. Elle leur avait aussi raconté qu'au fond des canaux de la ville gisaient des milliers de vélos volés et que quiconque restait plus de dix minutes dans l'Icebar se métamorphosait en statue de glace.

À présent, seuls lui restent en mémoire le chuchotement des eaux et la douleur dont il a été submergé en découvrant la beauté de la ville à travers les parois vitrées du bateau. Il ignorait encore qu'il avait existé dans ce monde un couple prénommé Martin et Anouk dont le fils s'appelait Sébastien, mais la splendeur d'Amsterdam l'a blessé comme seule une ville traîtresse sait le faire.

Il présente son ticket à l'entrée et pénètre entre les murs épais du Rijksmuseum. Il marche lentement, comme tous ces touristes émerveillés à travers le monde, entre des lits à baldaquin flamands du Moyen Âge et des buffets sculptés, des portraits de nobles grassouillets, l'air important, étranglés dans leur haute collerette en dentelle amidonnée qui les empêchait de bouger la tête. Il aimerait accéder aux peintures classiques qui, selon le plan du musée, l'attendent au deuxième étage, mais il s'attarde au rez-de-chaussée, attiré par une ample collection d'icônes. Un pas, puis un autre, et voilà qu'il se retrouve cerné de toutes parts par des toiles et des sculptures représentant des mères et leurs bébés. Tous ces sujets peints ou sculptés représentent bien entendu Jésus et sa mère Marie, mais ce sont d'abord des bébés dans le giron de leurs mères. À la façon dont elles les serrent contre elles, il n'est pas difficile de voir qu'elles les chérissent d'un véritable amour, même si certains ressemblent moins à des nouveaux-nés qu'à des vieillards.

À pas lents, Yoel passe d'une mère à l'autre, d'un nourrisson à l'autre, d'un amour à l'autre, s'attarde longuement devant chacun de ces couples pour finalement rester planté devant un socle de marbre noir coiffé d'un globe en verre. À l'intérieur, une statuette en bois dont la hauteur n'excède pas quarante ou cinquante centimètres figure une jeune mère souriant doucement à un mignon bébé grassouillet. L'enfant joue avec la grappe de raisin qu'elle tient dans sa main, blotti contre elle avec l'abandon total de celui qui se sait aimé et protégé. Yoel a du mal à se détacher de cette statuette de l'artiste hollandais Van Veggel. Il demeure planté là un temps infini, s'abîmant dans la contemplation de l'abandon confiant du nourrisson, de l'étreinte de la mère, de ses pieds délicats mais fermement ancrés qui dépassent des plis de ses longs jupons.

Quand enfin il quitte sa place, décidé à chercher les escaliers menant au deuxième étage, une gravure l'arrête : des dizaines de femmes épouvantées tentent de sauver leurs nourrissons du glaive brandi par la soldatesque. En vain : la plupart des bébés ont déjà été égorgés. Certains sont retenus, sanguinolents, dans les bras de leurs mères impuissantes. Des petits cadavres potelés jonchent le sol. Un soldat saisit la jambe d'un nouveau-né que sa mère essaie de protéger, une autre tente de repousser une lance menaçant son enfant. On peut lire que cette gravure représente le massacre des Innocents, d'après le récit du Nouveau Testament dans lequel le roi Hérode, voulant supprimer l'enfant Jésus, envoya ses soldats à Bethléem pour tuer tous les bébés de moins de deux ans. Yoel suppose qu'il s'agit d'une fiction, et cependant il se laisse attendrir par un bébé sacrifié vers lequel se précipite sa mère, rapprochant son visage comme si elle croyait encore en son pouvoir de lui insuffler la vie.

Ce spectacle bientôt insoutenable le pousse à quitter en hâte la pénombre du musée, mais escorté par tous les nourrissons et leurs mères dont il ne parvient pas à se défaire. Dehors, il est aveuglé par la lumière, le sifflement de la cornemuse lui arrache les tympans, le vert de l'immense pelouse lui est insupportable. Il s'avère qu'il est resté très longtemps dans le musée, car au-delà de la longue allée de marbre le soleil a commencé à descendre vers l'ouest. Il disparaît lentement derrière les bâtiments de l'autre côté de l'avenue, ses rayons se brisent contre la lyre dorée, en cet instant incandescente, sur le toit du Concertgebouw. Les passants qui tous ont été nourrissons un jour foulent l'herbe, seuls, en couples ou accompagnés d'enfants ou de chiens. Certains se prélassent sur les bancs en fer forgé le long du sentier, d'autres ont à la main des sacs en papier de la boutique du musée dans lesquels se trouvent probablement un poster de *La Laitière* de Vermeer, un magnet figurant *La Fiancée juive* de Rembrandt, ou encore l'*Amandier en fleurs* de Van Gogh. Yoel accélère le pas et, au bout du sentier, emprunte une rue tortueuse à angle droit. Il longe les rails du tramway à toute vitesse jusqu'à ce qu'enfin l'enfant mort de sa mère lâche prise et cesse de le poursuivre. Voici une rangée de splendides bâtisses qui n'ont pas changé depuis des centaines d'années et dans lesquelles des Hollandais de son âge vivent depuis leur naissance. Il marche sans s'arrêter jusqu'à un petit pont au-dessus d'un canal, avant le marché.

Alors seulement il s'arrête.

Il reste sur le pont, accoudé au garde-fou métallique, au milieu de quelques vélos garés, et sent soudain des gouttes de pluie. Il demeure immobile, contre la rambarde, sous la pluie et au-dessus du canal, et regarde, regarde durant une heure entière ce qui n'est plus. Comme dans le jardin zen où Bat Ami et lui s'étaient promenés, il y a des années de cela, lors de leur visite à Kyoto : un jardin au centre duquel quinze rochers étaient dispersés, mais où, de quelque angle que l'on regarde, on ne pouvait en voir que quatorze. La guide leur avait expliqué que l'objectif n'était pas de regarder les quatorze rochers, mais d'appréhender le quinzième, dissimulé au regard.

Devant le canal et le reflet inversé des bâtiments, des tramways et des nuages, Yoel se tient au milieu de l'eau, de l'infini, et s'efforce de tout son être de regarder ce qui est caché, ce qui n'est plus.

28.

Une toile de Van Gogh : le jardin d'un asile de fous où le peintre fut hospitalisé la dernière année de sa vie ; des arbres entourent le bâtiment sans que l'on puisse voir ni leurs cimes ni le ciel ; un homme courbé en habits sombres marche seul dans le jardin, une jambe hors du chemin tracé.

Anouk en était à ses dernières semaines de grossesse lorsque l'appartement du sous-sol fut libéré par son précédent locataire. Martin proposa qu'il soit reloué à Eddy et Sonia Blum, ses amis qui cherchaient à habiter dans le périmètre de l'hôpital juif, mais sa belle-mère craignait d'y faire entrer un couple avec une jeune enfant. Quant au banquier, il préférait que son épouse renonce à ce maigre revenu et que l'appartement demeure vacant. Il fallut qu'Anouk dise à ses parents combien elle souhaitait avoir à proximité un médecin et une infirmière pour qu'Eddy et Sonia, enceinte de leur fils, intègrent l'immeuble avec leur petite fille Néti.

Le matin du shabbat, Yoel se rend à la synagogue de la rue Jacob-Obrecht. À Jérusalem, il prie à la maison, seul, tous les jours. Le matin du shabbat, Bat Ami aime revêtir une jupe longue, se coiffer d'un élégant chapeau, et d'une démarche sautillante aller dans ses souliers de fête jusqu'à l'une des grandes synagogues de la rue du Roi-George ou dans une plus modeste et plus ancienne dans le quartier de Shaarei Hesed. Yoel préfère s'envelopper dans son châle de prière près d'une des fenêtres de leur appartement, en général celle donnant sur Emek Ha Matsleva. Et voilà qu'aujourd'hui il se trouve dans une synagogue construite avant la guerre par des Juifs cossus ayant quitté le quartier juif pour venir s'installer autour de la rue Jacob-Obrecht. Sur les briquettes rougeâtres du mur extérieur sont gravées les paroles du roi Salomon : « Heureux l'homme qui m'écoute, qui veille à mes portes chaque jour[1]. »

L'entrée est barrée par deux jeunes garçons coiffés de calottes en soie blanche. Ils se présentent à Yoel comme des vigiles embauchés par la communauté. Yoel n'étant pas à leur connaissance un fidèle régulier, ils lui demandent de nommer la section hebdomadaire qui va être récitée ce shabbat comme sésame pour pénétrer dans l'enceinte du bâtiment.

Une trentaine de fidèles occupent les deux étages de la grande salle, sous de superbes lustres en cristal et de hautes fenêtres sur lesquelles sont dessinés les symboles des douze tribus d'Israël. La mère de Yoel avait renoncé à la religion de ses pères mais y était revenue à la fin de la guerre. Aucune de leurs filles n'a le même degré de religiosité que Bat Ami et lui : Ronit est moins pratiquante qu'ils ne le sont, Galia l'est davantage, et Zohar n'est, quant à elle, pas croyante. Elle a même eu un bébé toute seule, Yoel ne comprenant pas comment elle peut élever un enfant sans père ni pourquoi elle s'inflige une charge pareille : on la place désormais dans la catégorie des « familles monoparentales », alors qu'elle, Zohar, a un père et une mère. Il regarde autour de lui et songe qu'il n'est pas impossible que les bancs de la synagogue

1. Proverbes VIII, 34.

en chêne soient ceux des fidèles d'avant-guerre, face à l'arche sainte gravée, elle aussi demeurée inchangée. Il sait que Sonia, Eddy, Anouk et Martin ne sont pas des visiteurs réguliers de ce lieu, mais que peut-être ils s'y rendent parfois. Tandis qu'il essaie de les repérer dans les travées, le chantre entame une prière pour le salut du pays : le public, debout, demande que le Seigneur bénisse l'État et l'armée d'Israël, mais aussi le roi Willem-Alexander, sa mère la reine Beatrix et la Hollande.

Le samedi après-midi, le banquier De Lange et son épouse invitent leurs amis : le riche industriel juif Van Rubin, sa femme, le juge suprême Wisser, juif également, et son épouse.

Une agréable atmosphère règne entre les trois couples. Ils sont assis dans le somptueux salon du rez-de-chaussée, juste au-dessus de l'appartement en sous-sol d'Eddy et Sonia. La conversation est en effet courtoise, bien qu'aujourd'hui encore, et même devant leurs invités, le banquier n'ait de cesse de rabrouer son épouse en lui rappelant qu'elle n'y connaît rien quand ses amis et lui évoquent les événements inquiétants survenus dans leur ville occupée. Ces derniers temps, tous les Juifs ont été obligés de se faire recenser et le quartier juif a été le théâtre d'une véritable chasse à l'homme qui s'est soldée par l'arrestation de dizaines de personnes. Les syndicats ouvriers, pour manifester leur solidarité avec les personnes arrêtées, ont appelé à la grève, mais cette protestation a été réprimée trois jours plus tard et, depuis, les lois de l'occupant ont été imposées dans toute la ville, particulièrement par la *grüne Polizeï*, ou « police verte », soit la police allemande régulière.

Toute l'assistance tombe d'accord, et Mme De Lange hoche la tête pour se joindre à l'approbation générale, tout en jetant de biais un regard prudent à son mari : l'élite juive dont ils font bien évidemment partie doit tout mettre en œuvre pour apaiser ce climat délétère et conserver, voire renforcer, le statut d'égalité dont jouissent les Juifs d'Amsterdam depuis des années.

Du balcon de son hôtel, Yoel regarde le bâtiment des De Lange en songeant que cette compagnie respectable, assise au salon ce samedi après-midi, ignore encore qu'il faudra bientôt que l'on sépare les enfants de leurs parents pour les cacher. Le banquier et ses amis ne savent pas non plus que dans un avenir proche on va confisquer leurs commerces aux Juifs d'Amsterdam. De sévères restrictions seront appliquées afférentes aux biens juifs. Les autorités s'empareront de leur argent, de leurs meubles, de leurs œuvres d'art, etc. L'heure n'est pas loin non plus où l'on interdira aux Juifs de se mêler à la société non juive dans les lieux publics, et où on leur fermera l'accès aux écoles, aux universités et aux syndicats. Le pouvoir d'occupation ordonnera la création d'un Conseil juif à Amsterdam. Le banquier De Lange, le père d'Anouk, en sera nommé membre. Son camarade, l'important industriel Van Rubin, fera partie des dirigeants, de même que le juge Wisser usera de tous les moyens en sa possession pour préserver l'honneur de la Hollande et rendre l'occupation allemande moins pénible. L'automne viendra, puis l'hiver, et un beau matin, le juge, comme tous les matins, débarquera à la Cour suprême dans la partie est de la capitale. En sortant de la salle du tribunal, à la fin de la première audience, deux policiers viendront à sa rencontre pour lui dire avec une amabilité forcée qu'ils sont là pour l'arrêter.

Il retirera en silence sa robe de cérémonie noire brillante et passera son manteau en silence. Puis il suivra les deux policiers et disparaîtra pour toujours.

Ce jour de shabbat, ces trois respectables amis et leurs épouses décident de se vouer à la nation hollandaise en ces temps difficiles, de donner pour leur chère nation le meilleur de leurs forces, enfin, espèrent de concert que tout ira mieux.

Quant à Yoel sur son balcon, il sent comme la chaleur du soleil automnal installe sa douceur dans les arrière-cours et encourage le gazouillis des oiseaux et le vol des papillons. Deux enfants blonds tapent dans un ballon. Une femme désherbe son jardin tandis que le gros chat tacheté somnole à ses côtés sur le sol, pattes écartées. Un homme fait défiler des images sur l'écran de son smartphone pendant qu'une jeune femme aux longs cheveux noirs, apparemment son épouse, joue avec leur petit enfant au bas des marches. Derrière une haie vive une silhouette sort du bâtiment. Est-ce une femme ou un homme ? Avant que Yoel ne parvienne à trancher, la silhouette se glisse au bout de la cour pour prendre quelque chose et revient vers l'immeuble. Puis elle disparaît dans l'entrée et la porte se ferme dans un claquement léger.

29.

Un peu plus tôt à la synagogue, au moment de la bénédiction sur le vin après les prières du shabbat, Yoel s'est posté dans un coin du hall où l'on avait dressé des tables offrant boissons et petits gâteaux secs trop sucrés. Un des fidèles, seul lui aussi, a entamé la conversation avec lui. L'homme s'est présenté sous son patronyme, Raphaels, heureux d'apprendre que Yoel vient d'Israël et qu'il s'intéresse à l'histoire des Juifs de Hollande pendant la guerre.

« Je ne sais pas si je pourrai vous être utile, lui dit-il, car j'étais alors très petit et je ne me souviens plus de ces années-là, sauf que j'ai été caché dans une famille chrétienne et que j'y étais bien. Je n'ai commencé à fréquenter la synagogue que ces dernières années et je tiens à venir dans celle-ci, car c'est ici que mon père venait prier avant la guerre, c'est-à-dire avant qu'il ne soit arrêté et disparaisse à jamais. Je viens chaque shabbat du nord-ouest de la ville, poursuit-il en esquissant un sourire désolé. Pour arriver jusqu'ici, je dois prendre le train. Au début, j'ignorais qu'il était interdit aux Juifs de voyager pendant le shabbat, mais je continue à le faire car c'est important pour moi de venir ici. »

Leur échange se prolonge. Raphaels lui raconte qu'il est

né à Amsterdam et qu'il a été caché dans un village du sud du pays.

« Je ne me rappelle pas le jour où je suis arrivé dans ma famille d'accueil. Mais je me souviens très bien de celui, pénible et douloureux, où on m'a enlevé à eux pour me rendre à ma génitrice. J'étais heureux avec eux, soupire-t-il. Jamais il ne m'était venu à l'esprit que je n'étais pas vraiment le fils de l'homme et de la femme qui m'avaient élevé avec tant d'amour, ni que je n'étais pas vraiment le frère de leurs quatre heureux enfants. »

Il se tait et Yoel demeure silencieux lui aussi. Que pourrait-il dire ?

« J'étais en colère, continue Raphaels en regardant à l'intérieur de son verre en plastique. J'étais en colère contre ma mère biologique qui m'avait arraché à ma famille, mais je l'étais tout autant contre ma famille adoptive qui l'avait laissée m'emmener. »

Là-dessus, il dévore sa part de gâteau avec application, jusqu'à la dernière miette.

Nous nous sommes peut-être croisés bébés dans les rues du quartier, songe Yoel en déposant quant à lui le gâteau trop sucré sur la table. Peut-être nos parents se connaissaient-ils avant-guerre, et s'ils ne se connaissaient pas, peut-être que le père biologique de Raphaels avait rencontré le sien lors de l'une des rares visites d'Eddy Blum à la synagogue. « Bizarre, non ? » poursuit Raphaels en souriant. Il s'essuie la bouche et roule sa serviette en boule avant de la glisser dans sa poche et d'abandonner son verre vide sur la table. « Bizarre que je vous raconte ça alors que je ne vous connais presque pas.

– Ce que vous me racontez m'intéresse énormément, répond Yoel pour l'encourager.

– Vous devez comprendre, s'émeut Raphaels, que je n'ai

jamais raconté cette histoire à personne. Jamais je ne me l'étais formulée à moi-même, c'est dire ! »

Yoel essaie de deviner, à son costume sombre, à ses chaussures noires et brillantes assorties à ses yeux sombres entourés de ridules, si Raphaels est célibataire ou marié, s'il se sent seul ou aimé.

La foule se disperse, et les deux hommes se dirigent naturellement vers la sortie.

« Je ne me suis mis que récemment à parler de mon passé, lui confie Raphaels. Grâce à une organisation juive qui a pris l'initiative de faire se rencontrer des Juifs qui ont été cachés dans leur enfance. Lors de ces rencontres, j'ai vu que je n'étais pas le seul, vous comprenez ? Et j'ai commencé… Là-bas, on m'aide à découvrir tout ce qui a été refoulé, vous comprenez ? Et on m'aide à comprendre que quiconque a vécu à l'âge tendre de telles choses, en passant ainsi de main en main, aura de sérieuses séquelles. »

Yoel pense à lui, à sa mère, à Néti, tous les trois autour de la table, seuls, toujours seuls, les jours ordinaires, le shabbat, en période de fête. Il se rappelle le jour où sa mère avait cédé devant son insistance et accepté une invitation à un repas pour la nouvelle année juive chez des voisins dont le fils était en classe avec lui. Ils avaient apporté à leurs hôtes une jolie boîte de friandises et pénétré avec émotion dans un appartement rempli de lumière et de brouhaha joyeux. La mère de son camarade, une femme très bavarde, les avait invités à prendre place autour d'une table festive où se trouvait déjà réunie la maisonnée nombreuse et gaie, tout endimanchée. La table regorgeait de coupelles de pommes au miel – pour que l'année soit bonne et douce –, de grains de grenade – pour que nos mérites se multiplient –, de dattes fraîches – pour que nous n'ayons plus d'ennemis –, mais le poisson, ou plutôt sa tête, posée sur une assiette au centre – pour que nous soyons libres –, fixait son œil mort sur Yoel, précisément sur Yoel, le fixait à tel point que cela lui était devenu insoutenable. Et quand tout le monde s'était levé pour prononcer la bénédiction rituelle sur le vin, il avait quitté la table, s'excluant de la joie familiale pour attendre sa mère, assis dans l'escalier du hall.

« Et j'ai commencé à comprendre mon existence, poursuit Raphaels alors qu'ils sont déjà sur le trottoir de la rue Jacob-Obrecht. J'essaie aujourd'hui de me réconcilier avec mes parents morts, biologiques et non biologiques à la fois. »

Heureusement, la carte d'abonnement qu'il a achetée lui donne accès gratuitement à tous les musées et Yoel peut ainsi y trouver refuge, même le jour du shabbat. Le Musée juif, et particulièrement la salle de consultation de la bibliothèque, est devenu son principal lieu de travail. Et les trois musées d'art contigus de la place des Musées, si proches de l'hôtel Mokum, constituent à présent les endroits où se concentrent sa pensée et sa respiration.

Cette fois, il décide qu'il ira d'abord au musée Van Gogh. Peut-être y retrouvera-t-il un fragment ou deux de son cœur brisé la veille. Mais à l'ouest de la place il voit s'allonger sur des centaines de mètres une queue tranquille de touristes du week-end sur lesquels s'abattent soudain de grosses gouttes de pluie, et qui s'abritent sous des parapluies ou des foulards.

Aussi revient-il au Rijksmuseum et, comme à son habitude depuis l'incident des bébés morts, il gagne aussitôt le deuxième étage, où sur le mur central, près des escaliers, sont exposées plusieurs toiles du peintre juif hollandais Jozef Israëls. Mais il ne trouve pas le tableau de la mère et de son enfant marchant sur le sable qui avait ouvert dans son esprit, l'espace d'un instant, cette fois-là en Israël, une porte close dont il ignorait jusqu'à l'existence. Il prend néanmoins plaisir à regarder quelques peintures de côtes et de bords de mer peuplés de simples pêcheurs et de leur famille dans des couleurs claires, transparentes, liquides, où la mer et le ciel se rejoignent.

Sur la cimaise de droite, près de la sortie, une mer en colère attire son regard. D'épaisses et tumultueuses couches de peinture à l'huile ont été appliquées par un pinceau puissant. Le peintre a usé de gestes amples et véhéments et les vagues ont été travaillées au couteau. Yoel regarde le cartel de plus près : « *La Mer à Katwijk*, Jan Toorop » et s'étonne que le nom du peintre lui soit inconnu, alors que la toile lui paraît familière.

30.

Comment raconter la première fois où Sonia se retrouve devant un panneau de bois où l'on peut lire, imprimé en lettres noires : « Interdit aux Juifs » ? Comment décrire ce qu'elle pense et sa réaction ? Et où situer la scène ? À l'entrée du marché municipal, à la station de tramway, à l'entrée du musée ou de la bibliothèque publique ?

Comment décrire la deuxième fois ? La troisième ?

« Ma mère, lui a raconté Raphaels hier, me disait toujours que du jour où elle m'avait confié à une autre famille, elle était devenue insensible. Pour parvenir à me confier à autrui, elle avait été obligée de se blinder, de se détacher totalement du monde, et elle n'est plus parvenue à éprouver quoi que ce soit. Bien après la fin de la guerre, elle est restée dans cet état d'indifférence totale, à regarder sa propre existence de l'extérieur sans rien ressentir.

– Sans rien ressentir ? s'est étonné Yoel, et Raphaels a hoché la tête.

– Elle s'est occupée de moi, elle a élevé deux autres enfants nés après la guerre, mais sans jamais manifester la moindre joie ou tristesse… Quand ma petite sœur lui criait qu'elle était un bloc de glace, elle ne s'en émouvait pas, elle approuvait et disait : "Oui, votre mère est un bloc de glace." »

Yoel entre dans le marché municipal, l'Albert-Cuyp, ravi d'y trouver la chaîne de restauration végétarienne Maoz qu'il a découverte à New York. Bien qu'il s'agisse d'une enseigne israélienne, il est presque surpris de ne pas voir de panneau à l'entrée qui lui en interdise l'accès. Il se commande un sandwich avec falafels, téhina et crudités, puis, rassasié et rasséréné, il sort déambuler dans les allées du marché avec la foule. Il passe devant les cadavres de poissons qu'il ne sait identifier ainsi que devant toutes sortes de fruits de mer, regarde des éventaires débordant d'ustensiles et de vêtements de toutes tailles et de toutes couleurs. Ils viennent ici régulièrement, pense-t-il, ils flânent, ils font leurs achats. Le marché n'a pas changé depuis, les étals n'ont pas été déplacés, c'est toujours le même ciel. Suis-je aussi insensible qu'un bloc de glace ? se demande-t-il. N'est-il pas avéré, d'après ce que dit Raphaels qui cite des études scientifiques publiées récemment, qu'en de nombreux cas la castration affective des parents touche aussi leurs enfants, qu'elle leur est transmise comme une infirmité génétique, même s'ils étaient bébés pendant la guerre, sans le moindre souvenir de ce qu'ils ont traversé ?

« Moi, par exemple, je ne ressens pas d'émotions, lui a expliqué Raphaels, j'ai l'impression de vivre toujours sur le même plan émotionnel, et si l'on procédait à l'examen de mes émotions, le résultat serait comparable à un encéphalogramme plat. »

Allez ! Achetons quelques amandes et des noisettes, leur dit intérieurement Yoel : le voici devant un étal de fruits secs et ils sont là, avec lui, Martin et Anouk d'un côté, Eddy et Sonia de l'autre. Mais soudain, une intruse vient se faufiler entre eux. « Quel honneur ! s'exclame-t-elle en hébreu. Quel grand honneur de vous rencontrer ici, monsieur l'écrivain ! » Yoel acquiesce poliment et s'esquive, tentant de se fondre dans la foule. Mais il manque alors percuter un homme grand et robuste qui lui est familier : un ancien membre de la Knesset ou peut-être un général de l'armée qui déambule avec son épouse, personnalité célèbre ou présentatrice de JT. Yoel est persuadé de les avoir croisés par le passé, peut-être même les lui a-t-on présentés ces derniers temps, mais en cet instant, il n'a pas la moindre idée de qui ils sont ni dans quelles circonstances il les a côtoyés.

« Yoel Blum ! » rugit l'homme avec la voix d'un animateur de jeux télévisés. C'est peut-être lui qui est présentateur télé et sa femme ancienne députée, finalement. En tout cas, ils l'étreignent chaleureusement et vigoureusement au beau milieu du marché bondé en lui collant sur les joues deux bises humides.

« Que faites-vous ici ? » lui demandent-ils, très étonnés, comme si eux avaient le droit d'arpenter à leur guise les marchés du monde entier tandis que lui était censé ne franchir les frontières d'Israël, voire celles de son bureau, que pour une raison impérieuse.

« Pour la communication ! rugit l'homme à nouveau en lui tapant sur l'épaule. Hein ? C'est pour ça que vous êtes ici, petit malin ! Croyez-vous qu'on ne le sait pas ? » Yoel décline poliment leur proposition d'aller avec eux dans le génial coffee shop qu'ils ont déniché juste au-dessous de leur hôtel, mais il ne réussit pas à s'en dépêtrer sans avoir écouté leurs expériences hollandaises sur les coffee shops, les moulins à vent et les champs de tulipes – « oh les merveilleux champs de tulipes ! » – et les avoir aidés à se décider sur une question essentielle (ils suivront son avis, l'assurent-ils) : l'homme, un ancien membre de la Knesset ou peut-être un général de l'armée, voire les deux, est d'avis qu'il faudrait que son épouse et lui prennent le temps, avant de rentrer en Israël, de visiter aussi le Musée juif ; mais sa femme lui oppose qu'il existe déjà suffisamment de lieux historiques juifs et qu'ils ne sont pas à Amsterdam pour l'histoire juive mais pour en profiter.

« Votre avis nous intéresse », lui disent-ils d'un regard plein d'espoir, et quand Yoel rétorque qu'il ne saurait trancher, l'homme semble se résigner et reconnaît que le Musée juif n'est probablement pas l'une des attractions essentielles de la ville. « Bonne décision, enchérit sa femme, de toute façon les Hollandais ont toujours été bons envers nous et les Juifs n'ont pas vraiment souffert ici. »

Le couple le libère enfin pour reprendre sa promenade, non sans de nouvelles embrassades et effusions humides. Yoel les suit du regard jusqu'à ce qu'ils disparaissent dans une allée puis s'approche d'un étal où l'on vend pêle-mêle des lampes de poche bon marché, des porte-clefs où sont accrochés des sabots hollandais miniatures, des singes mécaniques jouant des cymbales et autres jouets et gadgets de fabrication chinoise. Parmi tous ces produits, il trouve un tas de bonnets noirs, il choisit le plus simple, paye d'une pièce de deux euros et retire aussitôt sa casquette – à l'évidence devenue le signe de reconnaissance de l'écrivain Yoel Blum. Il enfile le bonnet, l'aplatit sur son crâne et tire les bords jusqu'à hauteur de ses oreilles.

Yoel ne porte jamais de kippa. Qu'elle soit en velours ou tricotée, noire ou d'une autre couleur, grande ou petite, elle lui semble être la revendication d'appartenance à un courant religieux ou social auquel il se sent étranger. C'est un homme libre. En réalité, il aurait préféré ne pas se couvrir la tête du tout, c'est pour sa mère qu'il le fait. Après tout ce qu'elle avait traversé, après avoir émigré en Israël avec Néti et lui, elle avait décidé d'observer la Loi mosaïque et ses commandements. Par respect, il n'a jamais voulu paraître tête nue devant elle, et continue de porter un couvre-chef même après sa mort.

Il enfonce sa casquette dans sa poche puis se dirige vers les étals de vêtements ; il déplace les cintres fiévreusement jusqu'à ce qu'il déniche un blouson de motard en cuir. À l'étonnement du vendeur, il en fait aussitôt l'acquisition pour la somme de vingt-trois euros. Le blouson est en simili-cuir. Il est fait d'une sorte de matière plastique métallique et brillante. Mais ce genre de blouson, se dit-il avec satisfaction, l'écrivain Yoel Blum ne l'aurait jamais porté, quand bien même on l'aurait supplié ou payé pour le faire. Il enlève sa veste bien taillée, la plie soigneusement et la glisse dans le sac en plastique que lui tend le vendeur. Il enfile son blouson de pseudo-motard en simili-cuir et le voilà enfin rassuré. Tant qu'il sera vêtu ainsi, personne ne le reconnaîtra.

Non loin du marché, en cette fin d'après-midi d'automne, Anouk marche le long du canal avec Martin qui porte le petit Sébastien sur ses épaules.

Anouk, oui, Anouk sait jouir de la beauté de chaque instant qui passe. Voici par exemple qu'à cet instant précis, en cette fin d'après-midi automnale, à l'instant où elle marche au bord du canal à côté de Martin portant sur ses épaules leur petit Sébastien, la rencontre de la lumière et de l'eau du canal crée une image unique, qui n'appartient ni au passé ni à l'avenir. « Regarde cette magie ! » chuchote-t-elle à Martin. Il voit son visage rayonner, et son bonheur le submerge, l'inonde à son tour, et le purifie lui aussi.

Qu'est-il sans elle ? se demande-t-il. Qui est-il ?

31.

La situation est difficile à supporter, mais ils restent encore persuadés que cette guerre étrange, insensée, ne durera en Hollande que six mois au maximum.

Ce matin, le ciel s'est enfin éclairci après trois jours de pluie ininterrompue. C'est l'anniversaire de Néti, et Sonia s'apprête à la conduire à l'école quand Eddy, de l'hôpital, surgit pour une visite inopinée. « Lorsque la guerre sera terminée, je t'achèterai un vrai cadeau d'anniversaire, dit-il, quelque peu honteux, mais aujourd'hui, ma chère Néti, je t'offre ça, avec tout mon amour. » Il lui tend un petit paquet enveloppé dans du papier cadeau usagé. La petite exulte, le lui prend des mains et de ses petits doigts tire avec émotion la ficelle enroulée tout autour : elle aime recevoir des cadeaux, elle aime les anniversaires, elle aime son père et aime découvrir ce que son père lui offre. Elle retire le papier : une poire ! Pour son anniversaire, son père lui offre une vraie poire ! Elle pose le beau fruit jaune sur la table et le regarde, ravie. Dans la ville occupée, on ne trouve pas de poires. Ça fait bien longtemps qu'on n'en a pas vu dans Amsterdam. Comme elle aime les poires ! Il n'y a pas sur terre, en cet instant, de présent qui puisse lui faire plus plaisir.

Ce matin le ciel s'est enfin éclairci après trois jours de pluie ininterrompue, et Yoel, comme aimanté, se dirige à nouveau vers ces trois musées contigus et si proches de l'hôtel où il a élu domicile.

Vincent Van Gogh a peint le *Vase avec iris* l'année de son suicide. Sur un fond jaune, quelques fleurs sont tombées sur le côté. Il a peint également le paysage de l'endroit où il se trouvait, mais au lieu d'achever le ciel, il s'est exercé à esquisser des visages. Il a laissé derrière lui des toiles couvertes de visages ébauchés, et sur la surface d'une ancienne peinture où il avait autrefois peint un vase et des fleurs, il a étalé une couche couleur vert-gris sur laquelle il a créé une figure dont les formes et les traits sont accentués par des ombres. Il a représenté beaucoup de pommes de terre : leur ramassage, leur consommation, et à l'approche de sa mort, il a achevé cette toile intitulée *Soir* : un couple de ramasseurs de pommes de terre se repose chez lui au crépuscule, la femme est assise et reprise un vêtement, un bébé dort dans son berceau, un chat lové près de l'âtre.

Sonia sort avec ses deux enfants. Elle conduit Néti chez son institutrice et revient chez elle avec Léo. Elle gare son vélo à l'endroit prévu à cet effet au bout de la chaussée, sort le bébé du panier arrimé à l'avant et aperçoit Anouk en sanglots près de l'immeuble, adossée contre la poussette de Sébastien. Son corps frêle tremble dans sa robe rose. Ses cheveux lisses, couleur de miel, coupés à hauteur de ses oreilles ornées de perles fines, recouvrent ses mains soignées. Ses ongles rouges dissimulent son visage sous son chapeau blanc.

Sonia accourt. « Que se passe-t-il ? Ton fils va bien ? » Sébastien est assis dans sa poussette et semble serein. Mais des larmes ont brouillé le maquillage sur le visage de sa mère et c'est avec difficulté qu'elle réussit à parler : elle sanglote en hoquetant.

Il s'avère que ce matin, après s'être habillée et avoir préparé Sébastien, elle est sortie, comme à l'accoutumée, au square municipal près de la synagogue. Mais les autres mères qui étaient là avec leurs enfants, des femmes qu'elle rencontre sur les bancs publics presque tous les jours et que Sonia aussi croise parfois, l'ont honteusement chassée. En général elles se réjouissent de voir Anouk et s'adressent chaleureusement à elle, en général elle prend place parmi elles et ensemble elles papotent tranquillement des enfants, des maris et de l'existence. Mais aujourd'hui, elles lui ont jeté des regards mauvais. « Vous ne savez pas lire ? » lui ont-elles balancé quand elle s'est approchée d'elles, en lui désignant le nouveau panneau installé rue Jacob-Obrecht, à l'entrée du square. Lorsqu'elle leur a souri amicalement, puis a installé son petit Sébastien sur le manège qu'elle a fait tourner, elles ont dardé des regards hostiles à son encontre. Quand elle l'a fait asseoir dans le bac à sable circulaire qu'il aime tant et s'est assise sur un banc en bois, elles se sont mises à murmurer, scandalisées, outrées par sa présence. L'une d'elles a même couru pour appeler à l'aide, et c'est ainsi que peu de temps après un policier a débarqué.

Yoel regarde la toile où Van Gogh s'est peint en train de peindre et il comprend que dans son nouveau roman il cherche la même mise en abyme en se décrivant en train d'écrire. Il aimerait faire cela avec la même précision que lorsque Van Gogh a peint. Avec la même sincérité. Celle d'un saut à l'élastique irréversible. D'un champ de blé mûr sous des nuages menaçants, ou d'une bande de corbeaux tournoyant au-dessus de lui comme s'il était déjà mort. Jusqu'à n'être plus, comme dans l'un des derniers tableaux du peintre, que souches et racines.

Les larmes d'Anouk jaillissent de plus belle. « Un policier ? s'exclame Sonia, interloquée. Pour quoi faire ? Quel crime as-tu commis ? »

Le policier s'est approché dans son uniforme impeccable jusqu'au banc où Anouk était installée. Quelle n'a pas été sa surprise quand elle a découvert que ce policier en habit neuf n'était autre que Henry Van Duren, qui avait grandi ici et avec qui elle jouait dans le même bac à sable où se trouvait à ce moment Sébastien. « Je pense, dit-elle à Sonia, qu'on l'a choisi parce qu'il connaît les habitants du quartier et sait qui est juif… Je lui ai dit : "Bonjour, Henry, comment vas-tu ?" poursuit-elle en pleurant et en coinçant une mèche de cheveux dorée derrière son oreille. Mais il est resté debout, immobile, et a déclaré une fois, deux fois, trois fois, avec agressivité et cruauté, que selon la loi, je devais quitter immédiatement les lieux.

– Ma pauvre ! Ma pauvre chérie ! Quelle humiliation… », lui répond Sonia, et le beau visage d'Anouk est à nouveau inondé de larmes sous son magnifique couvre-chef blanc.

« Il n'arrêtait pas de crier, reprend-elle en gémissant, il disait que selon la nouvelle loi il était obligé de m'arrêter pour cette infraction, mais que pour cette fois, uniquement cette fois, il était prêt à croire que je n'avais pas vu le panneau qui m'interdisait d'entrer, et qu'il était prêt à ne pas m'arrêter, mais à la seule condition que je me lève du banc sans tarder, que je prenne mon enfant et que je ne revienne plus. »

Sonia pose la main sur son bras et tente de la rasséréner : « C'est une situation temporaire, ma très chère Anouk, n'aie crainte, la guerre va bientôt finir et tu pourras entrer partout où tu voudras, comme tu l'as toujours fait.

– Mon père va remédier à tout ça avant la fin de la guerre », déclare Anouk fermement. Elle se calme un instant, mais aussitôt elle secoue la tête, sa lèvre inférieure s'allonge, une veine bleuit sur sa tempe et elle éclate de nouveau en sanglots. « Quelle humiliation ! gémit-elle. Jamais je ne me remettrai de l'humiliation que nous avons subie aujourd'hui, Sébastien et moi. »

Debout près d'elle, avec Léo sur un bras, Sonia masse la nuque de son amie de sa main libre jusqu'à ce que ses tremblements et ses pleurs s'apaisent. Et Anouk de renifler de son nez parfait et de proférer soudain : « Je peux comprendre pourquoi les habitants de notre quartier ne veulent pas de certains Juifs dans notre square si beau et si propre. Mais faire ça à Anouk De Lange ? Me chasser, moi ? »

Van Gogh a fait son autoportrait encore et encore. Il a tenté de saisir ce qu'on appelle un visage, ce que voyaient les autres lorsqu'ils pensaient : C'est Vincent. Le nez droit, la barbe rousse, le miroir des yeux, avec un chapeau gris ou un chapeau de paille, ou une pipe, mais toujours comme étranger à lui-même, et bizarre. Peut-être le portrait le plus précis et le plus ressemblant est-il celui où il s'est représenté sous la forme d'un bouquet de fleurs sauvages dans un vase.

L'après-midi, Sonia va chercher Néti à l'école et rentre à vélo, Néti dans le siège enfant à l'arrière, Léo dans le panier à l'avant. Le ciel s'est enfin éclairci, après trois jours de pluie, et puisque c'est l'anniversaire de Néti et qu'Eddy ne les attendra pas à la maison, elle pédale vers l'est, pour rendre visite à ses parents dans le vieux quartier de la ville qu'elle adore, de l'autre côté de la rivière. Elle retrouve une certaine sérénité à l'approche de la place Waterloo et son marché juif qui grouille de monde nuit et jour, avec ses allées magnifiques et miséreuses – les allées de son enfance. Elle passe entre les stands fixes et les marchands ambulants, prenant soin de ne pas écraser la marchandise tombée malencontreusement par terre, puis elle tourne finalement à droite, près du tonneau de la marchande de harengs.

Elle gare son vélo contre le mur de l'immeuble, comme elle le faisait petite, et monte aussitôt en sautillant les marches étroites de l'escalier, comme avant, bien qu'à présent elle tienne son fils dans ses bras et que sa fille l'ait joyeusement devancée. Elle est à peine arrivée que sa mère râpe déjà des courgettes et prépare des beignets. Seul Dieu – en qui Sonia a décidé depuis longtemps de ne plus croire, à la différence de sa mère – sait où cette femme parvient à se procurer des courgettes en cette période, et seul Dieu sait ce qu'elle met dans ses beignets pour leur donner ce goût si délicieux. Tandis qu'elle pétrit ses beignets, elles parlent toutes deux dans un néerlandais mâtiné de yiddish des enfants de Sonia, du travail d'Eddy, sans aborder une seule fois leur situation difficile, les décrets qui se multiplient, ni même la guerre. Puis entrent dans l'appartement les jeunes frères de Sonia, Ytshak et Hertz. Sa jeune sœur Trudy est assise par terre avec Néti et lui apprend une comptine à gestes : les deux fillettes chantent de leur voix fluette en frappant dans les mains l'une de l'autre et en éclatant de rire.

Seul son père regarde dans le vide silencieusement au-dessus du livre de la Guemarah ouvert devant lui sur la table : il a une expression qu'elle ne lui connaît pas, son visage, qui a vieilli d'un coup ces derniers temps, s'est allongé, ses doigts tripotent distraitement sa barbe presque entièrement blanche. Juste avant que Sonia s'en aille, sa mère le sort de sa rêverie : « Ouhou ! Yoelisch ! » Il se secoue et se lève puis colle ses deux mains sur la tête de sa fille et de ses petits-enfants pour leur donner sa bénédiction pendant que sa femme enveloppe dans un papier les beignets qu'elle a fait frire en disant de sa voix la plus douce : « Prends, *maideleh*, prends, *mein tavereh kind.* »

La nuit tombe sur la ville lorsque Sonia pédale jusque chez elle avec ses enfants, dans l'odeur des beignets qui l'enveloppe comme la miséricorde.

La nuit tombe et soudain lui apparaît, avec la force d'un couperet, que cette soirée n'a rien de comparable avec celles qui ont émaillé sa vie depuis qu'elle est née dans cette ville. Mieux vaut cesser de nier la réalité, se dit-elle tout en se faufilant entre les autres cyclistes, dans le flot des véhicules qui traversent le pont. Que tu acceptes les faits ou que tu les nies, la vie à laquelle tu t'es habituée est terminée. Terminée. À jamais.

Et Yoel une fois de plus gagne le deuxième étage du musée, entre dans la première salle à gauche et se poste devant la toile de Jan Toorop. Il plonge son regard dans les vagues déchaînées pour y chercher les réponses à ses questions.

32.

La veille de Kippour, Bat Ami remplit des boîtes en plastique de beignets aux légumes, de salade de pâtes et de soupe aux lentilles, puis ils partirent prendre le dernier repas précédant le jeûne avec leur fille Galia. Quand ils redescendirent de la colline où elle habitait pour s'en retourner à Jérusalem, ils crurent heurter quelque chose. Yoel, effrayé, trouva sur la chaussée le cadavre d'un grand bouc doté de belles cornes et d'une barbichette, apparemment égaré d'un des troupeaux qui paissaient dans la région. L'animal était passé sous ses roues, elles avaient anéanti sa belle existence. « Qu'ai-je fait ? » s'exclama Yoel, submergé par la tristesse. Mais Bat Ami, qui depuis son accident s'affolait pourtant au moindre incident, se réjouit : « Nous voilà pardonnés de tous nos péchés. Quel bon signe que de tuer un bélier la veille de Kippour. » Comme il avait honte de reconnaître qu'il était bouleversé par la mort du bouc, alors que son épouse était végétarienne mais que lui mangeait régulièrement de la viande, il fit mine d'être contrarié à cause du phare avant cassé et du pare-chocs froissé dans la violence du choc.

La mer sur la toile de Toorop s'agite, courroucée, devant lui. Il songe aux lettres composant le mot « mer », *yam* en hébreu, un mem final, après un yod infini. Il pense que la mer est un mem final immense qui contient l'eau, infinie. Il pense qu'il ne sait rien. Je ne sais rien, je ne sais rien, se répète-t-il. Bat Ami lui a raconté au téléphone ce qu'elle avait entendu le matin à la radio : le gouvernement hollandais avait admis que dans les musées d'Amsterdam étaient exposées pas moins de cent trente-neuf œuvres d'art confisquées à leurs propriétaires juifs à l'époque de la guerre. « Je ne serais pas surprise, lui a dit Bat Ami, si ce paysage marin que tu as l'impression d'avoir déjà vu… »

Il arrive qu'il aille voir la toile deux fois par jour. Et parfois, il débarque au Rijksmuseum juste avant l'heure de la fermeture et grimpe les marches quatre à quatre jusqu'au deuxième étage juste pour la regarder un bref instant.

Sur l'esplanade entre le musée Van Gogh et le Rijksmuseum, il rencontre le musicien écossais. De jour en jour se renforce le sentiment de fraternité qu'il éprouve à son égard, malgré ou peut-être à cause de son accoutrement, de sa jupe à carreaux, de ses chaussettes à franges rouges qui lui montent jusqu'aux genoux, en dépit et peut-être à cause des sons perçants qu'il fait retentir à travers l'esplanade tout en tournoyant. Il souffle dans les tuyaux de son instrument et au bout de quelques tours sur lui-même jette un coup d'œil de sous son énorme chapeau en fourrure qui lui tombe sur les yeux pour voir les pièces déposées dans la boîte ouverte devant lui, sur la pelouse.

De jour en jour Yoel s'attache aussi au joueur de mandoline toujours assis sur le muret en pierres à l'entrée nord de la place des Musées, derrière la multitude de touristes de tous âges et de toutes nationalités, venant se faire photographier matin, midi et soir à côté des lettres à hauteur d'homme « I Am-Sterdam » sculptées sur la pelouse. Le joueur de mandoline a la peau mate, les cheveux gris et épais, et Yoel se demande s'il est sud-américain ou italien, et s'il sait seulement que les sons délicats de son instrument ne sont pas perceptibles au milieu du brouhaha ambiant. Mais il voit son sourire permanent et ses éternels pantalon et veste en jean trop étriqués pour son corps dodu qu'il balance de droite et de gauche en jouant pour lui-même et en souriant à Yoel dès qu'il l'aperçoit comme s'ils étaient amis.

Maintenant que le ciel s'est enfin éclairci après trois jours de pluie ininterrompue, les gens se dégourdissent les jambes sur l'esplanade en jouissant de la tiédeur du soleil. Non loin de là, au lycée municipal où Anouk avait fait ses études, sur le grand terre-plein où des centaines de vélos stationnent chaque matin, on a assisté au départ des soixante-quatorze enfants juifs chassés de l'établissement sur ordre des Allemands. Le directeur du lycée a été renvoyé pour avoir protesté. Quelques jours plus tard, l'établissement était réquisitionné pour que les soldats ennemis puissent loger dans les salles de classe, qu'on puisse élever des porcs dans les entrepôts et dresser des chiens dans les cours.

Mais sur le talus en direction du Stedelijk Museum, le musée d'Art moderne, des dizaines de personnes, des jeunes pour la plupart, se prélassent agréablement, le visage tourné vers le soleil, sans se douter que le passé est toujours là, plus proche qu'ils ne le croient, et que non loin s'était installé le QG de la police allemande. Dans le passage couvert de l'entrée du musée, un quatuor à cordes interprète le *Concerto pour deux violons en ré mineur* de Bach. Yoel se fond dans la foule des spectateurs, sous les arches de pierre, et les sons l'apaisent, bien que le *Guide à l'intention du touriste israélien* prétende que seule vaut l'acoustique exceptionnelle de l'auditorium aux épaisses parois.

33.

Aujourd'hui on sait que les Juifs, c'est-à-dire ceux qui se sont fait recenser sur les registres d'Amsterdam, seront dorénavant obligés de faire apposer sur leurs papiers d'identité la lettre *J*.

Sonia regarde Eddy dans les yeux. « Ignorons cette consigne, l'implore-t-elle. Décidons de ne pas transmettre nos papiers d'identité aux autorités. » L'instinct lui dicte ces paroles, bien qu'elle ne sache pas, qu'elle ne puisse pas savoir ce qui attend les Juifs que l'on aura fichés. Ils ont déjà été persécutés par le passé, en Pologne et ailleurs, mais jamais aux Pays-Bas. Les Juifs n'ont jamais été persécutés en Hollande. Ils n'y ont jamais souffert d'aucune discrimination. Ils ont toujours obéi à la loi. Ils l'ont toujours respectée, tout comme l'ordre, à l'instar de tout bon citoyen néerlandais.

Eddy la regarde comme s'il la voyait pour la première fois, plissant les yeux derrière les verres épais de ses lunettes. « Mais quelle idée, Sonia ma chérie ? Comment se dérober à la loi ?! Comment pouvons-nous décider de ne pas faire viser nos papiers ?

– Je t'en conjure !

– Arrête ! » dit-il péremptoirement. Son ton ferme reste

cependant doux. « Si on ne fait pas apposer un cachet sur nos papiers, et qu'on nous arrête sans qu'on soit à jour… »

C'est le soir, ils sont au quatrième étage, chez Martin et Anouk. Les deux portes – celle de l'appartement de leurs hôtes et celle du sous-sol – sont grandes ouvertes pour que Sonia et Eddy puissent entendre Néti ou Léo au cas où ils se réveilleraient. Martin pose sur la table quatre verres et verse dans chacun d'eux de la bière locale dont il est seul à connaître la provenance. Depuis l'occupation, Sonia n'a pas goûté de bière d'aussi bonne qualité, mais en cet instant, elle n'a pas la moindre envie d'en boire. « Je te l'avais dit, lance-t-elle à Eddy, je t'avais dit depuis le début que nous ne devions pas nous faire recenser par le Conseil juif. Dès le début, nous aurions dû ignorer les ordres et continuer notre existence comme si de rien n'était.

– Nous aurions pu avoir des ennuis, lui rétorque Eddy.

– Pourquoi ? s'emporte-t-elle. Comment auraient-ils pu savoir que nous sommes juifs si nous n'avions pas été nous faire inscrire auprès du *Judenrat* de notre propre volonté ?

– Même Samuel Jessurun de Mesquita affirme que mieux vaut ne pas aller se faire ficher ni faire viser ses papiers, intervient Martin dont la prunelle noire brille en citant son maître vénéré. De Mesquita prétend que le plus sûr est d'ignorer toutes ces mesures discriminatoires. »

Tu vois ? semble dire le regard de Sonia à Eddy.

« Mais mon père, fait remarquer Anouk en minaudant comme chaque fois qu'elle parle de lui, en petite fille gâtée qu'elle est, mon père dit que tant que nous obéirons aux ordres du pouvoir, cela ne pourra en fin de compte que nous être favorable. »

Comment son cher père sait-il tout cela et quelle est la nature de sa prétendue proximité avec le pouvoir, ça, Sonia aimerait bien le savoir. Ces questions qu'elle ne peut poser la démangent, alors elle avale une pleine gorgée de la bière amère, délicieuse, et montre du doigt la grande toile accrochée au mur au-dessus d'eux : la représentation très réaliste d'une mer agitée. « Belle peinture ! »

Martin rit. « On dirait que vous n'êtes pas venus nous voir depuis longtemps : ça fait un bail que ce tableau est là ! »

Anouk se met à rire elle aussi. « Chaque matin, raconte-t-elle, émue, dès que notre petit Sébastien ouvre les yeux et que je vais le chercher dans sa chambre, il tend son adorable menotte en direction du tableau en criant : “L'eau, l'eau !”

– Ce petit commence à s'y connaître en matière d'art, confirme fièrement Martin, tout sourire. Il aime particulièrement cette toile, et la vérité est que moi aussi. C'est une œuvre qui aurait dû être à la galerie, mais j'ai peur que quelqu'un l'achète et que nous soyons ainsi obligés de nous en séparer… »

Anouk se lève pour dégourdir sa jambe gauche qu'elle avait pliée sous elle, la remplace par la droite et se rassied. Eddy rajuste ses lunettes sur son nez, examine le tableau de ses yeux de praticien et demande, l'air sérieux comme s'il tentait de diagnostiquer une maladie d'après les éléments qui s'offrent au regard : « De quel style est cette toile ?

– C'est une œuvre de Jan Toorop, répond Martin en se resservant un demi-verre. Il est difficile de la rattacher à un style ou à une école particulière, car Toorop a peint de différentes manières. » Il se rejette en arrière, avale une gorgée, jette un œil affectueux à sa toile et ajoute : « Toorop a intitulé ce tableau *La Mer à Katwijk*.

– Pourquoi précisément Katwijk ? demande Sonia. Ce pourrait être partout ailleurs. »

Sa question réjouit Martin. « Tu as absolument raison, fait-il observer. Je pense aussi que le titre *La Mer à Katwijk* nous renseigne plus sur le peintre que sur la mer en question.

La mer est la même partout, mais ce que nous avons devant nos yeux, c'est ce qu'a ressenti Jan Toorop lorsqu'il est allé à Katwijk. »

Eddy, lunettes sur le nez, se penche pour considérer la toile de près. « Mais dans ce tableau, fait-il remarquer, confus, on ne voit que la mer, pas le peintre. »

Martin sourit. « Un peintre ne sait que se représenter lui-même », dit-il.

Sonia regarde la mer et voit l'artiste, mais elle se voit aussi elle-même : dans le noir, dans le rouge, dans le tumulte des vagues qui s'agitent à l'infini. Comme les personnages des lithographies de Maurits Cornelis Escher, l'ami de Martin qui a également étudié auprès de De Mesquita, qui vont et viennent dans une maison pleine de recoins et d'escaliers, sans que l'on sache s'ils montent ou descendent, entrent ou sortent, si cela revêt seulement quelque importance.

La cloche de l'église Notre-Dame sonne dix heures et Yoel écrit : « Sonia se lève. "Mieux vaut que nous descendions nous coucher, dit-elle à Eddy. N'oublie pas qu'en tant que bons citoyens néerlandais, respectueux de la loi et de l'ordre, nous devons nous lever tôt demain matin pour faire apposer à temps la lettre *J* sur nos papiers." »

34.

Depuis qu'il a troqué sa célèbre casquette contre un bonnet noir et sa veste élégamment cintrée contre un blouson de motard, il se sent pareil à n'importe quel passant. Aucun touriste israélien ne le reconnaît plus, on ne l'aborde plus, plus de questions, ni de compliments, ni même de conciliabules à son sujet. À plus forte raison depuis qu'il a cessé, aussi, de se raser : sa physionomie se modifie de jour en jour et il a lui-même du mal à se reconnaître.

Incontestablement, quelque chose dans cet extraordinaire anonymat lui permet de se concentrer comme il se doit sur son travail de recherche. Il évolue librement dans des endroits populeux, anonyme jusqu'à paraître transparent, pour, à son aise, prendre des photos avec son petit appareil, mais aussi regarder, écouter et noter dans son cahier des visions, des événements et des pensées. Anonyme jusqu'à la transparence, il sonde les replis de la ville à travers ses époques, il voit sans être vu, est présent sans exister vraiment. Comme s'il s'était affranchi de toute limite extérieure et s'ouvrait vers les espaces infinis de l'expérience intérieure, expérience au cœur des choses, où tout est un. Où il n'existe plus de division dans le temps, entre les hommes, entre la réalité et l'imagination.

Ces derniers jours, souvent même tard dans la nuit, lui parviennent à travers la cloison de sa chambre des jeunes voix bruyantes qui parlent et rient en arabe, suscitant en lui la nostalgie du Moyen-Orient. Dans l'après-midi, le soleil revient, surgissant d'entre les nuages. Sonia et Anouk jouissent de cette tiédeur momentanée avec les enfants dans l'arrière-cour de l'immeuble. Après l'incident du square, le banquier De Lange s'est soucié d'aménager une petite aire de jeux : Sébastien est à présent assis dans son bac à sable privé, concentré à remplir ses moules avec son seau rouge, Néti oscille d'avant en arrière sur une balançoire suspendue à la branche d'un sycomore. Léo rampe, heureux de triompher des cinq marches entre la cour et la porte arrière de l'appartement du couple De Lange. Sonia le protège de ses longs bras pour l'empêcher de tomber.

Yoel revient ce même après-midi de plusieurs heures passées à la bibliothèque du Musée juif pour y recueillir des informations. Il passe par l'auditorium, sous les voûtes de pierre, au moment où résonnent les flûtes printanières des *Quatre Saisons* de Vivaldi. Il sort sur la place où le joueur de mandoline lui sourit en se dandinant au rythme de son imperceptible musique.

Un peu plus loin, sur des échafaudages élevés près d'un des bâtiments qui jouxtent la grande pelouse, des employés s'attellent à reconstituer un portrait géant de Vincent Van Gogh à partir de têtes de tournesols. Des jeunes filles postées devant sourient aux passants en leur offrant des tournesols qu'elles extirpent de leur seau. Yoel éprouve une immense pitié pour le peintre dont on peut douter qu'il eût apprécié de voir sa tête végétalisée offerte en pâture. Mais une jeune fille s'approche de lui, lui tend un long tournesol doté d'une grande corolle et d'une tige charnue. Yoel hésite un instant pour finalement le lui prendre et la remercier. Dans sa chambre d'hôtel, il remplit d'eau une bouteille de bière vide, y introduit la fleur et la pose sur la table, près de son portable inutilement allumé.

« Ma chère Sonia, dit Anouk en minaudant à l'adresse de son amie, tandis qu'elle s'installe au bord du bac à sable, une jambe repliée sous elle. Te resterait-il pour moi une histoire drôle de ton travail à l'hôpital ? Une que tu ne m'aurais pas encore racontée ou que tu accepterais de me raconter à nouveau ? »

Anouk aime les histoires vraies, et particulièrement celles qui touchent à l'expérience de Sonia, à l'époque où elle travaillait à l'hôpital juif.

« Quelle chance tu as eue, dit-elle à Sonia, de pouvoir apprendre un métier et l'exercer avant la naissance de tes enfants. Moi, je n'ai rien fait, se plaint-elle, car avec des parents comme les miens, il était clair que je n'aurais pas besoin de travailler pour vivre. Ils m'ont fait prendre des leçons de danse, et en vérité il n'y a rien qui ne me fasse plus plaisir que de danser, mais personne, et moi la première, n'a jamais pensé que j'en ferais ma profession. » Ses yeux brillent à l'idée plaisante que, malgré tout, elle pourrait travailler, comme vendeuse dans le magasin de mode de Hirsch sur la place Leidse par exemple. « J'ai même pris des leçons particulières pour perfectionner mon français, se souvient-elle, car les vendeuses chez Hirsch se doivent de ne parler aux clientes qu'en français, et aucune relation ne peut t'aider pour te faire embaucher si tu ne maîtrises pas parfaitement cette langue complexe. Mais finalement je suis tombée enceinte de Sébastien, et au lieu d'apprendre à parler le français avec des clientes en robes de soirée parées de diamants, j'ai dû m'aliter à cause de nausées épouvantables. Je ne pouvais pas soulever la tête de l'oreiller tellement je me sentais mal, et tous mes projets ont été chamboulés.

– En effet », dit Sonia.

Anouk ajoute qu'il y a une semaine ou deux, Martin lui

a raconté que l'immeuble de Hirsch avait été confisqué avec tout ce qu'il contenait. « Pillé, entièrement », lui a dit Martin. Elle n'a plus la moindre chance à présent de pouvoir y travailler, du moins pas avant qu'Amsterdam ne soit débarrassé de cette guerre sans nécessité et que tout ne revienne à la normale.

« Heureusement que j'ai cet ange adorable, conclut-elle avant de soupirer en caressant les boucles clairsemées de Sébastien penché sur son petit seau. Car, sans lui, que ferais-je toute la journée ? »

Sonia soulève doucement Léo, qui s'amuse à monter et descendre les marches. L'enfant proteste mais semble satisfait lorsque sa mère le dépose dans le bac à sable, près de Sébastien. Elle s'assied sur le banc agréable que De Lange a pris soin de faire installer ici. Pour répondre à la demande d'Anouk, elle lui raconte qu'une fois, infirmière dans le service de médecine interne de l'hôpital juif, elle passait comme tous les matins de lit en lit pour la distribution quotidienne des médicaments, quand elle s'était retrouvée devant celui d'un jeune garçon qui avait pâli en la voyant s'approcher de lui. Il avait énergiquement refusé qu'elle lui fasse une piqûre. C'est en vain qu'elle avait essayé de l'amadouer : il avait tiré sa couverture jusqu'à son menton sans obtempérer. Quand elle lui avait demandé pourquoi il avait ce jour-là une telle peur de l'injection quotidienne qui lui était prescrite pour la semaine, le garçon avait baissé les yeux et avoué que ce n'était pas lui qui recevait les injections quotidiennes, c'est-à-dire qu'il n'était pas le malade hospitalisé depuis une semaine dans ce lit mais simplement un ami qui avait accepté de le remplacer pour la nuit afin que son camarade puisse aller prendre l'air.

La cloche de l'église sonne cinq fois. Le rire d'Anouk résonne également puis elle réclame une nouvelle anecdote.

La cloche sonne cinq heures et, du miroir ébréché au-dessus du petit lavabo du cabinet de toilette qui jouxte sa chambre, un homme au visage envahi par une barbe de plusieurs jours, et même de plusieurs semaines, observe Yoel. Un homme qui, sous des sourcils broussailleux, le regarde de ses étroites cavités oculaires. Yoel les fixe, s'approche, colle sa tête au miroir jusqu'à ce que son front se cogne à celui de l'homme dans le reflet. Dans les tristes profondeurs abyssales de ses yeux, il voit l'enfant qu'il cherche.

« Sonia ! » crie Martin d'une voix fébrile, du haut des escaliers qui mènent de l'appartement de la famille De Lange jusqu'à la cour.

Anouk tourne sa jolie tête dans sa direction. « Mon chéri ! s'exclame-t-elle. Que fais-tu à la maison si tôt ?

– Le vieux quartier juif..., dit-il à Sonia. Aujourd'hui. Ce matin ! Je viens de l'apprendre...

– D'apprendre quoi ? crie Anouk. Martin ? »

Sonia jette un coup d'œil rapide à Léo, qui entre-temps a quitté le bac à sable et rampe prestement vers les escaliers pour les gravir à nouveau. « Gardez-moi les enfants s'il vous plaît, dit-elle en regardant tour à tour Martin et Anouk. Je vais essayer de faire vite. »

Anouk est contrariée qu'on ne lui explique pas ce qui se passe. « N'y va pas, lui enjoint Martin. C'est dangereux à présent, ils lèvent les ponts... »

Mais Sonia se précipite en haut des marches, elle regagne l'immeuble, passe sans mot dire devant la cuisinière affairée à préparer le dîner des De Lange, presse le pas devant Mme De Lange affalée dans le fauteuil de son salon, court dans la cage d'escalier, et s'échappe dans la rue. Elle sait qu'elle ne pourra rien faire. Mais elle sait que cela ne sert à rien. Elle pense à son père, sa mère, ses frères et sa sœur. Mais la voici deux minutes plus tard, à califourchon sur son vélo. Elle traverse le boulevard entre le Concertgebouw et la place des Musées et se dirige vers l'est.

Cette nuit-là, de son balcon, Yoel voit l'arrière-cour de l'immeuble vide, plongée dans la pénombre. Une lumière blafarde éclaire les cinq marches qui relient la cour à l'immeuble. Le vent agite la balançoire suspendue au sycomore.

La pile de feuilles de la psychanalyste augmente autour de l'ordinateur de son bureau comme une mer gonflée par les vagues. Mais sa chaise est vide. Le danseur non plus n'apparaît pas dans sa cuisine blanche aseptisée mais une lumière bleutée brûle à la fenêtre à droite de la cuisine : le danseur est assis dans ses vêtements noirs sur son canapé blanc, probablement en face de sa télévision que Yoel ne peut apercevoir de l'endroit où il se trouve. Sur ses genoux est blotti l'énorme chat blanc que Joséphine chasse de temps à autre de l'hôtel. Mais il semble qu'il y ait de la publicité à la télé car le voici qui se lève ; le chat saute à son tour et atterrit souplement sur le sol, le garçon sort du salon d'un pas sautillant puis apparaît au bout d'un instant à la fenêtre de sa cuisine. Yoel est fasciné par ses membres élastiques, ses mouvements souples et précis, sa parfaite solitude. À ce moment la lumière du salon de l'appartement au-dessus s'allume et le regard de Yoel est attiré par le mur aux tableaux, le bahut doté de plusieurs tiroirs et l'animal non identifiable tapi entre les bibelots. De son lieu d'observation, Yoel scrute l'animal au museau pointu qui lui aussi le regarde. Qu'est-ce qui peut, se demande-t-il, en dehors d'un renard, d'un chacal ou même d'un chien, se nicher ainsi au milieu d'objets comme s'il faisait lui-même partie du décor ? Mais soudain il comprend que cet animal poilu imperturbablement couché sur le bahut, la queue enroulée sur son flanc, n'est autre qu'une peluche.

35.

Avant le lever du jour, Yoel se réveille dans sa chambre d'enfant de l'appartement de Netanya. La penderie bleue, son bureau, l'étagère au-dessus, où sont disposés en bon ordre ses livres à côté des volumes de l'encyclopédie illustrée pour enfants et des vieilles boîtes de jeux : tout ce qui, depuis toujours, lui est familier. Comme il s'assied sur son lit étroit, la porte s'ouvre et sa mère entre, jeune, énergique et plus belle à ses yeux que toutes les femmes de l'univers.

Un incomparable bonheur inonde le cœur de Yoel d'être à nouveau enfant et de voir sa mère jeune et en bonne santé. Mais elle lui jette alors un regard, et au lieu de lui sourire et de lui dire bonjour, elle semble saisie d'épouvante et se met à pousser des hurlements de terreur. « Qui êtes-vous ? lui crie-t-elle. Qui êtes-vous et que faites-vous là ? Comment osez-vous dormir dans le lit de mon fils ? » s'insurge-t-elle.

Il se hâte en direction de la fenêtre pour lever le volet et faire entrer plus de lumière dans la pièce afin que sa mère puisse s'assurer qu'il est bien son fils et non pas un intrus. Mais le volet est trop grand, trop lourd pour les petites et faibles mains de l'enfant. Et lorsque enfin il parvient à le hisser et à ouvrir la fenêtre, il est stupéfait d'apercevoir dehors l'amandier qui a poussé durant de nombreuses années dans la cour de la maison de Bat Ami et la sienne à Jérusalem. Telle une offrande d'amour, cet arbre sensible tendait à la fin de chaque hiver ses bouquets de fleurs blanches délicates et odorantes vers la fenêtre de leur chambre à coucher. Yoel tourne la tête et voit qu'en effet il se trouve dans la chambre conjugale, au deuxième étage de la maison familiale en pierres du quartier de Rehavia. Un détail lui revient à l'esprit : lors d'un de leurs derniers voyages à l'étranger, la sœur de Bat Ami, qui réside au rez-de-chaussée, a fait appel à un élagueur pour couper l'amandier. En rentrant, fatigués de leur périple littéraire, ils ont été consternés de ne trouver sous la fenêtre de leur chambre qu'une vulgaire souche. Quand ils l'ont interrogée, la sœur de Bat Ami a haussé les épaules. « Il étouffait le jardin avec toutes ses feuilles qui tombaient, a-t-elle argué, irritée. Quoi qu'il en soit, c'était un amandier aux fruits amers, inutile donc, et de surcroît salissant. »

Tandis que Yoel, planté devant sa fenêtre à Jérusalem, cherche à s'expliquer comment l'amandier dans leur cour peut encore pousser alors qu'il a été coupé, il ouvre les yeux dans son lit de l'hôtel Mokum à Amsterdam. Dehors, la pénombre règne.

« Quelle heure est-il ? » s'interroge-t-il à voix haute, et les cloches de l'église lui répondent en faisant retentir quatre sonneries métalliques.

36.

Au matin, Sonia traverse la place Jacob-Obrecht. Une pluie fine tombe continûment. Léo dort dans sa poussette recouverte d'une bâche en plastique. Sonia a décidé de se rendre à la galerie de Martin pour l'interroger sur les relations de son beau-père avec les membres du nouveau Conseil juif d'Amsterdam.

À travers la vitrine, elle l'aperçoit en train de déplacer des tableaux d'un coin à l'autre, du sol aux chevalets et inversement, de la vitrine au sol. À mesure que le nombre de clients s'amenuise, Martin lui-même s'étiole, a-t-elle constaté. Particulièrement depuis ce jour, pluvieux lui aussi, où la police a envahi le quartier limitrophe de la vieille synagogue sépharade portugaise et où la plupart des familles de la communauté juive, dont celle de Martin, ont été arrêtées et conduites là où on avait rassemblé tous les Juifs, au Hollandsche Shouwburg, le Théâtre de Hollande, Plantage Middenlaan.

Ils n'ont pour l'heure pas la moindre idée de ce qu'il est advenu de ces Juifs regroupés au théâtre. Où les a-t-on conduits ? Et dans quel but ? Des rumeurs circulent.

Mais personne ne sait véritablement ce qui se passe.

Yoel quant à lui se rend à la bibliothèque du Musée juif quasiment chaque jour.

Il consulte des documents, des interviews sur microfilms et lit des témoignages. Les bibliothécaires, heureux de satisfaire les demandes d'un écrivain célèbre, lui fournissent de la matière pour ses recherches et, le cas échéant, la lui traduisent du néerlandais en anglais.

En allant et en revenant du Musée juif, comme lors de ses déambulations dans les environs de l'hôtel, il regarde l'intérieur des appartements devant lesquels il passe. En réalité, il ne peut s'empêcher de regarder : les grandes fenêtres sont éclairées, elles dévoilent l'existence de leurs occupants, particulièrement dans les logements en rez-de-chaussée ou en sous-sol.

Dans tous ces appartements, il voit un salon meublé, mais aussi une cuisine avec évier, robinet, un plan de travail pour préparer à manger, différents ustensiles, une table et des chaises. Il observe avec étonnement toutes ces manifestations d'existence, les mémorise, à l'instar d'un archéologue qui tente par leur biais de suivre les traces d'une culture disparue, ou un prophète qui cherche à travers elles des significations et des paraboles.

Jusqu'à ce que l'on embarque les membres de sa famille, Martin croyait que l'on n'emmenait que les Juifs récemment immigrés en Hollande, ou seulement des Juifs pauvres. C'est ce qu'il avait cru comprendre en écoutant des radios étrangères. Mais il s'est avéré qu'il avait mal entendu ou mal compris car voilà qu'on s'en prenait également aux Juifs respectables et aisés, néerlandais et de bonne famille, établis à Amsterdam depuis l'expulsion des Juifs d'Espagne. On a précipitamment conduit sa famille hors de la ville, avant même que Martin ait eu le temps d'user de l'influence de son beau-père pour les faire sortir de l'enceinte du théâtre.

« Tout n'est pas encore perdu, a-t-il dit après avoir su que ses parents et ses sœurs se trouvaient en dehors de la ville. Je suis certain que le père De Lange parviendra à les faire revenir. » Sonia a vu l'espoir briller dans ses yeux et songé : Et ma famille ? Pourquoi n'as-tu pas proposé alors de faire appel au tout-puissant père De Lange quand il était peut-être encore possible de faire revenir ma mère, mon père, mes frères innocents, ainsi que Trudy, ma petite sœur ?

Finalement, le banquier n'a pas pu sauver les proches de son gendre adoré. On est venu chercher les parents et les sœurs de Martin au Théâtre de Hollande, Plantage Middenlaan, pour les conduire l'on ne sait où. Probablement connaissaient-ils à présent le même sort que sa famille à elle. Il ne restait plus à présent à Martin qu'à ranger et ranger encore sa boutique.

Quand il entend la porte s'ouvrir, il se redresse, effrayé, après avoir posé une grande toile au lourd cadre sur le sol, près du mur. « Ah ! s'exclame-t-il en souriant, soulagé, à Sonia. C'est toi ! » Elle gare la poussette sur le côté, regarde les toiles alentour et rassemble son courage pour aborder l'objet de sa visite, à savoir son beau-père. « Tu sais que je n'entends pas grand-chose en matière d'art, commence-t-elle, mais depuis que tu nous as interprété le tableau accroché chez vous dans l'entrée, je… »

Martin acquiesce. « La toile de Toorop intitulée *La Mer à Katwijk*.

– Oui, confirme-t-elle, la mer en colère. Tu nous as expliqué qu'il s'agissait en réalité de l'âme de l'artiste. Depuis ce soir-là, j'y pense souvent. »

Martin sourit tristement.

« Qu'exprime, par exemple, le tableau que tu viens de poser par terre ? » demande-t-elle en le désignant du doigt.

Tous deux reculent un peu et observent la toile immense, une peinture à l'huile qui représente une table recouverte d'une nappe en soie claire sur laquelle sont disposés des objets étincelants en cuivre, une miche de pain ainsi qu'une carafe en cristal remplie de vin rouge sombre. « On peut dire, répond-il, pensif, que cette œuvre exprime le même dilemme sous-tendu dans celle de Toorop. »

Sonia regarde alternativement Martin et le tableau. « Un dilemme ? demande-t-elle.

– Être ou ne pas être, répond-il. C'est la question contenue tout entière dans le dilemme. Soit nous sommes sous l'eau. Soit nous sommes sur la terre ferme, avec une table, des objets, du pain et du vin. »

Et la lumière qui s'allumait autrefois dans ses yeux noirs revient l'habiter tandis qu'il lui montre d'autres tableaux, lui expose d'autres états d'âme, lui révèle de nouvelles expressions du dilemme existentiel. Elle ne se sent plus capable de lui parler du sujet qui l'a conduite jusqu'à lui. Elle se sent incapable de l'interroger sur la nature des relations tant vantées de son beau-père, de lui demander s'il possède, comme on le prétend, un rôle central au sein du Conseil juif et s'il a le pouvoir d'arrêter les malheurs qui s'abattent telle la peste sur les Juifs d'Amsterdam.

Sa mère était une infirmière ultra-compétente, que tout le monde respectait, voire craignait, même les médecins, quand elle se dressait de toute sa hauteur sur ses souliers blancs, vêtue de la blouse blanche amidonnée qui recouvrait une robe simple en coton droite et cintrée. Pendant les vacances scolaires, il restait assis dans un coin, tremblant et pétri d'admiration, tandis qu'elle introduisait de fines aiguilles dans les bras des patients pour prélever leur sang en vue de mystérieux examens. Et même dans leur appartement de Netanya, elle ne cessait de s'activer : toujours en train de cuisiner, de réparer ou de nettoyer, surtout de nettoyer. Il ne la voyait que rarement debout sans rien faire, devant l'évier de la cuisine, avec à la main un ustensile à moitié savonné, les yeux mi-clos, dirigés au-dessus de la fenêtre, fixés sur un petit bout de mer visible entre les immeubles d'habitation.

Bat Ami aime encore à raconter à qui veut l'entendre ce jour où, alors que la mère de Yoel était déjà âgée, ils étaient allés la chercher à la maison de retraite à l'occasion d'une fête. Elle était sortie avec eux en direction de la voiture, eux portant sa valise, elle poussant devant elle son déambulateur, quand soudain, alors qu'ils étaient presque arrivés au parking, elle s'était arrêtée. « Oh ! Excusez-moi, j'ai oublié quelque chose », s'était-elle exclamée, et elle avait abandonné le déambulateur sur le trottoir pour retourner presque au pas de course dans l'établissement pour chercher ce qu'elle avait oublié.

Ce n'est qu'à la fin de sa vie qu'elle avait fait part à son fils du rêve qu'elle faisait souvent : elle rampait sur les genoux dans un tunnel étroit et glissant, tâtonnant dans l'obscurité gluante, sans parvenir à trouver la sortie. « Chaque fois que je fais ce cauchemar, lui avait-elle raconté avec un sourire embarrassé, je me réveille en hurlant. J'ai toujours fermé la porte de ma chambre la nuit, pour que Néti et toi ne soyez pas obligés de m'entendre pleurer. »

La pluie enveloppe la ville dans un manteau gris. Yoel entre dans un Starbucks, s'installe à une petite table circulaire, face aux gouttes de pluie qui sillonnent la vitrine. Il songe à la multitude de petites tables circulaires semblables à la sienne, installées dans une multitude d'autres Starbucks à travers le monde. Il songe à la multitude de tasses fumantes comme la sienne, posées sur une multitude de tables devant une multitude de buveurs de café, assis sur des chaises semblables à la sienne, sous des toitures identiques à celle qui s'élève au-dessus de sa tête. Et aux jeunes employés qui sourient ici dans leur tablier uniforme derrière le comptoir, sans nul doute très semblables à tous leurs collègues qui servent à cette heure les mêmes boissons, les mêmes pâtisseries, derrière des comptoirs identiques dans chaque ville et dans chaque pays. En fait, peut-être n'existe-t-il qu'un seul et même Starbucks, disséminé comme un copié-collé. Peut-être cela ne change-t-il rien de savoir qui tu es, d'où tu viens, car au bout de la chaîne tu n'es rien d'autre qu'un consommateur de café posté devant le comptoir, avançant comme sur un tapis roulant vers le poste de commande, puis vers la caisse, attendant enfin qu'on t'appelle par ton prénom pour recevoir ta tasse recouverte d'une couche de crème blanchâtre en forme de cœur sur ton cappuccino. La pluie tombe plus fort, et Yoel aimerait n'être qu'un buveur de café comme tant d'autres dans une ville pluvieuse. Mais comme le vice-roi sorti à la recherche de la fille du roi dans une histoire de Rabbi Nahman de Breslev, il n'a pas le droit d'oublier le but qu'il s'est fixé, il doit regarder sans cesse autour de lui et se demander en permanence où il se trouve.

À travers la vitre embuée, un tramway passe en haut de l'étroite rue pavée de petites pierres brunes polies par les années. Un autre tramway le croise en sens inverse. Sans bruit les rames brillantes glissent sur leurs rails, sans bruit des gens marchent à pas rapides sur les pavés humides, emmitouflés dans des manteaux, coiffés, de chapeaux ou de foulards, inclinés en avant pour affronter la pluie drue. Rabbi Nahman ne raconte pas comment le vice-roi parvint à retrouver la fille perdue du roi, mais l'histoire s'achève par cette promesse : « Finalement, il la retrouva. » Et Yoel sait que c'est ainsi que devra se terminer sa propre histoire : celle dans laquelle il est le vice-roi, le roi, la fille du roi mais dont il est aussi le narrateur.

37.

Des milliers de vélos volés gisent au fond des canaux. Il est si facile de choisir l'un des multiples deux-roues garés dans chaque rue et à chaque angle, de l'enfourcher pour se rendre où l'on veut, puis de le balancer dans le canal le plus proche.

Un tas de vélos rouillent aussi au fond du Herengracht au bord duquel se tient Yoel, tandis que de l'autre côté se tiennent Sonia et son fils Léo. Ce dernier est assis dans son petit siège arrimé au vélo de sa mère et montre du doigt, tout agité, l'eau sur laquelle se déroule une bruyante querelle entre quatre canards multicolores. Yoel voit Léo, Sonia, et les canards qui se battent pour conquérir une femelle au plumage brun-gris qui flotte non loin d'eux. Les quatre mâles décrivent des cercles rapides, se gratifiant les uns les autres de coups de bec, caquettent et agitent leurs plumes luisantes, pendant que la femelle brun-gris avance tranquillement comme si tout ce grabuge ne la concernait nullement.

Yoel téléphone à Tsvika, son agent de Tel-Aviv, pour lui demander d'avertir l'éditeur italien qu'il ne pourra se rendre la semaine prochaine en Italie.

« Mais ton nouveau livre est déjà sorti en librairie, proteste

Tsvika. Et tes conférences à Rome, Milan et Florence, elles ont été fixées depuis très longtemps.

– Je suis désolé, répond Yoel (et c'est vrai, il l'est). Je suis désolé, répète-t-il, mais je n'ai d'autre choix que d'annuler les tournées littéraires pour les deux ou trois mois à venir. »

Tsvika est consterné. Sa voix s'étrangle dans le combiné : « Tu ne peux pas me faire ça. Tu ne peux agir ainsi, ne serait-ce que pour toi.

– C'est exactement ce que tu m'as dit, lui rappelle Yoel dans un sourire, quand j'ai refusé d'aller à Amsterdam. Tu te souviens ? Alors je t'ai écouté et je suis parti. Et maintenant je ne peux plus m'en aller !

– Comment ça, tu ne peux plus t'en aller ? Tu ne vas pas me dire que tu as décidé d'y demeurer définitivement ! »

Yoel rit. « Bien sûr que non ! Seulement jusqu'à ce que je termine mes recherches pour mon prochain roman.

– Tu écris un roman qui se passe en Hollande ?

– Oui, non... je ne sais pas encore. Mais je rassemble le plus de documents possible, je prends des photos ici et là, je note pour moi-même des fragments et des remarques. Et j'ai l'intention de ne pas quitter les lieux tant que je n'aurai pas bâti mon histoire. Je rentrerai à la maison quand je serai capable de m'asseoir pour écrire d'un seul jet. »

Au milieu de la matinée, un peu après que Sonia est rentrée de sa courte promenade avec Léo, Martin revient de la galerie pour annoncer que la police s'apprête de nouveau à envahir la partie ancienne et méridionale de la ville afin d'arrêter des Juifs. L'opération commencera à midi, la prévient-il. Sonia suppute qu'il a entendu cette information sur l'une des radios qu'il écoute en secret. Il y a peu de temps, il a dit à elle et son mari que l'ennemi avait besoin de médecins, ce qui signifie qu'Eddy pourrait être arrêté prochainement pour être envoyé vers l'est.

Vers midi, elle s'empresse de confier les enfants à Anouk, comme elle en a l'habitude en pareils cas. De là, elle fonce à l'hôpital juif et fait appeler Eddy. Tous deux se dépêchent de regagner l'abri le plus sûr et le plus proche : le Rijksmuseum.

Ils doivent se promener à travers les salles du musée, le dos droit, nonchalamment, sans exprimer autre chose que le plaisir de contempler ses trésors. Sonia est particulièrement préoccupée cette fois, car Léo est malade ; il tousse, sa fièvre a monté, et elle ne fait pas vraiment confiance à Anouk pour le soigner. En outre, afin de ne pas éveiller les soupçons, Martin est resté à la galerie. Sonia a du mal à imaginer Anouk se débrouiller toute seule avec son Sébastien chéri, Léo dont la toux rauque secoue son corps frêle et Néti qui elle aussi paraissait un peu fébrile ce matin.

Malgré tout, elle enroule son bras autour de celui d'Eddy, fait mine de s'abandonner sur son épaule et marche avec lui le long des salles d'exposition.

Les gens normaux, des non-Juifs, déambulent à côté d'eux en regardant les œuvres, l'esprit calme, sereinement, et c'est en vain que Sonia essaie de se souvenir de ce que c'est que d'être normal comme ces gens-là. Ce que c'est que de ne pas être persécuté. Ce que c'est que d'aller au musée par envie et par plaisir et non parce que c'est le seul endroit où l'on a une chance d'échapper à une arrestation, le seul endroit où certainement l'on ne vous demandera pas de présenter vos papiers ni de décliner votre identité.

Yoel arpente les différentes salles du Rijksmuseum à la recherche de Sonia et d'Eddy, qu'il découvre debout, en pleine contemplation, ou faisant mine de l'être, devant les jeux de lumière des chefs-d'œuvre impressionnistes. De la pelouse, les sons de la cornemuse s'insinuent dans les somptueuses salles alors que Sonia et Eddy continuent d'avancer. Yoel s'assied sur un banc devant *La Ronde de nuit* de Rembrandt. Il extirpe un cahier plié de sa poche. « Raconter plusieurs épisodes de l'époque où Sonia travaillait à l'hôpital juif, note-t-il. Décrire à quel point elle aimait son métier d'infirmière, son plaisir à déployer son énergie et ses compétences pour apaiser la souffrance des patients. Comment son savoir-faire (désinfecter, panser, injecter, piquer) lui valait la reconnaissance et l'admiration des malades, et comment elle s'occupait d'eux avec doigté et délicatesse.

Comment sa présence procurait également de la tranquillité aux familles des patients. »

Les garçons qu'elle avait connus dans sa jeunesse se liaient d'amitié avec elle mais n'en tombaient pas amoureux. Probablement parce qu'ils craignaient sa force, son franc-parler, mais aussi sa haute taille, ses membres longs qui semblaient démesurés. Mais un jour, elle était entrée à l'heure de la pause déjeuner dans la salle à manger réservée au personnel hospitalier et avait pris place, tout à fait par hasard, en face d'un médecin fraîchement débarqué. Il se démarquait par sa démarche lourde et des lunettes aux verres épais comme elle n'en avait jamais vu. Il faisait une tête de moins qu'elle et parlait d'une voix de fausset, ce qui pour elle était d'ordinaire rédhibitoire. Mais ce jour-là il expliquait à un confrère, avec fougue, l'importance du courant cosmopolite qui se développait à travers le monde depuis la fin de la Grande Guerre (ignorant complètement que lui succéderait un autre conflit mondial). Il parlait du rôle particulier qui incombait à la Hollande, qui avait échappé à cette guerre stupide : promouvoir l'unité des peuples et abolir toutes frontières superflues, fussent-elles géographiques, mentales, métaphoriques. C'était la première fois qu'elle entendait ses propres opinions défendues par quelqu'un d'autre avec autant d'à-propos et de passion. Elle avait bu les paroles du nouveau praticien qui très vite lui avait également prêté une oreille attentive.

Leur foi en l'humanité en général et dans le peuple néerlandais en particulier les avait rassemblés durant les pauses déjeuner des jours suivants. Et ils avaient continué à en discuter cet hiver-là, au sein de l'hôpital, puis à l'extérieur, au café, dans des parcs, au lit. Lorsqu'ils avaient décidé de se marier, ils avaient cru avoir le droit légitime de fonder une famille cosmopolite dans un monde de plus en plus uni, progressiste, sans frontières et rejetant tout séparatisme.

En sortant de l'ascenseur, Yoel rencontre Joséphine dans le couloir, quittant sa chambre après y avoir changé draps et serviettes. Comme il est bon de croiser quelqu'un qui a de la considération pour vous, pense-t-il. Comme il est agréable de rencontrer un visage aimable et ces lèvres qui me sourient au-dessus d'un piercing en argent brillant dans la fossette du menton. De leurs conversations informelles dans la salle à manger du petit déjeuner, où il se retrouve parfois le seul client, il a appris que la famille de Joséphine avait immigré en Hollande quand elle était enfant et qu'aujourd'hui elle vivait seule après avoir élevé deux enfants en solo. En cet instant, il a envie de lui demander comment elle peut laver ses longues nattes et à quelle fréquence, mais il lui demande plutôt comment elle va – elle se porte à merveille, lui répond-elle. N'a-t-elle pas parfois la nostalgie de sa belle île ? Joséphine, embrassant de ses gros bras noirs un tas de serviettes et de draps, s'esclaffe : « La nostalgie ? Non, jamais. » Mais elle se rembrunit : son père, qui a été toute sa vie un homme robuste et actif, a eu l'année dernière un accident de travail et perd de plus en plus la raison. Il se croit dans leur ancien village de Curaçao. Ces derniers temps, il s'est mis à parler le papiamento, la langue de son enfance.

Sur la table en formica de sa chambre, dans une bouteille de bière remplie d'eau, l'attend le joli tournesol de Van Gogh qui lui aussi le reconnaît et lui fait bon accueil. Yoel s'assure que Joséphine n'a pas déplacé sa sacoche et n'a pas découvert la tache de cire qu'il a cachée dessous. La veille, après être finalement parvenu à dénombrer trois étoiles dans le ciel annonçant la fin du shabbat, il avait récité la prière du soir entre son lit et le balcon. Il avait entrecroisé deux bougies pour la bénédiction en prenant garde de ne pas déclencher le détecteur de fumée accroché au plafond. Mais il n'avait pas vu la cire claire goutter lentement sur le tapis. Impossible ensuite de la retirer, ni au moyen d'un couteau ni même en la frottant avec un détergent acheté le lendemain au supermarché. Pour l'heure, il dissimule son infamie sous sa sacoche, mais tôt ou tard la tache sera découverte.

Eddy pense à ses patients qui l'attendent à l'hôpital, et Sonia doit sans cesse le tirer par le bras pour le ramener aux toiles accrochées aux cimaises et lui rappeler qu'il est censé manifester de l'intérêt.

Yoel les observe de loin, après avoir découvert hier, tout en faisant sa prière matinale, que de son balcon on pouvait apercevoir, s'il n'y avait pas trop de nuages, les tours du Rijksmuseum. Entre l'alignement à gauche des bâtiments et la frondaison d'un arbre tout proche qui les occulte presque, les quatre tours effilées dessinent la ligne d'horizon sous laquelle, quelque part, Sonia et Eddy déambulent en ce moment, pour tenter, dans l'espoir que les choses s'amélioreront, d'échapper à leurs persécuteurs.

Sonia sent à cet instant que quelqu'un les suit. Elle se retourne, et son regard rencontre les yeux inquisiteurs d'une femme d'à peu près son âge, vêtue d'un élégant manteau de fourrure. Sonia veille à ne montrer aucun signe de peur ou de nervosité, et avec toute la nonchalance dont elle se sent capable, elle tire Eddy dans la direction opposée. Ils se dirigent ainsi avec une tranquillité exagérée vers la salle attenante. Mais au bout de quelques minutes, ils sont rejoints par la femme à la fourrure et au regard soupçonneux. Sonia s'attarde devant une statuette de Van Veggel figurant la Vierge à l'enfant, feignant de la contempler tranquillement. Elle se souvient combien elle aimait cette statuette dans son enfance, surtout la façon dont les deux personnages étaient liés. Elle avait décidé alors que c'était la mère qu'elle voulait être. Elle jette un coup d'œil à l'horloge au mur de la salle, fait mine d'être étonnée et dit à voix haute : « Comme il est tard ! Il faut qu'on fonce ! » Puis elle entraîne Eddy à travers les salles où d'autres Marie bercent leurs bébés, où d'autres Marie jamais n'auront à les livrer à des mains étrangères. Encore moins à des personnes comme Anouk, et encore moins quand leur enfant est brûlant de fièvre. Elle pousse Eddy sous les voûtes en pierre de la sortie du musée, et de là, non pas vers la rue qui conduit à leur immeuble où la rafle est probablement encore à son comble, mais dans la direction opposée, vers le Spiegelgracht. « Ne regarde pas derrière toi », avertit-elle Eddy qui marche à ses côtés. Elle resserre l'étreinte de son bras autour du sien, et ils traversent le Keizersgracht, grimpant la rue qui mène aux boutiques d'art. Puis ils franchissent le Prinsengracht, s'éloignant de plus en plus de chez eux, de plus en plus de Léo qui tousse et de Néti qui certainement craint à cette heure de ne plus jamais revoir sa mère. Peut-être demeureront-ils à jamais, elle et son petit frère, chez la mère de Sébastien, qui tente en ce moment même de rassurer Léo malade, en larmes, qui sanglote de plus belle jusqu'à ce qu'Anouk mêle ses pleurs aux siens.

Yoel regarde les tours effilées du Rijksmuseum qu'il aperçoit dans un coin de ciel. Il songe à la vision qu'il a de la fenêtre de sa maison à Jérusalem : les cubes blanchâtres du Musée d'Israël et le dôme blanc effilé du sanctuaire du Livre, tout à droite du panorama lumineux qui s'étend, sur toute la largeur de la fenêtre de son bureau, jusqu'au-delà du versant sud de la vallée de la Croix. La ligne d'horizon se dessine sur les collines de la capitale où, par temps clair, on peut distinguer les quartiers de Beit Ha Kerem et Bayit VeGan ; la masse des tours du quartier de Holyland, jusqu'à la colline boisée coiffée du nouveau mur de séparation entre les agglomérations et les deux peuples, vers le nouveau quartier de Gilo. Ici se déploie le paysage d'enfance d'Anouk, née De Lange, alors que de sa fenêtre hiérosolymitaine c'est celui de l'enfance de Bat Ami, née Avni. Comme Bat Ami aime lui raconter ses tendres années dans l'enchevêtrement des bosquets sauvages qui recouvraient alors la vallée de la Croix. Elle jouait là-bas avec ses camarades, ramassant des brindilles pour allumer des feux de joie et chanter de tristes chansons russes autour des flammes en faisant rôtir des pommes de terre sur les braises. Un jour, avec deux autres enfants du quartier, elle avait pris possession de l'une des nombreuses grottes creusées dans la terre rocheuse pour y créer une fabrique de bougies. Ils faisaient fondre des bougies récupérées chez leurs parents dans le but d'en produire de nouvelles. « Et comme ça, on espérait devenir riches, a conclu Bat Ami en riant, il n'est pas étonnant que ce soit ma première et ma dernière aventure commerciale. »

Le cœur de Sonia se serre en pensant à ses enfants, mais elle n'a d'autre choix que de s'éloigner encore davantage d'eux. Ils se dirigent du Keizersgracht vers l'ouest. Soudain, Eddy se fige.

« Ne reste pas planté là, lui dit-elle en l'entraînant sans même bouger les lèvres. Il me semble qu'on nous suit. »

Mais en dirigeant son regard dans la direction vers laquelle il regarde, elle aperçoit la grue d'un camion stationné entre des bâtisses et le bord du canal. Elle voit le bras articulé de la grue soulever un immense crochet métallique vers une fenêtre grande ouverte au troisième étage d'un magnifique immeuble, tandis que sur une péniche ancrée dans le canal des hommes disposent des canapés en velours, des armoires sculptées et d'autres meubles de belle facture que la grue continue de sortir par la fenêtre les uns après les autres. « C'est l'appartement de Sherman », chuchote Eddy, et Sonia se souvient alors que le directeur de l'hôpital juif vivait là en effet. Elle s'étonne d'abord qu'il ait choisi un moment pareil pour déménager, mais Eddy pâlit et lui murmure : « Cela ne fait qu'une semaine qu'ils l'ont arrêté. » Bouleversée, elle refuse de le croire : « Arrêté ? Sherman ? » Il ne lui était jamais venu à l'esprit qu'on puisse arrêter un professeur si célèbre, un médecin solidement établi et respecté dans la société néerlandaise, qui habite, c'est-à-dire qui habitait, il y a encore quelques semaines, dans cette impressionnante bâtisse au bord de ce joli canal qu'est le Keizersgracht, en plein centre-ville. Ils restent tous les deux plantés là à regarder les hommes hisser à l'intérieur de l'appartement une lourde chaîne accrochée à la grue. La chaîne réapparaît bientôt avec au bout du crochet quatre ou cinq grandes toiles ficelées ensemble par un câble. Les tableaux sont pourvus de cadres dorés décorés d'arabesques et emballés de sorte que l'on ne voie que leur dos. Lentement, le bras descend, le paquet de tableaux atterrit sur la péniche, où des hommes le réceptionnent. « Voleurs. Bande de sales voleurs », grommelle Eddy entre ses dents.

Sonia lui caresse le bras sans mot dire. Dans quelques instants, elle tentera de l'entraîner plus loin, mais plus seulement par crainte qu'ils soient suivis. Parce qu'elle ne veut pas rester là pendant qu'ils finissent de vider l'appartement des Sherman de tous les biens précieux que le vieux professeur et son épouse ont collectionnés tout au long de leur existence. Elle n'a pas la force de voir Eddy regarder la péniche qui bientôt partira, chargée de tous les meubles du couple Sherman, de leurs tapis, de leurs lustres, de leurs bibelots, de leurs objets d'art, d'autant de jours, d'années, d'amours et d'espoirs. La péniche descendra alors le Keizersgracht, gagnera l'Amstel pour rejoindre le Rhin, et le cœur de l'Allemagne.

Et Yoel sort de sa chambre pour marcher dans l'insoutenable beauté de la ville. Il s'arrête sur l'un des petits ponts surplombant le Keizersgracht et s'accoude, entre des vélos, au parapet joliment orné. Si j'étais un Hollandais comme les autres, songe-t-il, fils de Hollandais classiques, si j'étais resté dans la ville où je suis né et y avais vécu sans crainte, alors peut-être aurais-je choisi, pourquoi pas, d'habiter l'une de ces maisons sur l'eau amarrées ici à l'extrémité du canal. Peut-être me serais-je acheté un vieux bateau de pêche fatigué de naviguer à travers les océans. Peut-être l'aurais-je restauré pour m'en faire une petite maison agréable : une maison flottante au fond de laquelle je me coucherais en sentant le roulis, où je m'assiérais, bien calé, pour écouter les fonds marins, où je me tiendrais sur le pont pour que mon cœur se marie à celui de la mer.

38.

Léo fait rouler son ballon rouge, le suit en rampant, l'attrape à deux mains et aussitôt le fait rouler à nouveau.

Léo tend un cube en bois bleu. Sourit, satisfait, quand on le lui prend des mains. Puis les rouvre pour qu'on le lui rende. Et ainsi de suite.

Léo articule ses premiers mots : « papa », « maman », « Néti », « merci ».

Léo est assis sur le sol, jambes écartées. Il regarde les cubes de couleur dispersés autour de lui.

Il pose un cube bleu sur un jaune.

S'applaudit.

Tard dans la soirée, Yoel passe devant le Concertgebouw : il entend quelques notes de la magnifique *Neuvième Symphonie* de Beethoven et sait qu'en ce moment, c'est-à-dire en cette période de guerre, a lieu le dernier concert comptant des musiciens juifs. Il gravit les larges degrés en pierre et, derrière les portes, guette le dernier accord et les bravos enthousiastes et émus du public. Les applaudissements pleuvent pendant une heure tandis que les musiciens juifs s'avancent probablement sur la scène et saluent, un à un, pour faire leurs adieux. Puis il entend le bis, un extrait des *Concertos brandebourgeois* de Bach, interprété avec une bouleversante délicatesse. Des larmes d'émotion coulent, suivies d'une nouvelle salve d'applaudissements : on redemande un morceau. Les musiciens se concertent et jouent un nouvel extrait salué par de nouvelles acclamations. Alors que les musiciens juifs s'avancent pour une ultime révérence, le public se lève tout entier. Nombreux sont ceux qui agitent des mouchoirs. Selon les ordres des autorités d'occupation, les Juifs ne pourront plus fréquenter le Concertgebouw, ni en tant qu'interprètes ni en tant qu'auditeurs. Dorénavant, les œuvres des compositeurs juifs seront proscrites.

Parfois, Bat Ami le surnomme *ish shéli* – « mon homme » en hébreu. Parfois, elle relie les deux mots pour créer un affectueux mot-valise : *ishéli*. Mais ce qu'elle aime le plus, c'est séparer les deux mots pour créer un joli calembour : *i shéli* – « mon île ». Car s'il est une île, il lui appartient aussi. Même au-delà des mers, elle l'appelle, comme si elle avait ouvert son âme avec l'une de ses nombreuses clefs. Il est debout sur le balcon, la voix de Bat Ami lui parle dans son téléphone portable qui commence à lui chauffer l'oreille. Il est revenu, il y a peu, de ses déambulations. Il est entré dans l'hôtel par la porte de service et a monté les marches abruptes jusqu'au quatrième étage. À présent somnolent les arrière-cours des rangées d'immeubles plongées dans l'obscurité. La lumière est éteinte à la plupart des fenêtres. Le sommeil est tombé aussi sur l'appartement en sous-sol du troisième immeuble, celui qu'en lui-même il a surnommé « l'appartement de Sonia ». Sur les carreaux des fenêtres, il n'y a plus que le reflet des plantes du jardin, avec en arrière-fond la balançoire suspendue à la branche d'un arbre. Chez la psychanalyste, le bouton de veille de l'ordinateur éclaire l'amoncellement des papiers du bureau. Le danseur a quant à lui virevolté, exécuté des mouvements souples, tout en lavant, astiquant, briquant les ustensiles et les espaces blancs de sa cuisine, mais ses fenêtres sont éteintes à présent. Seuls guettent dans la pénombre les yeux en verre de la peluche et entre les cimes des arbres la lyre dorée qui surplombe le Concertgebouw, tour à tour cachée par les sombres branches qui s'agitent sous le vent nocturne, puis exhibée dans toute sa beauté. Comme à chaque fois depuis qu'il est ici, Bat Ami propose de tout laisser tomber pour le rejoindre à Amsterdam. Jusqu'à maintenant, il a rejeté sa proposition. Mais la vérité est que cette fois-ci il lui est difficile de refuser : il aimerait tellement que Bat Ami vienne alléger un peu le poids de sa solitude. Cette solitude qui l'a toujours enveloppé telle une seconde peau. Mais ici à Amsterdam, elle s'est épaissie, est devenue plus rugueuse, et son poids désormais alourdit ses mouvements.

Que peut-il faire si à la seconde même où il répond à la proposition de Bat Ami : « Tu sais quoi ? Bon, viens ! Mais quand pourras-tu arriver ? », les cloches de l'église Notre-Dame se mettent à retentir ? Les douze coups de minuit résonnent d'un bout à l'autre de l'univers et Bat Ami crie : « Quoi ? Un instant, je n'arrive pas à t'entendre ! » Et quand finalement le son interminable des cloches se tait, Yoel dit avec la douceur inaltérable qui le caractérise : « Tout va bien, Bat Ami, tout va bien, il n'est pas nécessaire que tu viennes à Amsterdam. Je te remercie pour ta proposition, mais je pense que mieux vaut que je continue seul. » Bat Ami, après une pause, lui répond : « Bien, mon chéri, je comprends. » Après qu'ils se sont souhaité bonne nuit, il éteint son téléphone, puis rentre dans sa chambre, sans oublier de jeter un dernier regard à la peluche qui continue de l'observer dans l'obscurité de la fenêtre de gauche : toujours couchée sur la commode, elle le fixe de ses yeux de verre brillants comme si elle tentait de le décrypter une bonne fois pour toutes.

Il est interdit aux Juifs : de pêcher, d'emprunter les transports publics, de circuler en voiture, d'entrer dans les lieux publics, de fréquenter un club, une école, d'aller à l'hôtel, au théâtre, à la piscine, de se déplacer sans l'étoile jaune cousue sur leurs vêtements, d'acheter des légumes dans un magasin pour non-Juifs, d'utiliser une bicyclette, d'en posséder une, de faire des courses entre trois et cinq heures de l'après-midi, de se rendre chez le coiffeur, d'avoir le téléphone, de rendre visite à des non-Juifs, d'étudier à l'université, de sortir de chez soi après vingt heures, de s'adresser aux autorités municipales ou de l'État sans passer par le Conseil juif.

« Nous ne considérons pas les Juifs comme faisant partie du peuple néerlandais, déclare le *Reichskommissar*, nous les combattrons, et combattrons tous ceux qui tenteront de les aider. »

Et Martin. Martin continue d'écouter des ondes lointaines.

Yoel ne connaît que ce qu'il peut appréhender par ses cinq sens. Mais en son for intérieur, force lui est d'admettre que Bat Ami a plus d'intuition que lui. Il y a quelques années de cela, elle avait décidé d'abandonner l'enseignement et de s'occuper de thérapie psychologico-physiologique. Il avait craint au début qu'elle ne se lasse et regrette son choix. Mais depuis, grâce au bouche à oreille, la liste des femmes demandant à être reçues chez elle pour ses soins New Age étranges auxquels il n'entend rien et dans lesquels elle excelle ne cesse de s'allonger. Ses patientes prétendent, avec admiration, qu'elle est dotée des pouvoirs d'une sorcière. Et à la suite de l'une d'elles qui lui a offert en remerciements une image de sorcière, les autres patientes ont commencé à l'inonder de dessins de sorcières, de statuettes de sorcières, de livres de chiromancie et autres objets où des sorcières sont représentées. Bat Ami sourit quand elle voit combien cette sorcellerie fait peur à son mari. « Ce ne sont après tout que des images de vieilles femmes, tente-t-elle de le rassurer. Toute femme a, à un certain âge, un visage ridé, une jolie petite bosse, un nez tordu, une voix rauque – et à un moment ou un autre un balai à la main. Il n'y a que vous, les hommes, pour attribuer à ces vieilles si douces des pouvoirs magiques négatifs ! » Un jour, elle avait reçu en cadeau une marionnette sorcière qui sautait sur son balai et dont le visage s'illuminait tout en éclatant d'un rire mauvais si on applaudissait. Yoel avait éprouvé un sentiment de malaise lorsque Bat Ami l'avait appelé pour contempler ce gadget grotesque, et elle, bien sûr, avait perçu sa réticence quand il avait déclaré avec le sourire et une admiration feinte : « Quel beau cadeau ! » Elle avait haussé les épaules et rangé son cadeau. L'affaire en était restée là. Jusqu'à ce qu'une nuit d'été, se levant de son bureau à une heure plus qu'avancée alors que Bat Ami dormait déjà, passant par les pièces de l'appartement pour éteindre toutes les lumières et fermer les fenêtres, il était entré dans la pièce servant de cabinet à sa femme. Il avait alors aperçu sur le mur blanc, près de la fenêtre ouverte, un énorme cafard marron foncé. Il déteste les cafards, particulièrement ceux venant des canalisations. Il en éprouve un tel dégoût qu'en général il appelle Bat Ami au secours et c'est elle qui se charge d'en venir à bout. Mais à ce moment-là elle dormait, et l'insecte répugnant, transmetteur de microbes et de maladies, évoluait tranquillement sur le mur, ses longues pattes bien symétriques des deux côtés de son corps brillant et ses deux antennes tâtonnant dans le vide comme deux insolites cheveux. Yoel n'avait eu d'autre choix que de prendre sur lui : il avait retiré une chaussure, l'avait brandie et avait frappé le mur de toutes ses forces. Au moment où ses yeux avaient suivi la blatte dévalant le mur et disparaissant sous l'armoire, ses oreilles avaient perçu un rire sardonique : levant les yeux, il avait vu la sorcière chevaucher son balai, son méchant visage illuminé par un rire diabolique.

39.

Enfant, Yoel s'était créé un père fabuleux. Quand ses camarades l'interrogeaient à son sujet, il inventait des réponses qui constituèrent ensuite la matière de ses premières histoires. Mais même sans public, en lui-même, il ne cessait de réinventer son père. Même à l'âge adulte, quand il eut connaissance de la version de sa mère, il s'imaginait encore que son père était vivant. Que c'était une erreur, il n'était pas mort, n'avait pas été tué au cours de cette lointaine guerre, mais seulement blessé ou retenu prisonnier par l'ennemi, et que bientôt, l'erreur réparée, il retrouverait sa famille tant aimée.

Vous êtes mobilisé pour le travail forcé en Allemagne, sous surveillance policière.

Vous devez vous présenter à un examen personnel et médical au camp de transit de Westerbork.

Il faut que vous soyez équipé des affaires suivantes : une valise, un sac de voyage, une paire de bottes, deux paires de chaussettes, deux caleçons, deux chemises, un bleu de travail, deux couvertures en laine, deux paires de draps, un bol, une tasse, une cuillère, un manteau, une serviette et quelques effets de toilette, de la nourriture pour trois jours, et tous les coupons alimentaires que vous avez en votre possession.

Vous devez inscrire sur votre valise vos prénom, nom, date de naissance, et la mention « Hollande ». Aucune maladie ne dispense de la mobilisation.

Sont jointes des autorisations de déplacement en tramway ou en autobus pour rejoindre le lieu de rassemblement. Ne pas oublier non plus : les détails du solde de votre compte bancaire, d'épargne ou de tout autre placement avec autorisation de prélèvement ; votre déclaration de patrimoine mobilier et d'hypothèque ; les détails afférents à votre police d'assurance, des précisions sur vos biens en Hollande et à l'étranger ; des détails quant aux dépôts dans des coffres (ne pas oublier d'en apporter la clef) ; des précisions quant à votre fortune, vos collections ; vos bijoux et vos pierres précieuses, vos objets en or ou en argent ; vos autres objets de valeur ; tous cadeaux, parts et actions de société. Ordre de déchirer vos autorisations de déplacement en arrivant à l'endroit susdit.

Le long des canaux, les feuilles des arbres se dessèchent. Elles brunissent et flétrissent. Yoel marche et, tout autour de lui, les feuilles mortes tombent. Elles tombent devant lui, sur les côtés, sur sa tête.

Le soir, Sonia lit la lettre intimant à Eddy de se rendre au camp de transit. Elle la lit et la relit, comme si cela pouvait l'aider à saisir ce qui est notifié par écrit.

Il est attendu demain matin. Demain matin.

Les autorisations de déplacement jointes ne le dispensent pas des frais de voyage et ne lui permettent que d'emprunter le tramway ou l'autobus, bien qu'il soit interdit aux Juifs d'utiliser les moyens de transport publics.

Léo rampe joyeusement sur le sol de l'appartement. Il agrippe une de leurs trois chaises pour se hisser sur ses jambes frêles. Puis il se met à trottiner, repousse la chaise devant lui en la faisant désagréablement grincer, tout en poussant des cris de victoire. Néti, qui a découvert ces derniers mois la magie de la lecture, est lovée dans un coin du canapé avec un livre de mythologie emprunté à la bibliothèque personnelle de sa maîtresse. Ils l'avaient inscrite au cours préparatoire d'une école Montessori, mais tous les établissements scolaires sont actuellement fermés aux Juifs. L'une des institutrices, juive, a ouvert chez elle une classe provisoire, et Sonia l'y conduit chaque matin à vélo.

Eddy examine la valise en bois posée devant lui. Sonia a écrit son nom sur l'une des parois en lettres noires et rondes. Et dessous, sa date de naissance. Et encore dessous, le nom de leur patrie tant aimée dans laquelle ils sont désormais indésirables.

« Je suis sûr qu'il n'y a aucune raison de s'inquiéter, dit-il, sans que l'on sache s'il s'adresse à Sonia ou à lui-même. On me réquisitionne parce que je suis médecin. Ils ont besoin de médecins. Ils ne me feront rien. »

Sonia ne peut pas ne pas se soucier de ces précieuses lunettes aux verres si épais sans lesquelles Eddy ne voit absolument rien. Y aura-t-il des oculistes dans le camp de transit de Westerbork ? Quelqu'un pourra-t-il, le cas échéant, les réparer dans cette Allemagne chamboulée par la guerre ? Et si elles venaient à se casser, ou s'il les perdait, et qu'Eddy n'ait aucun moyen de s'en procurer de nouvelles ?

Elle le laisse avec sa valise ouverte qu'il entreprend, avec sa maladresse et sa gaucherie coutumières qu'elle aime tant, de remplir des effets demandés. Elle attrape Léo dans ses bras et s'empresse de sortir, de monter jusqu'à l'appartement au-dessus du leur.

Mme De Lange est d'humeur morose depuis qu'on a interdit aux Juifs, même aux nantis comme elle, de continuer à employer chez eux du personnel non juif. La visite inopinée de la locataire de l'appartement du sous-sol ne la réjouit pas du tout. D'autant que cette jeune et grande femme semble affolée et qu'elle porte dans ses bras son bébé blond dont les langes exhalent une mauvaise odeur bien identifiable.

« Je cherche, s'il vous plaît, M. De Lange, lui dit Sonia après un échange bref de politesses et s'être excusée de la déranger. Je…

– Mon mari n'est pas là, la coupe avec impatience la vieille dame. Que lui voulez-vous ? »

Sonia ne comprend pas ce qui lui arrive : pourquoi cela lui arrive-t-il, pourquoi cela se produit-il précisément devant sa propriétaire, alors que tout au long des mois de leur séjour ici, il n'y avait jamais eu entre elles d'échanges significatifs ? Mais voilà que ses peines et ses peurs sourdent et s'épanchent irrépressiblement, et que d'une voix tremblante elle raconte à Mme De Lange, irritée et impatiente sur le seuil de sa porte, que son mari médecin est censé quitter Amsterdam demain matin, et qu'elle aimerait demander à M. De Lange, le solliciter pour…

Mme De Lange l'interrompt à nouveau. « Je suis absolument désolée, répond-elle en détachant chacune des syllabes du mot "absolument". Mais imaginez seulement, imaginez, madame Blum, que chaque Juif devant quitter la ville vienne solliciter mon mari pour qu'il s'oppose à son départ ! »

Sonia se ravise aussitôt et ses larmes s'arrêtent d'un coup.

« C'est-à-dire… est-il vrai, madame De Lange, qu'il est possible d'empêcher le transfert des Juifs ?

– Mon mari, déclare Mme De Lange, ne retire aucun intérêt personnel à agir en faveur du confort et du bien-être de tel ou tel Juif, issu de telle ou telle famille. Quand vous, jeune dame, ne vous souciez que de vous-même, mon mari investit toutes ses forces afin d'œuvrer en faveur de la communauté juive tout entière ! Il s'agit de l'intérêt supérieur, et pas d'autre chose ! »

Soudain, comme effrayée d'avoir prononcé des phrases qu'elle aurait dû garder secrètes, elle bredouille précipitamment quelques mots de politesse et claque la porte.

Léo, qui jusqu'à cet instant, blotti contre le sein de sa mère, a observé sans broncher l'échange entre les deux femmes, éclate alors en sanglots. Il pleure d'humiliation, de désespoir, il pleure comme s'il comprenait qu'avec cette porte close se scellait son destin.

La nuit tombe.

La nuit tombe et Yoel s'effondre, épuisé, sur le lit de sa chambre d'hôtel. Pour la première fois depuis qu'il est arrivé ici, il branche la télévision, sur la table, et l'allume. À sa grande surprise, le gros et vieil appareil se met immédiatement en marche et apparaît à l'écran un jeu où deux équipes s'affrontent sur leur capacité à épeler convenablement des mots en néerlandais. Le public sur le plateau est partagé en deux groupes de supporters portant les couleurs de leur équipe. La tension monte chaque fois qu'un des participants épelle le mot proposé par un membre du jury. Tous – les concurrents, les juges, l'animatrice et le public – rivalisent de plaisanteries et rient bruyamment aux saillies les uns des autres. Au nombre de pauses publicitaires, Yoel comprend qu'il s'agit d'un programme télévisé jouissant d'un fort audimat : lui-même, bien qu'il ne comprenne rien, reste fasciné pendant une heure par ce jeu orchestré d'une main de maître par une animatrice blonde, pétillante, espiègle, avec devant elle une grande carte des Pays-Bas et derrière un alignement de tulipes et de moulins à vent.

À nouveau des spots publicitaires, puis la partie reprend. À nouveau l'animatrice éclate de rire, les candidats et leurs supporters s'esclaffent aussi : il semble que le téléviseur danse, ivre de joie.

Sonia persévère toute la nuit dans ses efforts pour sauver son mari. Elle supplie tour à tour Anouk et Martin d'implorer en sa faveur le banquier De Lange.

Anouk ne peut que lui dire de s'adresser à Martin : « Martin sait y faire. »

Et Martin lui répond seulement : « Que faire ? Je ne sais pas quoi faire. »

Eddy, dont la valise fermée attend près de la porte, lui demande de garder son sang-froid. « Tout cela va passer, lui promet-il en essayant de sourire, tout passera plus vite qu'on ne s'y attend. »

À la fin du jeu télévisé, Yoel sort de la chambre, manque glisser sur les marches raides de l'escalier et se faufile hors de l'hôtel par la porte arrière. Il songe se rendre au café brun du quartier, mais il sent qu'il a besoin de goûter un moment les environs de la rue Jacob-Obrecht. Il coupe par la place de la Monnaie et la rue Rokin et débouche sur la place du Dam. Il retrouve sa table habituelle dans son pub irlandais, près de la rampe, au dernier niveau. Il y reste quelques longues heures, tentant, en vain, de se noyer dans la bière. Sur le chemin du retour, il passe devant l'immeuble. Un réverbère éclaire les petites tuiles rougeâtres ainsi que les lianes du lierre qui les ont envahies. Il ralentit le pas et dirige son regard vers le bas, pour sonder la longue fenêtre à hauteur de la chaussée. Une faible lumière brûle dans le petit appartement du sous-sol, grâce à laquelle il aperçoit l'évier de la cuisine sous la fenêtre, le plan de travail, la table et les trois simples chaises. Il essaie de voir Sonia, de voir Eddy, de les voir tous deux ensemble.

« Ne pars pas », l'implore-t-elle toute la nuit. Avant l'aube, après que Martin et Anouk sont descendus chez eux, s'y sont attardés, puis sont remontés, elle déploie un dernier effort : « Ne pars pas, mon amour, ne va pas te présenter, ignore cette convocation. »

Il n'a pas le choix, lui redit-il.

« Tu peux te cacher », le supplie-t-elle. Et elle énumère pour la millième fois toutes leurs connaissances qui ont rejoint la clandestinité, active en ville. Ils ont pu changer d'identité et sont sous la protection de chrétiens généreux, soit en échange d'une somme d'argent, soit gratuitement s'ils sont démunis. Ils ont disparu de l'espace public et ne réapparaîtront qu'à la fin de la guerre.

« Ils ont tous plongé sous la surface, lui dit-elle. Et c'est exprès, mon Eddy, qu'ils définissent la clandestinité comme une plongée, car la seule chose à faire, dans la situation qui règne à Amsterdam, c'est de faire profil bas. De mettre la tête sous l'eau et disparaître pendant un certain temps. »

Eddy fait non de la tête. Au tout début, quand on avait demandé aux habitants juifs de la ville de se rendre dans l'un des bureaux du Conseil juif pour s'y faire recenser, Sonia ne l'avait-elle pas déjà conjuré de ne pas obtempérer ? Mais il avait aussi rejeté ses supplications.

« C'est trop dangereux, lui dit-il maintenant encore. Ils pourraient m'attraper, moi, puis toi.

– Nous n'avons rien à perdre, mon cœur.

– N'oublions pas que ces Juifs qui enfreignent la loi pour essayer de sauver leur peau se mettent non seulement eux-mêmes en danger mais aussi toute la communauté. Et si toi et moi, Sonia chérie, nous transgressons la loi, les autorités puniront, à cause de nous, d'autres Juifs. Surtout des Juifs comme tes parents ou tes frères, déjà aux mains de l'ennemi, et du destin desquels nous sommes garants…

– Ne réponds pas à cet ordre ! » crie-t-elle, et bondissant sur la valise, comme prise de folie, elle l'ouvre et disperse son contenu aux quatre vents.

Eddy bondit à son tour pour tenter de la maîtriser. Ils luttent, échangent des coups, se griffant jusqu'au sang.

Puis ils tombent par terre. Ils tombent en s'étreignant sur le sol, Sonia enfouit sa tête dans la poitrine d'Eddy. D'un côté gît la valise en bois marron foncé sur laquelle sont inscrits les nom, prénom, nationalité et lieu de naissance du docteur Blum, de l'autre ont volé dans la lutte les lunettes à monture argenté et aux verres épais d'Eddy.

Tôt le matin, l'eau des canaux scintille. Toute la journée, l'eau des canaux, dont les couleurs et les formes changent au gré des heures et du soleil, étincellera.

Yoel lit l'histoire de Sonia dans les reflets devant lui. Il la lit comme le vice-roi, cherchant la fille égarée du roi dans l'histoire de Rabbi Nahman de Breslev, lit la lettre que la jeune fille avait écrite à son père avec ses larmes sur un foulard retrouvé dans le bas-côté d'une route.

« Tout ira bien, ma chérie, dit Eddy. Tu verras. » Il la serre fort contre lui, caresse tendrement ses cheveux : « Ne t'inquiète pas, ne t'inquiète pas. Je travaillerai là-bas comme médecin, je soignerai les gens qui en auront besoin, et je reviendrai. Je reviendrai vite, tu verras. »

Sonia se tait. N'oublie pas, se dit-elle. Ses caresses sur ta tête. Son étreinte. N'oublie pas cette sensation. Garde-la avec toi où que la vie t'emporte.

40.

Belle journée à Amsterdam. Belle journée dans les jardins. Belle journée dans les rues et sur les places. Sur les berges des canaux, au-dessus de l'eau miroitante, les feuilles des arbres s'agitent, diaphanes, sous la lumière nouvelle et unique.

Sonia essaie de ne pas trop s'inquiéter pour Eddy. Au début, Martin la tenait informée de ce qu'il entendait sur ses ondes secrètes. Puis il a cessé, et elle a elle-même arrêté de l'interroger.

Dans l'après-midi, elle récupère Néti à son école éphémère, puis elle installe ses deux enfants sur son vélo : Néti à l'arrière, sur son petit siège, Léo dans sa corbeille en osier solidement arrimée à l'avant. Elle emprunte la rue qui longe le Vondelpark, pédale lentement le long de la dense muraille d'arbres qui enclot les étendues vertes que la floraison des crocus et des iris a constellées de jaune et de violet. Son cœur se serre en passant devant l'entrée du parc de la rue Jacob-Obrecht, comme si elle voyait pour la première fois le panneau de bois cloué à un poteau sur lequel est inscrit en lettres noires et cruelles : « Interdit aux Juifs ».

Elle poursuit sa course le long du grand parc, en direction du sud. « Maman, articule d'une voix fluette sa fille derrière elle.

– Oui, ma chérie ?

– Pourquoi cela fait si longtemps que nous ne sommes plus allés au parc ?

– Parce que c'était l'hiver, mon trésor. Il faisait trop froid.

– Mais maintenant il ne fait plus froid, maman. Quand retournerons-nous au parc ?

– Très bientôt, Néti. Très bientôt. »

Et c'est à ce moment-là seulement que Sonia comprend que la fillette a vu le panneau, qu'elle a vu le panneau et lu les lettres noires. Depuis quand sait-elle déchiffrer ces horribles mots ? Combien de panneaux semblables a-t-elle aperçus au seuil de ce monde que, pur oisillon, elle commence tout juste à connaître ?

Après être passée devant une nouvelle entrée et devant un nouveau panneau, Sonia tend la jambe vers le sol, stoppe son vélo. Elle s'arrête près de la muraille d'arbres, à un endroit où la frondaison est moins dense. Elle parvient à percer le frais feuillage du regard et aperçoit le lac au centre ainsi que la pelouse émaillée de crocus autour. Plus près, à côté du sentier principal, elle voit le chêne qui ploie. Un arbre semblable aux centaines d'autres du parc. Mais tandis que ceux-ci poussent à la verticale, lui s'étale horizontalement, comme couché. Pousse tendre qu'on avait dû déraciner de son lieu d'origine puis replanter, il menaçait de crouler. Il continue néanmoins à vivre même après s'être effondré : d'un côté ses racines et ses branches se sont arrimées au sol, de l'autre elles s'élèvent vers le ciel.

« Voici notre ami l'arbre, dit Sonia à Néti. Te souviens-tu que nous venions tous ensemble, avec papa, lui rendre visite ? »

La fillette hoche la tête en signe d'approbation, les yeux brillants quand sa mère évoque Eddy. « Quand j'étais toute petite, répond-elle, et que nous venions ici avec papa, je croyais que cet arbre, parce qu'il était couché, était mort…

– Oui, confirme Sonia, quand on le voit ainsi, on pourrait croire qu'il est mort. Ce n'est qu'en l'observant avec attention et en s'approchant qu'on voit à quel point il est vivant. »

Néti considère l'arbre depuis le seul poste d'observation autorisé à des Juives comme elles. Elle remarque ses feuilles vertes, signe qu'il est bien vivant. Léo se tait dans son panier, ses sourcils clairsemés se froncent, il semble écouter la conversation entre la mère et la fille, il semble écouter et comprendre.

Sonia se remémore une courte chanson d'enfance qu'elle avait composée en l'honneur de cet arbre quand elle était lycéenne. Il lui semble se rappeler les paroles : « Ô, arbre solitaire, je suis comme toi. Seul tu sais et comprends. Mes branches ensevelies, mes racines exhibées. Mes cris que personne n'entend. » Ou quelque chose dans ce goût-là.

Alors qu'elle s'apprête à rebrousser chemin pour rentrer, elle est étonnée de voir qu'un homme en costume sombre et à l'air sévère s'approche d'eux à pas vifs. Elle tremble d'abord à la pensée que c'est un policier, mais ce n'est qu'un citoyen d'âge mûr qui s'avance vers eux avec détermination. Il s'arrête à un ou deux pas de Sonia et s'adresse à elle d'un ton agressif : « Avez-vous le droit d'être ici ? » Elle a du mal à le croire. Et cependant c'est bien vrai : un inconnu. Un inconnu qui l'apostrophe. Un inconnu qui l'apostrophe et lui demande s'ils ont le droit, elle et ses deux enfants, de se trouver près du Vondelpark.

« Mais, monsieur, répond-elle poliment, s'efforçant de dissimuler son effroi et même de sourire, vous avez pu voir évidemment que je ne suis pas du tout entrée dans le parc. Je n'ai fait que me tenir, avec mes deux petits, à distance de la zone interdite…

– Mieux vaut que vous dégagiez d'ici immédiatement, rétorque-t-il en haussant la voix, sinon je vous dénonce ! »

Sonia s'éloigne alors en pédalant, sa fille derrière elle et son fils à l'avant, elle pédale le long de l'enceinte formée par les arbres jusqu'à la rue Jacob-Obrecht sous un ciel sale, bas et trouble, semblable à une flaque d'eau bourbeuse.

Mille fois par jour, Sonia porte la main à sa poitrine pour tâter l'étoile jaune en tissu fixée à chacun de ses vêtements. Sans cette étoile, les gens ignoreraient qu'elle est juive, et l'homme du Vondelpark ne les aurait jamais agressés, elle et ses enfants. À la publication de la loi obligeant les Juifs néerlandais à porter l'étoile jaune, Anouk lui a déclaré : « Mon père dit que ce n'est pas une stigmatisation, il nous faut la porter avec fierté. » Sonia avait l'intention de renoncer à cette fierté, mais il s'est avéré que chaque Juif, c'est-à-dire chaque détenteur de papiers où est apposée la lettre *J* qui se ferait contrôler sans elle, serait arrêté et sanctionné sévèrement. Anouk a ajouté que son cher père pouvait lui épargner la peine à elle, Sonia, de se rendre dans l'un des bureaux du Conseil juif et de faire la queue interminablement. Qu'il pouvait lui rapporter du QG du Conseil autant d'étoiles qu'elle désirait en acquérir.

Sonia a remis au banquier la somme convenue : il lui en a coûté quatre centimes l'étoile en tissu. Elle a seulement décidé de ne pas coudre ces signes infamants sur ses vêtements mais de les fixer à l'aide d'épingles à nourrice.

Yoel rêve la nuit qu'un gros poisson l'a avalé. Il ignore comment cela s'est produit, mais il se retrouve couché sur le flanc, genoux repliés, dans des entrailles palpitantes aux parois molles. Il est certain d'avoir été avalé par un cétacé, bien qu'à l'inverse de ses prédécesseurs, du prophète Jonas à Pinocchio, cela ne provoque en lui aucun sentiment d'oppression particulier. Tout au contraire : il y puise de la sérénité. Il se sent protégé, aimé, il voudrait rester dans ce poisson à jamais. Quand il se réveille, ses membres sont encore tout imprégnés d'une incroyable douceur.

Chaque matin, en allant chez l'institutrice de Néti, Sonia voit des Juifs par dizaines affluer vers la place Roelof-Hart. Ils se pressent comme les y obligent les ordonnances. Chaque matin, des hommes, des femmes, des vieillards et des enfants, dans leurs plus beaux vêtements, qui avec une valise, un sac, qui avec un baluchon confectionné à partir d'une couverture en laine. Les mères ou les grands frères portent les bébés dans leurs bras. Chacun laisse derrière lui la maison qui fut la sienne, l'existence qui, ce matin encore, était la sienne. Ils convergent vers la place puis s'assoient sur des bancs alignés côte à côte, installés là pour qu'il soit confortable de s'y asseoir. Ils attendent sur cette grande et belle esplanade en plein centre d'Amsterdam, carrefour où passe et s'arrête le plus grand nombre de lignes de tramway. Et pendant que tous ces Juifs sont assis là, semblables à des gens qui s'apprêtent à faire une agréable excursion ou à partir à la campagne, d'étranges soldats s'adressent à eux avec une courtoisie feinte : ils s'inquiètent de ce qui pourrait leur manquer et leur servent même du thé chaud sucré, préoccupés de leur bien-être et soucieux surtout qu'ils ne nourrissent pas le moindre soupçon ou ne créent le moindre incident pouvant troubler l'ordre public. Et en effet, chaque matin, tout est formidablement réglé.

Comment décrire cela, où sont les mots qui exprimeraient l'impassibilité de ces gens qui attendent : les manteaux de fourrure des femmes, élégamment assises, jambes croisées, leurs chaussures à talons, les chapeaux en feutre à la dernière mode des hommes, et les regards qu'ils portent de temps à autre tantôt sur les rails, tantôt sur leurs montres, comme s'ils disposaient encore à leur guise de leur temps. Où sont les mots pour décrire ces enfants qui jouent entre les jambes de leurs parents, le sentiment de sécurité qu'éprouvent ces enfants entre leurs jambes, et le fait qu'aucun d'eux n'a la moindre idée de l'endroit où on va les conduire ; pas même quand un train s'arrête sur la voie et qu'ils se lèvent, prennent leurs effets calmement, se tiennent debout, en rang, sagement – ô comme ils sont sages ! – et entrent dans les wagons en s'aidant les uns les autres, assistant les plus âgés à monter et à hisser leurs paquets. Puis ils partent.

La place Roelof-Hart est si proche de la rue Jacob-Obrecht, de l'hôtel Mokum, de la place des Musées et du Concertgebouw. Yoel n'a que quelques pas à faire de la rue Van-Baerle, vers l'est, pour rejoindre la place où se trouvent des tramways à la pelle ainsi que la grande esplanade où s'étend un long bâtiment rectangulaire que l'armée de l'occupant avait alors transformé en l'un de ses QG mais qui, jusqu'à la guerre, avait servi de logement aux infirmières travaillant à l'hôpital juif. Sonia y avait elle-même habité avant d'épouser Eddy. L'une des fenêtres donnant sur la place est celle de la chambre que Sonia partageait avec son amie Bette. De là elle regardait l'avenir qui lui paraissait si merveilleux. Mais à présent, de la distance de sécurité qu'elle garde à l'extrémité de la place, elle observe, bouleversée, cette fenêtre et le spectacle qui se déroule : où emmène-t-on tous ces Juifs ? Où a-t-on conduit son père, sa mère, ses frères et sa sœur ?

Soudain, Sonia sait avec certitude que ce qu'elle veut – de quelque façon que ce soit, quand cela se pourra, si seulement elle y arrive – c'est aller en Palestine. Dans le monde d'avant la guerre, il ne lui était jamais venu à l'esprit de vouloir s'y rendre, mais à ce moment, il n'y a rien qu'elle désire davantage, ne serait-ce que parce que son père bien-aimé avait tant rêvé s'y établir. Il l'appelait *Eretz Isroël* (la terre d'Israël), *Eretz Ha Koïdesh* (la Terre sainte). Et seul Dieu, qu'il dénommait *Ha Kodesh Borkhou* (le Saint Béni soit-Il), sait s'il pourra réaliser son vœu.

Elle décide alors qu'en débarquant en Palestine, elle donnera à Léo un nom juif : celui de son père, Yoel.

Au quatrième jour de l'entrée en vigueur du nouveau règlement interdisant aux Juifs de sortir de chez eux après vingt heures, Martin frappe à la porte de Sonia après le coucher des enfants. En le voyant sur le seuil amaigri, le regard éteint, elle songe à Eddy qui lui manque soudain terriblement. Elle regrette aussi le Martin d'avant la guerre, le Martin inspiré qui s'est évanoui avec la disparation d'Eddy, et dont il ne reste que le fantôme accablé.

À présent, l'ombre abattue de Martin entre dans la pièce à pas hésitants, refusant l'offre qui lui est faite de s'asseoir. Il pose sur elle un regard affligé. « Sonia, je voudrais te demander quelque chose », articule-t-il.

Que pourrais-tu me demander ? s'interroge Sonia. Ta famille aurait pu agir pour essayer de sauver mon Eddy. Ta famille peut encore tenter de nous sauver, mes enfants et moi. Mais moi, que puis-je faire pour toi ?

Il se tient devant elle, les bras ballants. Comme elle insiste pour qu'il s'asseye, il consent à poser le bout des fesses sur l'une des trois chaises qui meublent la pièce. Il attend qu'elle achève de nettoyer la table des restes de son repas frugal, à elle et aux enfants, et qu'elle veuille bien prendre place face à lui. Il se racle la gorge et doit s'y reprendre à plusieurs fois pour parvenir à lui expliquer l'objet de sa visite : il vient lui demander d'entrer dans la clandestinité avec ses enfants. Il connaît plusieurs membres de la Résistance, il est bien sûr exclu que le père d'Anouk en soit informé, mais il a déjà parlé à certains de ses contacts. Ils lui ont promis de lui trouver une planque fiable. Il faut bien évidemment se soucier de quelques points.

« Un instant, un instant, le coupe-t-elle. Tu es venu me proposer de quitter cette maison avec mes enfants, et de disparaître avec eux là où l'on nous conduira ?

– Non, répond Martin calmement. Pas toi et tes enfants. Vous devrez vous cacher séparément, la Résistance organisera pour les enfants un refuge séparé. Tu n'auras pas à t'inquiéter, trouver un lieu où cacher des enfants, c'est relativement simple. Particulièrement pour Léo, avec ses cheveux blonds et ses yeux bleus. »

Deux mille cinq cents. C'est, d'après les documents consultés par Yoel ces derniers jours, le nombre d'enfants juifs des Pays-Bas cachés dans des familles chrétiennes pendant la guerre. Deux mille cinq cents enfants juifs, principalement d'Amsterdam. Selon la loi néerlandaise, seuls ont été restitués à leurs familles après la guerre les enfants dont l'un des parents avait survécu ; dans les faits, ce n'est que lorsque le parent survivant a réussi à localiser l'endroit où son enfant avait été caché qu'il lui a été rendu. De nombreux enfants sont ainsi restés aux mains des familles qui les avaient cachés.

Nombre des enfants cachés n'ont jamais su qu'ils n'étaient pas les enfants biologiques de ceux qui les avaient élevés. Nombre d'entre eux l'ignorent encore à ce jour.

Le sol se dérobe sous les pieds de Sonia. « Et vous ? demande-t-elle à Martin. Toi, Anouk et Sébastien ? Vous aussi vous avez l'intention d'entrer dans la clandestinité ? »

La question semble terriblement embarrasser Martin. Il s'agite au bord de sa chaise, le regard fuyant, cherche ses mots. Finalement, il répond qu'ils n'en ont pas l'intention. Le père d'Anouk, plus exactement la fonction qu'occupe le père d'Anouk, lui permet de se charger de lui-même, de sa femme et d'eux trois, Anouk, Martin et leur fils.

« Je ne te suis pas, dit Sonia avec une colère qui va croissant, mais peut-être pourras-tu m'expliquer : ton cher beau-père chasse les Juifs d'Amsterdam de chez eux et leur confisque leur existence. Il fait tout ça de ses propres mains.

– Ce n'est pas lui qui les chasse, Sonia.

– C'est lui, Martin, c'est lui ! D'abord, il nous a poussés à nous faire enregistrer comme Juifs, puis il a fait en sorte que cela soit imprimé sur nos papiers. Il les a laissés emmener Eddy et nous stigmatiser par ces étoiles jaunes pour qu'ils nous embarquent plus facilement.

– Mais il n'est que…

– Il n'est que quoi ? lui lance-t-elle. Il n'est qu'un des responsables de tout ça ? Il ne fait qu'exécuter – qui sait quel est son rôle, et peu importe – les décisions de ce stupide Conseil juif corrompu qui collabore avec l'ennemi ?

– Mais, Sonia…

– Tais-toi, Martin ! J'ai fait confiance à Yoseph De Lange, j'ai suivi ses instructions et ses conseils, mais à présent il chasse tous les Juifs d'Amsterdam, de ses propres mains, oui, de ses propres mains, tandis que lui et ses proches, c'est-à-dire vous, vous continuez à vivre tranquillement en totale sécurité. Et tout ce que tu as à me proposer, à moi qui ai cru ses propos, est de me débarrasser de mes enfants ? Que je les abandonne, Dieu sait où ? »

Sa colère la submerge et éclate. Ou peut-être n'est-ce pas de la colère mais de la frustration. Après le départ de Martin, elle pénètre dans l'obscurité de la chambre chargée du souffle chaud de ses enfants. Néti est allongée sur le dos, le visage découvert et les bras ouverts comme pour exprimer son entière confiance dans le pouvoir de sa mère à la protéger en toutes circonstances. Léo est couché sur le ventre dans la largeur de son petit lit, les jambes repliées sous lui, la joue posée sur la couverture dont elle l'avait recouvert. Il paraît si petit, si vulnérable, et dans le creux de sa clavicule, Sonia voit battre l'artère de son cou à chaque pulsation de son cœur. Elle bat, elle bat sans discontinuer.

41.

Il erre dans les rues, dans les musées, dans les méandres de son âme. Il contemple la beauté d'Amsterdam, la profondeur d'une œuvre d'art, et il sait – le temps d'une étincelle, mais il sait – ce qu'est cette chose qu'il a toujours recherchée. Comme ça lui est arrivé au Musée d'Israël à Jérusalem lorsqu'il a vu cette toile non datée de Jozef Israëls, *Mère et fils marchant au bord de la mer*. Comme lors de sa dernière visite au MoMA de New York en compagnie de Bat Ami, devant *La Danse* de Matisse : cette fois-là, il a compris que savoir si les jeunes filles se donnaient la main ou étaient en train de se séparer n'avait pas d'importance. Cela revenait au même. De même que cela n'a pas d'importance que la danseuse de gauche ait trébuché et chancelé, ou quitté la ronde volontairement.

Bette, l'amie de Sonia de ses années d'infirmière, vient se reposer chez elle, après sa garde de nuit au service d'obstétrique. Bette travaille à l'hôpital la nuit car elle ne peut pas dormir chez elle : la police est venue déjà deux fois envahir son quartier et elle craint de ne pas réussir à s'enfuir à la prochaine rafle.

Son mari a été arrêté et déporté. Ils avaient auparavant

caché leur unique fille. Les premiers jours, elle n'a pas cessé de pleurer, raconte-t-elle à Sonia, mais plus le temps passe, plus ses larmes se tarissent et son âme s'endurcit. Lorsque Sonia lui demande où sa fille est cachée, Bette lui lance un regard étonné. « C'est la Résistance, lui rappelle-t-elle. On ne te révèle pas ce qu'on projette de faire, ni bien évidemment où on a conduit ton enfant. » En fait, ajoute-t-elle, en rentrant chez eux, son mari et elle avaient regretté d'avoir confié leur enfant. Après s'être tourmentés toute la nuit, ils avaient décidé de la récupérer et de la garder avec eux, même si cela devait leur être fatal. Or le matin, en retournant dans l'appartement où ils avaient laissé leur fille la veille, on leur avait dit que la petite avait déjà été transférée dans un lieu inconnu. « Ceux aux mains desquels on l'avait remise n'étaient plus là, explique-t-elle. Et les occupants de l'appartement, qui changent tout le temps, ont prétendu qu'ils ne connaissaient ceux d'avant que par leurs pseudonymes. »

Un jour, il traverse l'Amstel, en route pour le vieux quartier juif. Des touristes plantés sur le trottoir cherchent leur chemin sur une carte de la ville déployée devant eux. Voici qu'il aperçoit Sonia, Eddy et leurs deux enfants à une autre époque, peut-être celle où ils ont été immortalisés dans le court-métrage du mariage projeté au musée. Ils sont tous les quatre au-dessus d'un grand pont et observent les péniches qui flottent en faisant crépiter leur moteur. Elles sont chargées de farine, de charbon et d'autres marchandises. Certaines se dirigent vers le port intérieur pour poursuivre leur route vers la mer du Nord et d'autres continents. D'autres empruntent le chemin inverse, en direction des fleuves méridionaux et des contrées européennes. Néti désigne tout excitée une longue rangée de péniches attachées les unes aux autres comme les wagons d'un train, et Léo tend ses petites mains vers les goélands qui planent au-dessus d'eux, descendent jusqu'à la surface de l'eau et s'attardent, les ailes pliées, sur les bornes d'amarrage.

Et chacune de ses errances s'achève et commence bien évidemment près de la maison. Concentré et attentif, Yoel compte les pavés de la chaussée, depuis l'arrière de l'auditorium jusqu'à la place du petit marché rue Jacob-Obrecht. Il entame sa promenade par la place, à l'angle où, dans la boutique de ce qui est aujourd'hui une agence immobilière, étaient exposées et vendues les rares œuvres d'art d'un jeune homme aimant l'art et les hommes et qui croyait à la présence de l'infini dans toutes choses finies. Puis, arrivé derrière le Concertgebouw, Yoel entre dans ce sympathique café aux murs et aux meubles en bois naturel foncé. Il se rend régulièrement dans ce café brun, s'assied à une table d'angle qu'il verrait bien occupée par une joyeuse compagnie de jeunes gens pétillants et érudits. Tout en avalant à petites gorgées une bière ou un café, il tire son cahier de sa poche intérieure et écrit.

« L'ancien café brun dans la partie septentrionale de notre rue, près du Concertgebouw :

– Combinaison de café de quartier et de petit pub typique.

– Bière hollandaise (Gulpener) avec noisettes grillées et œuf dur.

– Des gens d'âges différents.

– Beaucoup de discussions en néerlandais, entrecoupées d'éclats de rire.

– Sol en bois couvert de tapis persans usés jusqu'à la trame.

– Un grand aquarium avec des poissons d'ornement, des coraux et des plantes aquatiques.

– Au mur sont suspendues des étagères en bois recouvertes de livres anciens. Mais aussi des œuvres d'art, des photographies, des affiches de concerts déjà passés.

– Tout est de style ancien.

– Des rideaux en dentelle encadrent la fenêtre qui donne sur la rue.

– Un lustre victorien diffuse une lumière jaunâtre.

– À l'une des tables sont assis un jeune homme et une femme qui semble avoir le double de son âge. Une mère et son fils ? Un couple d'amoureux ?

– À une table d'angle, trois hommes et une femme, l'un parle la plupart du temps et les autres boivent ses paroles.

– Un homme chauve, assis seul à une grande table ronde au centre du café, feuillette des journaux. »

« Comme la reine Wilhelmine me manque, dit Anouk. Pourvu qu'à l'été prochain cette guerre terrible soit terminée et que nous puissions comme toujours fêter son anniversaire ! Comme je me sens importante à chaque fois qu'elle se rend avec sa famille à la synagogue sépharade. Je raffole de ces cérémonies depuis toute petite, quand la foule en liesse attend sur les trottoirs du centre d'Amsterdam avec des fanions colorés, distribués en l'honneur du passage de Sa Majesté ! Et les ballons, les moulins à vent en papier multicolores qui tournent sur des bâtons… Quand j'étais enfant, je montais avec les garçons sur les colonnes des réverbères. Je voulais être la première à voir la reine arriver… Tu te rappelles, Sonika, comme nous attendions, debout, et comme nous éclations de joie quand enfin paraissaient les premiers cavaliers royaux sur leurs chevaux étincelants, avec leurs uniformes extravagants et leurs chapeaux agrémentés de plumes de paon, leurs épées dégainées devant eux dans une sorte de théâtralité dramatique… Sonia, je suis émue rien qu'à cette évocation… Te souviens-tu ? Tu te rappelles cet instant, sublime comme une révélation mystique, où le carrosse royal découvert apparaissait, avec à son bord notre chère et bien-aimée souveraine qui agitait la main vers nous et nous témoignait son amour ? Oh, comme elle me manque, Sonika chérie ! Il n'y a qu'en Hollande que la reine est si proche de ses sujets. Comme je prie pour qu'à l'été je puisse emmener Sébastien, mon doux petit prince, assister à cette procession et lui faire rencontrer la reine ! » s'exclame-t-elle.

Le café a conservé ses vieilles poutres foncées. Les tables vétustes et les chaises usées en bois sont d'époque aussi, on dirait, bien qu'il soit possible qu'elles aient été confisquées pour servir de combustible pendant l'hiver, vers la fin de la guerre, où sévissaient la faim et le froid.

Mais le comptoir en bois sombre est demeuré inchangé. Y servait-on alors avec le café ou la bière des noisettes grillées ? Y avait-il aussi sur le comptoir, sauf cet hiver de famine extrêmement rigoureux, une coupelle pleine d'œufs durs ? Et la serveuse derrière le comptoir – une femme affable, aux larges épaules et dont le rire découvre les dents chevalines –, ressemblait-elle à celle-ci ?

Si oui, comment a-t-elle traversé les années de la guerre ?

À la bibliothèque du Musée juif, Yoel a lu que les cafés bruns d'Amsterdam avaient été le repaire des organisations clandestines.

Sébastien avait failli naître ici, dans ce café brun. Ce soir-là, comme beaucoup d'autres avant la guerre, les quatre jeunes gens étaient installés avec de la bière et des cigarettes, et toute une bande de copains défilaient à leur table. Comme toujours, Martin exposait ses opinions avec fougue et éloquence, pendant qu'Eddy fumait silencieusement, lâchant d'un ton indifférent quelques rares mots qui faisaient s'écrouler tout l'édifice construit par Martin.

Sonia hésitait entre intervenir dans la conversation et tirer sur sa cigarette, se jurant que ce serait bien la dernière ce soir-là car elle devait commencer à se préoccuper de sa grossesse et du bien-être de son fœtus, quand elle vit le beau visage d'Anouk se crisper de douleur.

Elle lui adressa un sourire d'empathie et lui demanda en articulant les mots, sans émettre de son : « Des contractions ? »

Anouk répondit, énervée, en secouant énergiquement la tête : « Comment ça, des contractions ? Je commence seulement le neuvième mois cette semaine ! »

Sonia haussa les épaules et détourna le regard. Mais Anouk laissa soudain échapper un cri et tous les yeux se tournèrent vers elle avec inquiétude lorsqu'elle se leva en faisant grincer sa chaise puis se précipita en direction des toilettes dans l'arrière-cour du café. Sonia s'empressa de la suivre.

Des toilettes retentissaient de misérables gémissements.

« Anouk, ma chérie, demanda Sonia derrière la porte, tu vas bien ?

– J'ai des maux d'estomac, répondit une voix étouffée.

– Tu sais sûrement, lui dit Sonia, qu'il arrive qu'on accouche au début du neuvième mois, parfois même avant…

– Ce sont des maux d'estomac, gémit Anouk. Hier soir, j'ai mangé un hareng avarié que Martin m'avait rapporté, et j'ai de terribles douleurs au ventre depuis ce matin.

– Peut-être puis-je t'aider ?

– Comment ? Comment pourrais-tu soulager mon estomac de ce maudit poisson ? »

Toutes les tentatives de Sonia pour la convaincre que peut-être, seulement peut-être l'accouchement commençait furent vaines.

Anouk avait si mal qu'elle ne pouvait marcher. Ils la saisirent tous trois à bras-le-corps pour la ramener à la maison. Les deux hommes la hissèrent dans le raide escalier et quand ils furent parvenus au dernier étage, elle exigea que Sonia et Eddy s'en aillent. Ainsi redescendirent-ils chez eux pour libérer la baby-sitter de Néti et se coucher.

Mais ils furent réveillés un peu moins d'une heure plus tard par Martin qui tambourinait violemment à leur porte. Lorsqu'ils lui ouvrirent, ils le virent tétanisé d'effroi. Sonia monta quatre à quatre les escaliers en chemise de nuit et trouva Anouk allongée sur le sol, pliée en deux. Tandis qu'elle l'auscultait, la misérable, couverte de sueur, continuait de crier qu'elle n'était pas en train d'accoucher, qu'il s'agissait simplement d'horribles maux de ventre. « Je te l'ai déjà expliqué, hurlait-elle, pourquoi ne comprends-tu donc pas ? Aïe, aïe, aïe ! Je suis terriblement constipée, j'ai de l'aérophagie. Mais si tu persistes à croire que je suis en train d'accoucher, mieux vaut que tu t'en ailles, et n'essaie pas de me soulager, d'accord ? Aïe !

– Vite ! ordonna Sonia à Martin, si terrorisé qu'on aurait dit que c'était lui qui accouchait, il faut qu'on fasse vite ! On aurait pu la faire accoucher ici à la maison, mais j'ai l'impression que le bébé est trop gros, je crains que la tête ne passe pas par l'utérus et qu'il faille d'urgence une césarienne. » Et on transporta Anouk contre son gré au service d'obstétrique de l'hôpital juif. En proie à de violentes contractions ininterrompues, elle se débattait, donnait des coups de pied et sanglotait : « Mais ce n'est pas comme ça que j'avais prévu d'accoucher, pas maintenant, et pas comme ça ! » Il ne fallut pas moins de quatre personnes pour la tenir afin que l'obstétricien puisse s'occuper d'elle. Même dans la salle d'opération, elle continua de protester et de crier, à bout de forces, que ce n'était vraiment pas bien. Que ce n'était pas ce qu'elle avait prévu.

La femme qui s'agite sans cesse derrière le comptoir en bois sombre, qui prépare les commandes, sert, embrasse et rit, c'est la propriétaire du café, c'est elle qui donne son âme au lieu, et son tempo. Elle s'appelle Vij. Yoel a décidé que lorsqu'il écrirait son roman, Vij jouerait également un rôle dans ce café brun au temps de la guerre. Elle aurait l'âge qu'elle a aujourd'hui. La même apparence qu'aujourd'hui, le même rire, les mêmes cheveux courts, ce pantalon d'homme et ce tablier aux bretelles tendues sur ses larges épaules et attachées dans le dos. Quand il parlerait d'Eddy, de Sonia, de Martin et d'Anouk, ils seraient toujours attablés autour d'une bière, de noisettes et d'œufs durs – tant qu'il y en aurait. Il décrirait Vij comme une citoyenne néerlandaise fière et énergique, aidant les membres de la Résistance et mettant son café à leur disposition pour s'y cacher ou se rencontrer. L'histoire débuterait avec Sonia criant au secours et Vij qui viendrait l'aider.

Pour l'heure, Sonia voit de moins en moins Anouk et Martin. Elle n'a pas envie de fréquenter des Juifs comme eux, qui ne se préoccupent que de leur propre sort en ces jours sombres où de terribles rumeurs circulent sur le destin des Juifs d'Allemagne, de Pologne, et sur ce qui se passe ici à Amsterdam, à l'est du fleuve.

Vij sait que Yoel est écrivain, qu'il collecte des éléments pour écrire un roman sur son pays et elle a du plaisir à le renseigner sur le mode de vie néerlandais. Elle l'accueille en le gratifiant toujours de trois bises sur les joues comme elle le fait avec ses autres clients réguliers et comme chaque Hollandais, manifestement, a coutume de faire avec ses amis. Quand il lui demande si on ne pourrait pas se contenter de moins, Vij rit de toutes ses grandes dents et souligne que c'est impossible : une seule bise ne fait pas l'affaire et il ne faut pas s'arrêter à la deuxième. Mais qu'il soit sans inquiétude, le rassure-t-elle en baissant la voix ; les Hollandais sont des gens délicats qui en général n'aiment pas avoir la joue mouillée par ces effusions ; il s'agit la plupart du temps de bises sans contact : un claquement symbolique à quelques millimètres de la peau. « Mais, avertit-elle en haussant la voix et en dressant l'index, il faut embrasser dans le bon ordre : la première sur la joue droite, la deuxième sur la gauche et la troisième à nouveau à droite ! Une entorse au bon ordre, et on peut se cogner l'un à l'autre ! »

Vij ignore qu'elle va être l'un des personnages de son roman. Lorsque l'idée a jailli dans son esprit, Yoel a sorti son cahier pour la noter afin de ne pas l'oublier. Comme il ne trouvait pas de stylo, il lui a demandé de lui en prêter un. « Qu'y a-t-il de si urgent ? s'est-elle esclaffée. Vous voulez m'écrire une lettre d'amour ? »

Un jour que Sonia traverse la place Jacob-Obrecht, elle voit la façade de la boutique de Martin barricadée par des planches en bois. Elle entre le lendemain dans le café brun dans lequel elle va encore parfois pour rendre visite à son amie Vij, et entend l'un des voisins non juifs raconter que c'est le Conseil juif qui a décidé de murer la galerie de l'angle. « Juste avant, raconte l'homme, on en a fait sortir tous les tableaux et les objets de valeur, et ils ont promis que tous ces biens ne seraient pas expédiés en Allemagne comme cela a été fait dans d'autres cas. L'opération s'est effectuée sous la surveillance personnelle du jeune Juif propriétaire de la galerie. Et il semble qu'il ait quelques relations, car on dit que tous les objets ont été transférés dans une remise où ils attendront leur propriétaire jusqu'à ce que la guerre s'achève et qu'il puisse rouvrir. »

Yoel sort de la douche sans avoir réussi à régler la température de l'eau une fois de plus, ni à s'abstenir d'inonder la salle de bains. Il est pieds nus dans l'eau qui lui arrive presque jusqu'aux chevilles. Il jette un coup d'œil au miroir au-dessus du lavabo : un visage étranger l'observe à travers la vapeur. Il ne se reconnaît plus, et il sait que ce n'est pas seulement parce qu'il a arrêté de se raser et que sa barbe s'allonge au fil des jours. Il est différent car il a entrepris une véritable rénovation intérieure, pense-t-il, comme dans les rues d'Amsterdam où, à chaque coin de rue, il voit des échafaudages dressés le long des murs lézardés, des grues qui soulèvent des tuiles et du ciment, des échelles fixées au sol sur lesquelles montent et descendent des maçons coiffés de casques fluorescents.

Sonia sur son vélo entend la rumeur de l'eau sous la chaussée et les trottoirs. Elle entend sous la ville bruire l'eau primitive, qui cherche à sourdre et à tout submerger. Comme tous les enfants du pays, elle a appris à l'école comment l'eau recouvrait originellement la Hollande. Plus de quarante pour cent du territoire de ce singulier pays sont des polders, des territoires qui appartenaient à la mer avant qu'on ne les lui confisque pour les assécher grâce à un réseau complexe de barrages, de canaux et de moulins à vent. Une affiche bariolée qui trônait en permanence dans l'entrée de son école proclamait : « Dieu a créé le monde, les Hollandais ont créé la Hollande. » Pendant des années, cette affiche a accueilli Sonia enfant. Son cœur se dilatait de fierté à l'idée de faire partie de ce peuple industrieux et audacieux, ce merveilleux peuple néerlandais qui avait été élu pour être le collaborateur de Dieu en général et de toute la Création en particulier. Mais voilà, songe-t-elle, que s'est affaiblie la force de l'enfant mythique qui bouche du doigt le trou du barrage. Bientôt le trou sera béant, l'eau montera, l'abîme recouvrira tout, l'obscurité reviendra tout envelopper. Et seul le souffle de Dieu planera sur les eaux, s'il existe toujours.

42.

Dans la nuit noire, Yoel, debout sur son balcon, a les yeux rivés sur l'appartement du sous-sol. Son cœur accompagne Sonia, demeurée éveillée et aux aguets. Si elle s'allonge sur son lit, elle reste tout habillée, chaussures aux pieds. Elle s'assoupit parfois un moment, mais elle entend le moindre bruit, la moindre voix, même dans son sommeil. Elle saute alors du lit, avant même d'être totalement réveillée.

Même lorsqu'ils s'étaient installés à Netanya, sa mère avait conservé cette tension permanente. Si la nuit, dans son sommeil, elle percevait le moindre bruit suspect, elle bondissait aussitôt de son lit et se postait dans le couloir.

Ce n'est qu'après qu'elle ouvrait les yeux.

Ce matin, Yoel s'habille d'une chemise blanche et se dirige vers la rive orientale du fleuve pour la prière matinale de shabbat dans l'ancienne synagogue portugaise, l'Esnoga. Il est à la fois ému et impressionné en pénétrant dans l'immense et splendide sanctuaire aux piliers de marbre, édifié par des Juifs débarqués à Amsterdam après l'expulsion d'Espagne en s'inspirant du Premier Temple. L'Esnoga a été bâtie sur pilotis et le plancher en bois est recouvert de sable marin pour prévenir l'humidité qui pourrait s'infiltrer par le bas. Ici ont prié des générations de Rousso. Dans l'une des rangées de vieux bancs en bois, le petit Martin Rousso se tenait entre son père, son grand-père et ses oncles. Peut-être y est-il revenu une fois adulte, peut-être avec sa compagne Anouk, peut-être avec son bébé Sébastien, au moins la veille de Kippour où chaque année les centaines de places dans la nef et dans la galerie des femmes sont occupées. En l'honneur de la fête, on allume des centaines de bougies aux grands lustres en laiton suspendus au vaste et haut plafond de ce bâtiment historique qui n'est toujours pas doté d'électricité.

Si la synagogue portugaise lui est si familière, est-ce parce que Yoel s'y est lui-même rendu dans sa petite enfance ? Ou peut-être le lieu lui apparaît-il comme tel parce qu'à New York, pour shabbat, il aime aller prier dans la synagogue Shearit Israel de la 70e Rue, face à Central Park, un vieux et beau bâtiment bâti par des Juifs expulsés d'Espagne et du Portugal exactement à la même période et dans le même style que l'Esnoga ? Là comme ici, le chantre et les fidèles célèbrent le shabbat coiffés d'un impressionnant chapeau cylindrique.

Ou peut-être est-ce le contraire ? Peut-être la raison pour laquelle à New York il aime prier dans cette synagogue c'est qu'elle lui rappelle, dans son subconscient, celle d'Amsterdam ?

Les notables de la communauté, avec à leur tête le rabbin et le chantre, rangent solennellement les rouleaux de la Torah dans le tabernacle surélevé. La mémoire des générations nimbe leur coiffure. Les grains de sable crissent sous leurs talons. Au même moment, Sonia et ses enfants rentrent d'une promenade dans les environs où il est encore autorisé aux Juifs de se rendre. Elle gare son vélo sur le trottoir, devant son immeuble, fait descendre Néti du siège arrière et soulève le panier de devant où Léo s'est endormi en chemin. Elle rencontre Anouk dans l'escalier, sur le point de sortir avec Sébastien. Fraîche et rayonnante, ses cheveux couleur de miel épousant son visage maquillé avec soin, elle porte une robe printanière, moulante, à pois. On dirait qu'elle n'est pas consciente du sort des autres Juifs de la ville. Sonia ne parvient pas à étouffer l'animosité qui monte en elle à son égard comme à celui du petit Sébastien, dans son costume de marin, qui lui sourit joyeusement tout en descendant les marches précautionneusement une à une. Petit gosse gâté, fils d'enfant gâtée, se dit-elle intérieurement, se demandant s'il est nourri, comme Néti et Léo, des quelques rares légumes et de lentilles que procurent les coupons de rationnement. Elle se souvient qu'il mange difficilement, elle sait que malgré tout il est innocent, mais elle n'arrive pas à réprimer le dégoût qu'elle éprouve pour lui. Ce n'est qu'un bébé, mais il lui semble que chacun de ses mouvements se fait au détriment de ceux du sien. Il est innocent, mais ses boucles sombres mettent en péril la tête blonde de son fils.

Yoel lève les yeux vers les grandioses lustres en laiton, il les imagine avec leurs bougies allumées pendant le *Kol Nidré* de l'office de Kippour et il imagine le petit Martin Rousso qui porte vers elles son regard, de sa place, entre son père et son grand-père. Il cherche à retrouver des harmonies familières dans la psalmodie du chantre et du public au son de laquelle ont été ouvertes les portes ciselées du tabernacle pour y ranger les rouleaux de la Torah enveloppés dans leur housse ouvragée. Avant de se rasseoir, il vérifie s'il peut ouvrir le casier sous son siège. Sous chaque banc de bois de l'Esnoga se trouve en effet un casier fermé à l'aide d'une clef, et Bat Ami s'était émue d'apprendre que presque tous étaient condamnés depuis de nombreuses années. « Ce serait intéressant de savoir quand on les a fermés », lui avait-elle dit, et lorsqu'il lui avait demandé en quoi cela le serait, elle s'était exclamée :

« Comment ça, en quoi c'est intéressant ! S'il y a des casiers qui n'ont pas été rouverts depuis la guerre, peut-être s'y trouve-t-il cachés des objets que des Juifs y ont laissés avant d'être arrêtés et déportés ! »

« Enfin, on se croise ! » s'écrie Anouk de sa voix chantante et dénuée de toute crainte. Sonia est obligée de s'arrêter, avec Léo dans les bras, plus lourd quand il est endormi, dans l'espace étroit entre la porte cochère et la cage d'escalier qui mène chez elle. « Pourquoi nous fuis-tu, Martin et moi, ces derniers temps, ma chère Sonia ? Nous désirerions tellement être à tes côtés en cette période difficile, mais tu ne nous en laisses pas l'occasion !

– Tout va bien », bredouille Sonia de mauvaise grâce. Elle regarde sa voisine et ne peut s'empêcher de penser que même l'étoile jaune cousue sur le devant de sa robe à pois donne une impression d'élégance.

La tête de Léo pèse sur son épaule frêle et Anouk continue de jacasser. Elle lui redit combien ils souhaiteraient passer du temps avec elle, comme autrefois. « Enfin, pas vraiment comme autrefois, se corrige-t-elle, car sans Eddy, ça ne sera plus la même chose. Mais quand même…

– Je dois descendre », lui répond Sonia avec un sourire désolé. Mais alors qu'elle tend déjà la jambe vers la première marche, Anouk baisse la voix et ajoute : « Tu as bien sûr appris ce qui est arrivé à Garrett et Ulla Feinstein ? » Sonia s'immobilise, demande ce qu'elle veut dire, tout en songeant à la jolie Ulla Feinstein, si introvertie, qui habite avec son mari et leurs deux enfants dans la rue d'à côté. Leur fille, qui elle aussi est inscrite à l'école Montessori, est l'amie de Néti dans la classe éphémère qu'anime l'institutrice juive. Les deux mères ont commencé à sympathiser et Ulla plaît bien à Sonia. Anouk caresse les boucles légères de Sébastien collé à sa jambe dans son costume marin. Elle fait claquer sa langue rose et lâche sans ciller : « On les a trouvés hier ! Garrett, Ulla et leurs deux enfants ! Dans leur lit ! Le robinet du gaz de la cuisine était ouvert, tu peux le croire ? Et toutes les fenêtres avaient été bouchées, condamnées. » Sonia a du mal à respirer, mais Anouk continue de parler dans une sorte d'exaltation : « Garrett a laissé une lettre, il a écrit qu'Ulla et lui avaient décidé d'en venir à cette extrémité car ils savaient ce qui allait se passer ici, et que mieux valait qu'ils meurent chez eux ensemble dans leur sommeil, plutôt que de se voir, leurs enfants et eux, confrontés à ce qu'étaient en train de traverser les Juifs à l'est d'Amsterdam. »

Sonia a les mains brûlantes sous la tête de Léo assoupi. Une tache de bave mélangée à de la sueur s'étend sur son épaule. Mais Anouk continue imperturbablement sa logorrhée hystérique. D'en bas Néti appelle sa mère de sa voix fluette : « Viens, maman, viens ! » Sonia descend lentement les marches une à une, Anouk sur les talons, qui se penche à présent au-dessus d'elle et s'exclame, appuyée à la rampe des escaliers : « C'est horrible ! C'est tout simplement horrible ! Comment les Feinstein, des gens si intelligents, si... si... hollandais – si hollandais, tu comprends ? –, ont pu imaginer qu'ici, dans notre belle patrie, ici, dans notre ville d'Amsterdam... »

La foule des fidèles sort pour le *kiddoush*, afin de sanctifier la journée, autour d'une coupe de vin et d'une collation. Tout le monde se dirige vers l'un des bâtiments plus bas qui encerclent la nef, mais Yoel s'attarde un peu. Il est bientôt rejoint par un Juif rondouillard et jovial prénommé Kastiel. C'est le bedeau de la synagogue. Il lui montre fièrement le vieux tabernacle, le canapé en velours où des générations de souverains néerlandais se sont assis lors de leur visite, et les lattes du parquet qu'on doit soulever pour accéder au canal sous l'édifice. Yoel est stupéfait de voir de ses propres yeux que l'eau coule sous ses pieds dans l'obscurité, flots puissants et abondants, tel l'inconscient d'un homme ou d'un peuple. Une inquiétude sourd en lui sans qu'il ose demander à son interlocuteur comment la communauté renforce les pilotis du bâtiment, immergés depuis des centaines d'années : le bois dont ils sont faits pourrait se dégrader, voire pourrir ?

En sortant, Kastiel ferme derrière eux la grande et lourde porte en bois dont le pommeau en métal est strié de rayures. « Toutes ces rayures représentent les âmes, explique-t-il à Yoel en extirpant d'une sacoche une grande clef métallique avec laquelle il fait deux tours de serrure. Voilà, ajoute-t-il en passant la main sur la porte en une caresse pleine de compassion. J'ai fermé, vous avez vu ? À présent, les Juifs vivants sont partis, et les âmes des morts sont libres de circuler à l'intérieur comme bon leur semble. La vérité est que l'Esnoga appartient davantage aux défunts qu'aux vivants, aux âmes plus qu'aux corps. Aussi, chaque fois que nous, les vivants, voulons ouvrir la porte et entrer, nous frappons d'abord à la porte avec cette grande clef. On frappe, on raye le grillage, pour demander aux âmes l'autorisation d'entrer. Comme ça, nous sommes également certains de ne pas les effrayer. »

Sonia souffle enfin quand Anouk et son fils sortent de l'immeuble et la laissent regagner son sous-sol.

Elle ignore qu'après la prière, Yoel traversera la large chaussée, pénétrera dans le bâtiment de l'ancienne grande synagogue ashkénaze abritant le Musée juif et montera jusqu'à la salle d'exposition pour se poster face aux images de mariage diffusées en boucle. Il attendra un peu. Et lorsque apparaîtra fugacement celle de sa mère jeune, avec dans les bras un bébé à la peau claire, il lui sourira : « *Shabbat Shalom*, maman ! Bénie sois-tu, maman chérie. »

43.

Cela fait des années qu'il n'y a pas eu de petits enfants dans la vie de Yoel. Bat Ami a raison, songe-t-il à présent, quand elle se plaint qu'il lui manque le gène permettant de prêter attention aux êtres humains de moins d'un mètre. Les enfants échappent au radar de sa conscience, et ce n'est pas un hasard s'il n'y en a aucun dans les derniers romans qu'il a écrits et publiés. Ses histoires sont toujours pleines d'adultes, d'hommes mûrs qui ont depuis longtemps traversé cette période immature de l'existence, fondamentalement angoissante, sur laquelle d'autres auteurs s'appesantissent et s'épanchent avec nostalgie au fil de leurs œuvres. Yoel est évidemment conscient de l'existence de ses petits-enfants et de l'enthousiasme que manifestent Bat Ami et ses filles à leur endroit. Mais lui, il ne les voit pas, du moins pas vraiment, jusqu'à l'âge où il est possible d'établir avec eux une véritable relation adulte. Même si les choses ont été sensiblement différentes avec son petit-fils Tal, du temps a passé depuis.

Mais ici à Amsterdam, il ne cesse de voir des petits enfants. Particulièrement des bébés. Surtout des nourrissons avec leurs mères. Il ne cesse de voir des mères avec leurs bébés à vélo. Celui-ci est dans une petite chaise attachée du côté interne du guidon, le dos contre le giron maternel, la tête en avant, offerte au vent et à l'espace ouvert devant lui, bercé par le pouls de la ville. Celui-là est installé dans une espèce de corbeille en forme de triangle, en bois ou en plastique rigide, arrimée à la partie extérieure du guidon. Par temps de pluie, les mères les recouvrent de housses amovibles ou de bâches en nylon prévues à cet effet. Il voit des bébés et des enfants dans les parcs, les musées, les wagons des tramways ou dans les magasins, dans l'ascenseur de l'hôtel, dans la salle du petit déjeuner, il observe leurs membres miniatures se mouvoir et les multiples expressions qui traversent leurs tendres visages. Et il s'étonne de voir les ruses qu'ils déploient pour manipuler les adultes et les faire céder à leurs moindres désirs.

« Ça y est, dit Anouk à Sonia, nous partons bientôt en Amérique. Papa est en train de tout organiser, et dans peu de temps, nous prendrons la mer. » On est dimanche, et les cloches de l'église Notre-Dame sonnent onze heures moins le quart, elles sonnent à tout rompre durant de longues minutes. Yoel traverse la chaussée en direction de l'église, il s'approche de la porte à double vantail et jette un coup d'œil à l'intérieur de la nef dont la splendeur irradie. Un curé en costume impeccable et les cheveux parfaitement peignés est posté sous le porche. Il respire la propreté et la sérénité. Il l'invite avec un large sourire à entrer et à suivre la messe qui va bientôt commencer. Au même instant, trois ou quatre enfants blonds sortent joyeusement de l'édifice et se glissent dans l'étroit passage entre Yoel et le curé qui les suit du regard avec attendrissement.

Il fait froid. Le ciel est une flaque d'eau trouble. En passant devant l'immeuble, Yoel essuie soudain une cinglante averse de grêle.

Il a froid, comme le lierre rougeâtre qui grimpe sur la

façade. Ses deux fines tiges s'enchevêtrent, solidement agrippées aux tuiles grelottantes. Elles dépassent de la porte d'entrée et disparaissent entre les fenêtres du deuxième étage en un entrelacs de feuilles mélancoliques.

Sonia tue les premières heures de l'après-midi en rangeant encore et encore l'appartement, tandis que Néti joue avec sa maison de poupée et que Léo fait rouler un ballon rouge en plastique dégonflé, qu'il poursuit, réjoui, en rampant à quatre pattes. En rentrant à la maison, ils ont été surpris par de fortes giboulées qui ont effrayé Léo. Mais avec la même soudaineté, l'averse est à présent passée. Le soleil perce entre les nuages et de l'arrière-cour des rires et des cris joyeux leur parviennent. Néti se lève, tire une chaise au-dessous d'une des fenêtres et se hisse pour mieux voir Anouk balancer Sébastien. « Maman, si on sortait dans la cour ?

– Non, ma petite Néti, aujourd'hui on ne va pas sortir dans la cour.

– Mais Sébastien et Anouk sont dehors, maman. Et il ne pleut plus.

– Nous n'irons pas dans la cour aujourd'hui.

– Oh, maman, ça fait si longtemps que nous ne sommes pas allés dans la cour !

– Bon, ma chérie, si tu as tant envie de sortir, va chercher ton manteau et celui de Léo, ainsi que nos chapeaux et nos bottes en caoutchouc. Une fois emmitouflés, nous sortirons faire un tour dans la rue mais pas dans la cour.

– Maman ?

– Oui, Néti chérie ?

– Tu n'es plus l'amie d'Anouk et de Martin, n'est-ce pas ? »

« Les Hollandais accordent la plus grande importance au jour de leur anniversaire, dit en riant Vij en désignant un plateau de gâteaux individuels sur le comptoir de bois foncé, près de la coupelle à œufs durs. C'est aujourd'hui mon anniversaire, alors tous mes clients ont le devoir de se réjouir avec moi ! » Yoel lui souhaite un joyeux anniversaire, elle lui tend solennellement dans une serviette en papier un petit gâteau au chocolat recouvert de glaçage blanc avec une cerise plantée au milieu : « Tenez, je vous conseille celui-là. » Embarrassé, il ne sait s'il doit lui énumérer les règles de la casherout ou tout simplement prendre le gâteau sans le manger. Elle le taquine gentiment : « Monsieur l'écrivain, vous êtes fatigant ! Ne me faites pas attendre, acceptez ce que l'on vous donne ! » Elle éclate aussitôt de rire, lui tapote l'épaule affectueusement et ajoute : « N'ayez pas peur, je suis juste très directe, c'est typique des Hollandais. » Comme il prend enfin la part de gâteau, elle lui parle de la franchise des Hollandais, qui disent toujours sans détour ce qu'ils pensent de leur interlocuteur, ou de sa coiffure, ou de telle saillie qu'il vient de proférer. Et Yoel songe au côté direct et sans fard de sa mère. Elle vexait toujours tout le monde, et il avait toujours cru qu'elle agissait ainsi pour éloigner les gens. Néti et lui n'étaient pas non plus à l'abri de ses pointes assassines. Elle ne l'avait pas épargné quand il lui avait présenté Bat Ami. Elle avait écouté sa jeune invitée et fait une unique remarque : « J'espère que vous êtes moins sotte que vous n'en avez l'air. » À leur deuxième visite, elle avait reçu la jeune femme bientôt déconfite par une moue acerbe : « Cette robe ne vous met vraiment pas en valeur. » Quelle chance qu'au fil des ans sa femme se soit contenue quand sa belle-mère relevait avec un malin plaisir : « Vous avez drôlement grossi, vous savez ? »

Le froid renforce la solitude. La solitude dans une ville étrangère dont on ne parle pas la langue est encore plus palpable. C'est un isolement quasi total. Un homme déambule dans la foule et personne ne le connaît, personne même ne s'adresse à lui, personne ne voit qu'il est là. Les habitants parlent autour de lui dans leur langue rude et gutturale, elle lui paraît lourde et grossière comme leurs sabots de bois traditionnels. Tout le monde parle à tout le monde, s'interpelle et se répond, s'interroge et réplique, crie, chuchote, rit. Lui seul est exclu, lui seul est en dehors du cercle de fraternité que crée une langue commune, absolument seul. Il est transparent, tétanisé, au point que parfois il a l'impression de ne plus être vraiment vivant. « Je suis Yoel Blum », a-t-il déclaré aujourd'hui à son reflet barbu dans l'un des canaux. Le magma formé par les feuilles mortes avait rendu l'eau plus noire encore. Un canard au plumage vert voguait paresseusement, becquetant de-ci de-là des détritus flottant à la surface. « Je suis Yoel, a-t-il répété à son reflet. Je suis Yoel, suis-je encore vivant ? »

Soudain, le canard a piqué la tête dans l'eau sale et dégoté un petit poisson parvenu à survivre au milieu des déchets.

Il scrute les cuisines en sous-sol, il ne peut pas passer sans regarder, il voit un four, une cuisinière, un évier, des ustensiles qui sèchent, une ménagère remplie de couteaux, de cuillers et de fourchettes, des livres de cuisine, un plan de travail, une corbeille à fruits. Il voit une table et des chaises, il voit que parfois ces chaises sont occupées par un homme seul, par un couple, ou par une famille.

Les vendeurs des magasins auxquels il s'adresse en anglais lui répondent sans le voir. Il semble que même les employés du Musée juif ne le voient pas, bien qu'ils le croisent quasiment chaque jour et lui prodiguent leur aide pour ses recherches.

Ce n'est que lorsqu'il s'en retourne vers la petite place, passe devant l'agence immobilière, l'ancienne galerie de Martin, puis se dirige vers le passage, sous la vieille enseigne, avant de dévaler les marches étroites jusqu'au seuil de l'hôtel

Mokum qu'il se sent redevenir quelqu'un. Ici il possède un nom, un visage, ici on lui parle. Comme il est heureux quand Achille l'accueille de son sourire entre deux bâillements, qu'il lui relate toutes les significations cachées que son amoureuse et lui décèlent dans les biographies qu'ils lisent. Mais il s'intéresse aussi à l'avancée de ses travaux d'écrivain. Comme Yoel est soulagé quand Joséphine s'arrête au milieu de son ménage ou de son service en cuisine pour lui parler de la météo capricieuse, de son pauvre père qui se croit dans leur village de Curaçao ou de son fils dont elle finance les études de médecine en Hongrie en travaillant du matin au soir.

Dans sa chambre, après avoir ouvert sa porte qui, une nouvelle fois, heurte celle de la penderie, et après avoir pris soin de les fermer toutes deux, il salue son tournesol, retire son veston clinquant et inspecte la tache de cire dissimulée sous sa sacoche. Il sort sur son balcon, dit également bonjour aux immeubles face à lui et à leurs arrière-cours, salue leurs occupants visibles ou cachés, du danseur à la psychanalyste, jusqu'aux familles qui apparaissent parfois dans son champ de vision, sans oublier la peluche qui jamais ne quitte son poste sur le buffet de l'appartement de gauche.

Il sombre parfois dans un sommeil nocturne, mais se réveille en proie à une terreur inconnue et ne parvient plus à se rendormir. Pendant de nombreuses années, il appelait sa mère qui se précipitait à son chevet pour l'apaiser. Depuis que Bat Ami dort à ses côtés, il se sent rassuré par sa calme respiration. Mais à présent Bat Ami n'est pas là – en réalité elle lui manque, elle lui manque terriblement – et cette vieille terreur sature l'air de la chambre exiguë dans laquelle il est seul, au milieu de la nuit, de la ville, de l'univers. On entend de temps en temps les hurlements des sirènes de voitures de pompiers qui se rapprochent puis se taisent peu à peu. Que se passerait-il, se demande-t-il, terrifié, si soudain un incendie se déclarait dans l'hôtel ? Tout ici n'est-il pas en bois ? Les planchers, l'ascenseur, les escaliers et le mobilier, tout est inflammable, tout pourrait se transformer en un immense brasier. Comment un homme tel que lui pourrait échapper aux flammes ? Irait-il se réfugier sur le balcon du quatrième étage pour appeler les chats de la cour à l'aide ?

Sonia quant à elle entend la voix d'Eddy. Elle l'entend qui l'appelle, elle l'entend pendant que ses enfants dorment, après avoir réussi à survivre un jour de plus avec eux. De l'immensité lointaine perce sa voix ; des confins du monde c'est incontestablement la voix d'Eddy qui lui parvient : il l'appelle et elle l'entend.

Elle entend son appel même si les cloches de l'église carillonnent encore et encore.

44.

La beauté règne malgré tout. Il arpente les rues et la beauté, sans crier gare, le submerge avec un plaisir oppressant et douloureux. Tous les deux ou trois jours, il téléphone à Bat Ami. Sa voix lui infuse de la vie bien qu'il ne parvienne plus toujours à se représenter son visage. Il lui raconte ce qu'il fait, les gens qu'il rencontre, les merveilles que recèle Amsterdam, que les Hollandais surnomment Mokum, de l'hébreu *makom*, « lieu ». Il lui parle de ses cahiers qui se remplissent de plus en plus de notes, grâce auxquelles il prévoit d'écrire son nouveau roman. Il lui confie comment, parfois, il s'arrête simplement devant le tableau d'un musée, un fragment du canal, un immeuble sur la façade duquel grimpe une plante pourpre et dont le seuil est encombré d'un tas de feuilles mortes semblable à une flaque rouge.

Il ne sait comment lui dire que son mari si précis, si organisé, ignore désormais quel jour il est. Que le désordre ne le dérange plus, ne le perturbe plus du tout depuis qu'il a découvert qu'il n'y avait pas vraiment de différence entre le passé, le présent et l'avenir. Qu'en réalité le temps ne faisait qu'un. Un tout indivisible.

Il avoue en lui-même que parfois il l'appelle seulement

pour s'assurer qu'elle le reconnaît encore. Pour s'assurer qu'il est encore celui qu'il fut.

Cette nuit, il circule dans le quartier de Jordaan, quartier d'artistes et d'étudiants, dont les appartements éclairés ont des fenêtres dépourvues de volets ou de rideaux et sont aussi grandes que des vitrines. Il a, durant toute son existence, imaginé ce qui pouvait bien se passer derrière des fenêtres étrangères, et voici soudain qu'ici, tout est découvert, révélé, exhibé, qu'il peut à sa guise observer les êtres humains, à l'instar d'un zoologiste étudiant des spécimens rares de singes ou de termites. Il peut apprendre comment ils se préparent à manger, comment ils se nourrissent, comment ils nettoient leur habitation et chassent leurs proies ; la façon dont ils se font la cour, comment ils élèvent leur progéniture, et peut-être même essayer de comprendre pourquoi ils font tout ça, pourquoi les humains accomplissent quotidiennement tous ces gestes, génération après génération.

Un peu plus tôt ce soir-là, il a quitté le Musée juif pour se rendre sur la place M. Visser, nom d'un juge juif de la Cour suprême exterminé pendant la guerre. De là, dans les environs du grand zoo d'Amsterdam, il s'est retrouvé près de l'ancien bâtiment du Hollandsche Shouwburg. Il avait déjà effectué quelques repérages aux alentours de ce théâtre où l'on avait rassemblé les Juifs d'Amsterdam avant leur déportation. Mais cette fois il a voulu examiner l'endroit de l'extérieur et photographier dans son esprit l'avenue à double sens où sommeillaient l'un en face de l'autre le bâtiment historique et l'ancienne baraque où étaient détenus les enfants. Les tramways circulaient entre les deux bâtisses, s'arrêtant aux stations établies entre le seuil du théâtre et celui du baraquement pour enfants, clignotant de leurs feux comme pour signaler que tout allait bien dans le meilleur des mondes. Il a voulu voir de quoi cela avait l'air à la tombée de la nuit : à quoi cela ressemblait aux yeux de ceux qui avaient été amenés là de force, arrachés soudain à une routine qui disparaîtrait à jamais. Il est resté planté là à regarder les familles juives conduites à l'intérieur. À regarder les sentinelles, terrifiants robots humains, épaulant leurs mitraillettes à l'entrée du théâtre. À regarder les petits Juifs, garçons et filles, apeurés et trébuchants, que l'on faisait sortir en rang du théâtre pour les pousser de l'autre côté de la rue, vers le bâtiment qui leur était dévolu. Il savait que les enfants rassemblés dans cet édifice jaune et exigu, sous la surveillance d'infirmières juives, seraient après quelques heures, une journée, voire davantage, rendus à leurs parents, pour être conduits avec eux jusqu'au camp de transit de Westerbork. La nuit, des membres de la Résistance, à la faveur de l'obscurité, se glisseraient jusqu'à la cour arrière de la maison, et au mépris de leur vie tenteraient d'arracher une fillette ou un garçonnet à son sort funeste.

Des sombres canaux résonnent le caquètement des canards semblable aux couinements de canards en caoutchouc. Yoel descend la rue des boutiques d'art jusqu'à la place des Musées : le lieu semble abandonné à cette heure tardive, les musées sont fermés et silencieux. Mais du fond du passage voûté entre les deux ailes du Rijks lui parviennent les sons inouïs, caverneux d'un saxophone. Il entre sous les arcades de pierre et aperçoit un musicien solitaire dans l'obscurité, contre le mur. Il est grand et mince, enveloppé dans un long manteau. Son dos se creuse et se cambre alternativement, alors que son instrument exhale les accents de son âme. Un lointain reflet lumineux fait briller son cou de cygne métallique au rythme de sa musique, quintessence de sa solitude.

En rentrant par la porte de service de l'hôtel puis en gravissant les quatre étages jusqu'à sa chambre, il se trouve soudain tenaillé par une faim abyssale. Après avoir débloqué les portes d'entrée et de la penderie, il se jette sur le petit réfrigérateur encastré d'où il sort des harengs fumés sous vide. Il est obligé d'en déchirer l'emballage et dévore voracement le contenu, debout, sans avoir retiré son manteau ni son écharpe. Bientôt il recouvre son calme. Mais alors la pièce est envahie par la puanteur du poisson mort. Il ne réussit pas à la chasser même après avoir déposé sur le balcon les restes de la peau des harengs avec ceux de l'emballage camouflés dans deux sachets en plastique hermétiquement fermés. Même après s'être récuré les mains et rincé la bouche. Il est contraint de descendre dans la rue glacée pour jeter l'objet du délit dans la poubelle municipale. Cependant, la pestilence persiste à travers les sacs en plastique et la poubelle. Une odeur mortifère accompagne Yoel. Les relents s'étendent, se propagent jusqu'à envahir toute la ville.

Dans son rêve il est également mort. Mais au matin, il sait qu'il est toujours en vie et que Sonia va devoir se séparer de son vélo. Elle n'en a pas cru ses oreilles lorsqu'elle a entendu que cela aussi allait se produire ; mais quelques jours auparavant, elle a lu de ses propres yeux l'ordonnance collée sur le panneau d'affichage municipal enjoignant aux Juifs de remettre leur bicyclette aux autorités. Elle est restée plantée là, l'a relue deux ou trois fois sans y croire. Elle tente à présent de se convaincre que l'on peut tout aussi bien vivre sans vélo. Mais c'est le cœur lourd qu'elle pédale en direction du QG du Conseil juif dans la rue Jacob-Obrecht. Elle a du mal à respirer en pensant au temps qui s'écoulera avant qu'elle ne puisse reproduire ce mouvement fondamental : un mouvement que son corps fait spontanément, mû par l'instinct, depuis qu'elle a appris à marcher, et peut-être même avant. Et la voilà déjà qui attend avec son vélo, parmi de nombreux Juifs, dans la longue queue qui s'étire sur le trottoir devant le Conseil juif, à côté de l'entrée du parc interdit. Tous attendent et se taisent, elle aussi attend et se tait, elle attend et suffoque. Soudain elle se penche et sa main se tend pour caresser de ses doigts tremblants les roues de son vieux vélo chéri, son siège usé, son cadre dont la couleur argentée s'écaille.

Lorsqu'elle sort, chancelante, des bureaux du Conseil juif, dépossédée de son véhicule, le ciel n'est plus le même, la terre non plus n'est plus la même. Elle se noie dans l'air comme dans de la tourbe.

Ce même matin, Yoel marche sur les bords du canal, derrière la synagogue Obrecht, en direction du sud pour aller prier près de la rue Beethoven, dans la petite synagogue créée par des hommes d'affaires juifs dans un simple appartement en rez-de-chaussée. Chaque fois qu'il s'y rend, il aime imaginer, d'après l'agencement de l'appartement, comment des familles néerlandaises classiques organisent leur existence dans des lieux similaires à celui-ci : même cuisine, même couloir, même séjour aux larges fenêtres donnant sur la rue. La plupart des hommes qui, en allant à leur travail dans le centre-ville, s'arrêtent ici pour leur prière matinale sont de la génération d'après-guerre, élevée en Hollande. De façon prévisible, il se trouve aussi des Israéliens immigrés parmi eux. L'un d'entre eux raconte à Yoel, faute d'une autre oreille attentive, qu'il est rentré la veille de Jérusalem, après les sept jours de deuil consécutifs à la mort de son père. « Que le Tout-Puissant vous console », lui répond Yoel, compatissant. L'homme lui confie qu'il y a moins de deux semaines il avait pris l'avion pour aller au chevet de son père mourant à l'hopital de Jérusalem où il avait passé dix nuits et dix jours, mais qu'il avait dû rentrer chez lui à Amsterdam car il ne pouvait s'absenter davantage de son travail. Quand il avait atterri à Schiphol, on l'avait informé que son père venait de décéder. Aussitôt, il reprenait un avion pour retourner en Israël où, à peine arrivé, il apprenait qu'il avait raté l'enterrement. « Cela a dû être très dur », lui dit Yoel en songeant à Bat Ami dont le père avait rendu l'âme plusieurs années auparavant alors qu'ils se trouvaient à Londres. Ils avaient évidemment interrompu leur séjour pour rentrer à Jérusalem. Mais en arrivant, ils avaient appris que les funérailles s'étaient déroulées sans eux. Bat Ami, blessée et furieuse, s'était emportée devant ses frères et sœurs endeuillés : « Qu'avez-vous fait ? Vous l'avez jeté dans le trou comme des voleurs, en pleine nuit ? » Mais notre ancien Hiérosolymitain devenu tout à fait hollandais, au point que les poils de sa barbe de deuil poussent en ordre rangé, rétorque qu'il n'avait aucune raison d'être déçu. Car, comme chacun sait, la coutume à Jérusalem est d'ensevelir le défunt le jour même.

Après la prière, Yoel entre dans un Starbucks, commande un cappuccino, boisson mondialisée et insipide, avec sa crème fouettée en forme de cœur. Puis il s'assied à une petite table ronde. Il n'est que huit heures du matin et, par la vitre du café, il voit des lycéens néerlandais descendre des wagons du tram et traverser la chaussée en diagonale. De nombreux cyclistes, jeunes pour la plupart, foncent vers leurs écoles et leurs lieux de travail. Deux chevaux de la police montée, puissants et étincelants, trottent le long du trottoir, guidés par deux fières policières à la blonde chevelure nouée en queue-de-cheval, assortie à celle de leur monture. Dans ce fleuve de bicyclettes, Yoel avise une jolie femme avec derrière elle une fillette qui tourne la tête vers les cavalières et leurs chevaux. Il aperçoit des vélos portant différentes charges étranges, d'autres savamment harnachés pour transporter un enfant, d'autres encore dont le conducteur tient le guidon d'une main et de l'autre son portable à l'oreille. Cette aisance naturelle est l'apanage de ceux qui sont venus au monde avec une selle entre les jambes : le dos droit, la nuque fière, les cheveux au vent, on dirait qu'ils sont nés pour chevaucher leur deux-roues, comme si leur corps spontanément s'y conformait, y adhérait de façon innée par l'inclinaison et le galbe de leurs membres. Les voilà qui traversent comme l'éclair le carrefour, qui coupent le couloir des voitures et des autobus, mais aussi la voie du tram qui approche, puis ils tournent à gauche en prenant le virage aussi largement que possible. Seuls les Juifs n'ont pas le droit de monter à vélo, seule Sonia emprunte la rue limitrophe d'un pas lourd.

Comme chaque matin, lorsqu'il prend place dans ce Starbucks, il voit cette vieille femme voûtée qui conduit un chiot dans un landau. Lorsqu'elle vient s'asseoir avec son gâteau et son café, elle pose le chiot sur la table près de son assiette et lui donne à manger de la crème dans une coupelle. Quand elle se traîne vers le comptoir, elle colle l'animal contre son cœur de sorte qu'une touffe de poils gris semble sortir de sous son bras. Il s'agit probablement de l'une de ces vieilles Juives natives d'Amsterdam, en vedette dans le documentaire qu'il a visionné la semaine dernière à la bibliothèque du Musée juif. S'il s'agit vraiment de la vieille dame du film, elle a l'âge de Sonia et, comme elle, elle vit dans les environs de la rue Beethoven, depuis même avant la guerre.

Il est assis et il écrit, convoque toute son énergie pour saisir l'indicible par les mots, il cherche ses phrases. Mais il ne voit que des lunettes, une montagne de toutes sortes de besicles jetées pêle-mêle : des lunettes aux corrections multiples, de toutes les tailles, aux montures, couleurs et formes diverses, des lunettes d'homme, de femme, d'enfant par centaines, par milliers, entassées là ; et parmi elles, une paire particulière que Yoel reconnaît aussitôt à sa fine monture argentée et à son double foyer.

45.

Par une lumière radieuse, le joyeux joueur de mandoline ventru est installé à sa place habituelle, sur le muret près du Rijksmuseum, un peu avant l'heure du déjeuner. Mais aujourd'hui, un accordéoniste chauve et maigre est assis à ses côtés. Ils jouent une mélodie mélancolique dont le refrain rappelle à Yoel l'air introductif de *A Yiddishe Mame.*

À l'hôpital, Sonia s'occupe d'une femme qui accouche pour la septième fois. Comme Eddy n'est pas revenu, que l'argent commençait à manquer, elle a fait part de sa détresse à son amie Bette. Celle-ci lui a dit qu'ils manquaient cruellement d'infirmières à l'hôpital juif, elle était certaine que Sonia serait engagée comme auxiliaire dans les différents services. Sonia lui a répondu qu'elle ne pouvait pas aller travailler car elle ne savait à qui confier Léo. Mais la merveilleuse Bette lui a dit qu'assurant les gardes de nuit, rien ne l'empêchait de le surveiller pendant ses deux ou trois jours de travail. Sonia a protesté, il fallait qu'elle se repose pendant la journée, mais Bette a insisté : « Je dormirai pendant les siestes de Léo », lui a-t-elle promis. Et Sonia a accepté, il faut bien qu'elle gagne sa vie.

C'est une agréable journée ensoleillée. Néti est en classe,

Léo à la maison avec Bette. Sonia a été envoyée dans le service d'obstétrique. Sa parturiente est une Juive très pieuse venue d'Amstelveen. Elle est arrivée après minuit avec de fortes contractions toutes les trois minutes. Ce matin, quand Sonia a pris son service, tout semblait indiquer que la délivrance était imminente. Mais au fur et à mesure que s'écoulaient les heures, ses contractions ont baissé d'intensité, au point de presque disparaître. Comme si le bébé s'était ravisé, ne voulait plus voir le jour dans ce monde compliqué.

Les membres lourds de la jeune femme s'agitent avec peine sur sa couche étroite. Sonia songe à son garde-manger vide, cela fait trop longtemps qu'elle ne s'est pas rendue dans les fermes en dehors de la ville pour se ravitailler. Elle va bientôt devoir risquer sa vie à nouveau. Mais pour l'instant il ne lui reste qu'à attendre la fin de sa garde et le début de celle de Bette pour faire un crochet par le café brun. Depuis qu'il est interdit aux Juifs d'acheter des fruits et des légumes dans des magasins non juifs, Vij lui procure de temps en temps des oignons ou pommes de terre du stock limité de son café. Parfois même elle ajoute quelques pommes rachitiques ou une maigre botte de carottes. Sonia lui est très reconnaissante, bien qu'elle ait honte de devoir mendier ainsi. Elle constate également que la situation à l'hôpital juif s'est détériorée à un point inimaginable : certains services, par manque de matériel, ont été laissés à l'abandon, d'autres continuent de fonctionner dans une pénurie criante de médicaments, d'ustensiles élémentaires, de draps et de serviettes.

Elle se demande sans cesse pourquoi ils ont été dociles dès le début. Si nous n'avions pas obéi aux ordres, se dit-elle, si nous n'étions pas allés sagement nous faire recenser, peut-être qu'Eddy n'aurait pas été déporté. Peut-être aurions-nous pu continuer comme avant, noyés dans la multitude des habitants de la ville, en nous faisant oublier.

Yoel salue le joueur de mandoline, fait également un signe à l'accordéoniste morose puis il entre dans le musée. Il passe dans la salle des portraits classiques. À travers chacun d'eux, la mort l'observe. Elle l'appelle depuis les portraits de nobles hollandais en collerette de feutre blanc. Depuis ceux de femmes aux joues roses et poudrées, aux cheveux retenus par des coiffes traditionnelles en tissu. Depuis les représentations de bébés et d'enfants. Je suis la mort, lui dit-elle. Celle de tout homme. Engendrée à sa naissance, je l'accompagne dans le monde, jusqu'à la fin de ses jours.

« Je n'ai plus aucune contraction », dit la parturiente dont le bébé se refuse à naître. Elle s'assied sur son lit, découragée.

« Je vais aller chercher le médecin », lui dit Sonia.

En chemin, elle voit des policiers faire brusquement irruption à l'intérieur du bâtiment. Elle ne peut en croire ses yeux.

Elle ne peut croire ce qui se passe. Elle ne peut croire que cela se produise ici et maintenant, et qu'elle en soit témoin. Mais au bout d'un laps de temps épouvantablement court, qui paradoxalement lui semble le plus long qu'elle ait jamais vécu, elle se retrouve dans un groupe de trente ou quarante Juifs, médecins, infirmières, malades capables de tenir sur leurs jambes, et conduite avec eux vers la rue étincelante de soleil. Parmi eux se trouve justement le gynécologue qu'elle allait chercher. Huit ou neuf grands policiers au visage renfrogné les houspillent à coups de crosse, le long de la rue Jacob-Obrecht, vers la rue Van-Baerle. Terrorisés, ils avancent tête baissée, l'étoile jaune sur la poitrine. Certains malades peinent à marcher. Sonia s'efforce de soutenir une jeune patiente, faible et souffrante, qui la veille s'est fait opérer de l'estomac. Sonia a du mal à comprendre que c'est à elle que ça arrive, tant elle est concentrée sur les pas qu'elle fait avec la femme pâle et tremblante appuyée sur elle, ignorant si elles survivront au prochain.

Yoel a besoin d'air. Il referme les classeurs devant lui, se lève de sa chaise, sort de la salle de consultation de la bibliothèque et du musée. Il marche vite, il suffoque. Quand il passe place Rembrandt, il sent que le peintre mort l'interpelle de son piédestal de pierre, lui faisant part de sa quête de lumière. Mais il ne peut lui répondre car maintenant les policiers crient et frappent Sonia, maintenant la colonne des Juifs arrêtés à l'hôpital avance en trébuchant le long de l'avenue sous un soleil de plomb.

La colonne chancelle et, tout au fond d'elle, Sonia est aiguillonnée par la certitude qu'il y a quelque chose, quelque chose de très précis à quoi elle devrait penser. Mais elle ne sait pas ce dont il s'agit, ce sur quoi elle doit concentrer ses pensées, accaparée pour l'instant par ce pas-ci et celui à venir, la terreur que lui inspirent les policiers, et comment tout ceci peut-il seulement se produire. Ils atteignent à présent les abords du Concertgebouw, la rue Van-Baerle grouille de piétons, d'automobiles, de tramways, de chevaux attelés à des charrettes, de centaines de cyclistes. Ils suivent leur train-train comme s'il n'y avait pas parmi eux, là, sur la chaussée, ce petit troupeau étrange de médecins, d'infirmières et de malades que l'on vient de dépouiller de leur liberté et de leur identité. Sonia tente d'échanger un signe d'intelligence avec l'un des passants mais personne n'ose croiser son regard. Soudain, elle sait ; telle une flèche fondant sur sa cible, la conscience aiguë de ce savoir fend l'amas nébuleux des pensées qui l'enveloppent ; elle a deux enfants à sauver. Elle a deux enfants qui n'ont personne au monde à part elle. Des policiers ferment la colonne qui s'étire sur le trottoir, d'autres circulent avec une nervosité croissante entre les femmes et les hommes arrêtés, au milieu du brouhaha ambiant. Sonia se surprend à s'excuser intérieurement d'abandonner la malade aux jambes flageolantes. Elle se dégage de son bras et pivote en sens inverse de la marche des captifs. « Halte ! » crie derrière elle une voix perçante. Mais elle poursuit son chemin. Son cœur bat la chamade tandis qu'elle s'éloigne. À nouveau des cris retentissent derrière elle, lui ordonnant de s'arrêter. Mais elle sait qu'elle doit retourner auprès de Néti et de Léo. « Où allez-vous ? Halte ! » crie encore un policier derrière elle. Mais elle avance, veillant à ne pas accélérer le pas et ne pas se mettre à courir, même lorsqu'elle entend qu'on arme un fusil dans son dos. « Halte ! Halte ! » Sonia se redresse, son cœur bat à tout rompre. Elle s'exhorte à ne pas se retourner, à continuer de marcher lentement. Oui, pas comme une Juive qui voudrait sauver sa peau, mais comme une Hollandaise normale vaquant à ses occupations ou se promenant en direction du musée. Elle s'enfonce à présent dans la foule, de dos elle ressemble à n'importe quel passant, elle avance lentement et les cris des policiers se font moins convaincants, faiblissent et meurent. Quelques pas encore et elle se fond dans la masse des piétons, se noie totalement parmi eux. Tout en marchant, elle glisse la main sous son vêtement, dans le creux entre sa poitrine et son épaule gauche, ouvre l'épingle à nourrice et détache l'étoile jaune.

Yoel ressent une douleur dans le creux entre sa poitrine et son épaule gauche. Serait-ce son cœur ? Il ignore comment, mais il se retrouve devant l'hôtel Mokum, haletant et couvert de sueur. Il aperçoit près de la réception une femme de dos dont les cheveux ressemblent à ceux de Bat Ami et dont la valise à roulettes, dans un imprimé à pois, est semblable à celle de son épouse, et il comprend bientôt que c'est elle, c'est Bat Ami. Il n'imaginait pas qu'il serait à ce point heureux de la voir lorsqu'elle se tourne vers lui en souriant et en s'excusant d'un léger haussement d'épaules. Sa valise dans une main, un pot en plastique dans l'autre, d'où émergent les magnifiques fleurs violettes d'une orchidée.

Après sa fuite, Sonia a cru perdre la raison. Ou peut-être que la femme raisonnable et sensée qu'elle était jusque-là est toujours en train d'obtempérer aux ordres des policiers et se laisse conduire jusqu'au lieu de rassemblement tandis que la femme qui s'est échappée pour retrouver ses deux enfants est une autre femme. Car, avant la tombée de la nuit, ce même jour, quand elle entend de la haute fenêtre de sa cuisine le pas ferme du banquier qui martèle la chaussée, elle se précipite sur le palier. Elle attend qu'il entre dans le hall, qu'il ferme la porte derrière lui pour se jeter à terre et enlacer ses chevilles d'une voix suppliante : « Sauvez-nous ! Sauvez-nous, monsieur, s'il vous plaît, sauvez mes enfants ! » L'homme de petite taille demeure immobile, sidéré. La porte du dessus s'ouvre, et sa femme se met à crier : « Laissez mon mari tranquille, vous êtes devenue folle, madame Blum ! Laissez mon mari en paix ! » La porte du dernier étage s'ouvre aussitôt, puis on entend des cris effrayés et perçants : « Martin ! » Celui-ci, après avoir dévalé les marches, arrache la femme éplorée aux chevilles de son beau-père, la relève et la reconduit, molle comme une chiffe, avec douceur mais fermeté jusqu'au bas des escaliers où ses enfants l'attendent.

Bat Ami découvre les merveilles de l'hôtel Mokum. Elle fait la connaissance d'Achille aux bâillements inénarrables et de son invisible amoureuse, de la salle à manger du petit déjeuner, de l'ascenseur qui gémit, de l'entrée principale fermée de dix-neuf heures à sept heures. Elle pénètre dans la petite chambre du quatrième, débloque la porte d'entrée et celle de la penderie, pose l'orchidée sur la table en formica à côté du tournesol de Van Gogh qui, miraculeusement, n'est toujours pas fané.

Bat Ami : Aïe, la porte de la porte de la penderie s'est rouverte.

Yoel : Comment se fait-il que tu m'aies apporté une orchidée ? Tu ne les aimes pas.

Bat Ami : Mais toi tu les aimes, n'est-ce pas ?

Quand elle lui demande comment il parvient à écrire avec ces cloches qui sonnent toutes les demi-heures, il comprend qu'il s'y est habitué au point de ne plus les entendre. « Mais regarde ! Viens voir ce que j'ai ici ! » lui dit-il en l'entraînant vers le balcon pour lui présenter les cours, les fenêtres et la galerie de ses personnages familiers.

Yoel : Maintenant regarde par la fenêtre de gauche, au-dessus de celle du danseur. Tu vois sur le buffet l'animal couché ?

Bat Ami : Ben oui, c'est une peluche, non ?

Puis Bat Ami rencontre Joséphine, lui dit qu'elle est très belle, et leur premier échange s'achève par une étreinte, suivie des trois bises rituelles sur les deux joues. Même sa première conversation avec Vij se clôt par les trois bises traditionnelles. Du café brun elle se rend avec Yoel au marché Albert-Cuyp. Elle déambule au milieu des stands et va manger avec lui une salade et des falafels à une échoppe. « Je me bats avec ce nouveau roman, lui confie-t-il, et je crains que les lecteurs ne comprennent pas en quoi un écrivain israélien de ma génération est concerné par cette histoire.

– Ils ont des progrès à faire avec leur tahini », lui répond-elle en s'essuyant les lèvres avec sa serviette. À la tombée du jour, ils descendent la rue Rokin et débouchent place du Dam. Ils vont boire une bière dans son pub irlandais préféré, s'installent à sa place habituelle. « Si c'est ce qui te préoccupe, lui dit-elle, nul doute que si tu te sens concerné par cette histoire, tes lecteurs le ressentiront. »

Tard dans la soirée, ils rentrent à l'hôtel par la porte arrière. Elle gravit avec lui les quatre étages jusqu'à la chambre et sourit avec indulgence aux deux portes qui s'entêtent à s'entrechoquer. Elle déplace la sacoche de son mari pour faire de la place pour sa valise et découvre la coulure de bougie sur le tapis.

Bat Ami : Ce n'est pas très propre ici.

Yoel : J'ai fait couler de la cire durant la bénédiction de *Havdala*.

Bat Ami : Et pourquoi ne l'as-tu pas retirée ?

Elle branche son fer à repasser, étale sur la tache une feuille de papier journal puis passe le fer dessus comme si elle repassait les gros titres. Au bout de quelques secondes, la cire se détache des fibres du tapis pour se coller au papier. Plus la moindre trace au sol.

Yoel : Tu es une sorcière, c'est bien connu !

Bat Ami : C'est toi qui dis ça ? Peux-tu m'expliquer quel sort on a jeté à mon mari, un intellectuel toujours rasé de près, droit dans ses bottes, pour qu'il se transforme en motard hirsute, pilier de bar, et ami des peluches ?

46.

Sonia ne retourne jamais à l'hôpital juif.

Les gens sont sans cesse emmenés, arrêtés et déportés. Dans l'avenue principale, entre le Concertgebouw et la place des Musées, un homme qui tentait de s'échapper d'une file de Juifs arrêtés a été abattu. Peut-être que c'est moi, songe Sonia, peut-être que je n'ai pas réussi à m'échapper. Peut-être est-ce mon cadavre qui gît sur la chaussée et dont le sang sombre, noir, se répand sous les pieds des passants et les roues des vélos ?

Bat Ami n'est restée avec lui que trois jours et trois nuits à Amsterdam, parce qu'il ne lui avait pas demandé de venir, et une fois qu'elle était là, il n'a pas osé lui demander de prolonger son séjour.

Il lui a montré l'immeuble où se déroulait toute l'histoire. Elle a été émue au point de se convaincre que Sonia et ses enfants s'y trouvaient toujours. « Regarde ! s'est-elle exclamée en désignant le lierre grimpant où, ce matin-là, des feuilles rougeâtres avaient commencé à apparaître sur les rameaux nus. La seule pensée, a-t-elle chuchoté, les yeux humides, la seule pensée que Sonia voit aujourd'hui comme nous, ce matin, la nouvelle floraison… »

Ils se sont rendus au Rijksmuseum pour voir le tableau de Jan Toorop, ainsi qu'au musée Van Gogh pour rendre visite au peintre. Ils ont fini par le musée d'Art moderne, le Stedelijk, pour l'exposition des œuvres d'un artiste de l'avant-garde russe : Kasimir Malevitch. « C'est sacrément novateur », a déclaré Bat Ami en fronçant les sourcils devant cette dissémination de formes géométriques à travers lesquelles s'était exprimé l'artiste russe. Yoel s'est arrêté devant *Carré noir sur fond blanc*, et pense que c'est comme ça qu'il désire écrire.

Des feuilles rougeâtres bourgeonnent sur la plante grimpante de la façade. Sonia veut y voir un heureux présage. Mais au milieu de la matinée, on frappe à la porte : Bette vient lui dire au revoir, le visage blême. « Voilà, ma chère Sonia, je vais entrer à mon tour dans la clandestinité. J'ai vendu mes bijoux, y compris mon alliance, et avec l'argent je me suis procuré de faux papiers. J'ai tout réglé pour me planquer sans danger. » Elle laisse échapper un rire nerveux en montrant à Sonia sa nouvelle carte d'identité avec, sous son nom, sa photo, les données personnelles d'une autre femme, chrétienne néerlandaise, dont, d'après la date de naissance, Bette est la cadette de plusieurs années. « On m'a trouvé une adresse à Utrecht », poursuit Bette. Sonia sait qu'une adresse dans la Résistance signifie une planque. Elle lit la peur dans le regard de son amie, palpable aussi dans la manière dont elle s'assoit sans même retirer le trop grand manteau sombre dans lequel elle s'est emmitouflée. Elle tente de s'imaginer ce que peut ressentir cette femme spoliée, privée de son époux et de sa fille, dépossédée de tout ce qu'elle avait, jusqu'à son nom et sa date de naissance. On dirait que cette femme au grand manteau n'est pas la vraie Bette, que la femme assise devant elle est en réalité cette Hollandaise étrangère, dont le nom figure sur les papiers achetés par Bette contre sa bague de mariage. « L'unique raison pour laquelle j'entre dans la clandestinité, continue Bette en chuchotant, c'est pour rester en vie pour ma petite Hennie. Mais si par malheur ceux qui me cachent prenaient peur et me livraient aux autorités ? Si tôt ou tard quelqu'un d'autre nous dénonçait, eux et moi ? Comment en suis-je arrivée là, Sonia, comment est-ce possible ? »

Après s'être levées l'une et l'autre, elles se font silencieusement face, et Bette s'éloigne un peu pour regarder Sonia. « Penses-tu que nous nous reverrons ? lui demande-t-elle. Penses-tu que je reverrai Hennie, Yop, et toi Eddy ? »

Style réaliste : décrire les choses exactement comme elles apparaissent.

Style surréaliste : décrire les choses non comme elles apparaissent, mais comme elles sont.

« Je pense qu'à présent je comprends un peu mieux ta mère, lui a dit Bat Ami. Je saisis mieux son agressivité, son obsession de la propreté et du rangement. Et pourquoi, à chaque fois que je voulais la serrer dans mes bras, elle m'arrêtait : "Ne m'approche pas, je suis enrhubée !" s'écriait-elle. »

Bat Ami le quitte un dimanche, s'envole pour retourner auprès de ses patientes qui l'attendent en Israël. Il a eu le temps de l'entraîner la veille dans la synagogue portugaise pour lui présenter les morts de cette noble communauté mais aussi ses quelques survivants. « J'ai l'impression de faire désormais partie de cet endroit », s'est-il entendu lui confier fièrement en l'accompagnant vers les marches conduisant à la section des femmes. Bat Ami rayonnait de bonheur à ces propos. Durant la prière, il s'est senti heureux de la savoir près de lui, et il a dû se retenir de lever trop souvent les yeux vers elle. Après la cérémonie, il l'a attendue au bas des marches, ému et impatient de savoir ce qu'elle dirait. Il l'a vue au bout de quelques minutes descendre et s'approcher de lui. Pour la première fois, il s'est rendu compte qu'elle boitait légèrement : la très légère claudication d'une personne avec une jambe plus courte que l'autre. Une vague de tristesse l'a submergé en songeant à ce qu'elle disait des changements opérés en elle avec les années et les événements. Elle a raison, s'il ne fait pas attention à ces changements, au point de nier les séquelles laissées par son accident de voiture, c'est parce qu'il ne la regarde pas vraiment. Attendri, il a tendu la main vers elle tandis qu'elle se rapprochait de lui dans la cour de l'antique synagogue ; il a tendu la main vers cet insensible boitillement dont elle était affligée, et que seul un œil aimant pouvait percevoir, et l'a attirée contre lui dans une étreinte maladroite. Bat Ami a esquissé un sourire amusé et étonné mais s'est prêtée de bonne grâce à sa caresse.

Ce même soir, dans leur chambre de l'hôtel Mokum, elle s'est installée sur ce lit aux dimensions bâtardes, trop large pour une personne, trop étroit pour deux, afin de lire tout ce qu'il avait écrit depuis qu'il était à Amsterdam.

« Ce ne sont que des ébauches, l'a-t-il prévenue quand elle s'est emparée de ses cahiers. Ce n'est même pas le premier jet du roman, mais des notes griffonnées, un assemblage désordonné de souvenirs et de pensées, un brouillon anarchique à partir duquel je parviendrai peut-être à élaborer le canevas de mon roman.

– Bien, bien ! a-t-elle répondu en agitant la main vers lui. S'il te plaît, laisse-moi me concentrer. » Il s'est assis sur une chaise, près du tournesol dans sa bouteille et de l'orchidée en pot, et il l'a regardée lire : ses yeux guettaient les expressions changeantes sur son visage et son cœur bondissait à chacun de ses sourires, de ses soupirs ou lorsqu'elle tournait la page. Il soupirait d'aise quand elle avait terminé la lecture d'un cahier et passait au suivant. Il l'observait, allongée sur le lit dans une large chemise de nuit avec ses lunettes à la monture bleue. Et il songeait à leur étreinte dans la cour de l'Esnoga en se demandant s'il avait pris la mesure de ce terrible accident de voiture dont cette femme, la sienne, avait été victime. Avait-il compris combien son état était critique ? Les médecins n'avaient-ils pas utilisé le terme « désespéré » ? Il avait bien sûr accouru immédiatement à son chevet à l'hôpital. Et fait tout ce qu'on pouvait attendre de lui. Mais il n'avait pas hurlé, il ne s'était pas emporté, n'avait pas invoqué le ciel pour implorer sa guérison. Il ne s'était sans doute même pas avoué qu'il pouvait la perdre, tout comme il ne s'était jamais avoué qu'il l'aimait. Oui, non seulement il est attaché à elle, mais il l'aime, il l'aime de tout son cœur.

47.

À la tombée de la nuit, Sonia monte les marches de son immeuble. Elle n'a plus ni forces ni sentiments, elle se sent vide au point que l'air semble siffler à travers elle à chaque respiration. Elle grimpe, chaque marche se dresse devant elle comme un mur infranchissable. Au deuxième, pleine de crainte, elle passe très vite devant la porte du banquier et son épouse qu'elle n'a plus vus depuis le jour où elle est sortie du rang des prisonniers.

Yoel est à nouveau seul. La pluie ne cesse de remplir les tristes canaux, les passants luttent contre le vent cinglant. Aux coins des rues, les poubelles en tôle débordent d'armatures de parapluies, tordues et brisées. La mort a réapparu devant lui dans les musées : il voit celle du personnage représenté, celle du peintre, celle de la personne qui contemple l'œuvre. Il voit la finitude en toutes choses.

Rembrandt Van Rijn est-il parvenu à saisir sa propre essence dans l'un des quatre-vingts autoportraits peints de son vivant ? Et Vincent Van Gogh, qui s'est représenté été comme hiver, jeune ou plus âgé, avec ou sans pipe, chapeau ou oreille ?

Quelle énigme y a-t-il à résoudre pour Yoel dans l'autoportrait de Marc Chagall qu'il aime tant aller voir au fond de la salle du premier étage du Stedelijk Museum ? Le peintre y est assis dans un décor typiquement chagallien, en train de peindre un personnage dont la tête, dépourvue de cou, plane et dont la main qui tient la palette est dotée de sept doigts.

Elle monte l'escalier. Les marches sont si abruptes qu'atteindre le dernier étage lui fait l'effet d'escalader une paroi rocheuse. Elle frappe à la porte.

Anouk lui ouvre. Sa fraîcheur lui saute au visage. « *Och !* s'exclame-t-elle. Enfin te voilà, ma chère Sonia ! Mais entre donc ! »

Sonia refuse. « Où est Martin ? » demande-t-elle.

Anouk s'empresse d'aller chercher son mari. Sonia reprend son souffle. Elle regarde, toujours accrochée dans le salon, la toile de Jan Toorop dont les vagues déferlent sur les brisants.

Sonia.

Martin. Le voilà sur le seuil. Elle essaie de lui parler mais sa voix s'étrangle : « Écoute, Martin… Les gens dont tu m'as parlé… la Résistance étudiante… »

Il la regarde intensément.

De son bureau de fortune, Yoel aussi la regarde. Il la regarde, tout comme Martin, comme aussi cet instant particulier entre eux : il voit tout ce qui a précédé, ce qui suivra, tous les possibles qui auraient pu advenir.

« Je viens te demander, dit Sonia à Martin, je viens te demander qu'ils cachent mes enfants. »

Léo pousse devant lui son ballon rouge. Il crie de joie en rampant derrière le ballon dégonflé qui roule lentement. Il l'attrape entre ses deux paumes, s'assied par terre en croisant les jambes et pousse des « Pa-pa-pa » enthousiastes. Puis il recommence en exultant, poursuit rapidement la balle puis s'assoit de nouveau. Il regarde en l'air, étonné. « Ma-ma-ma », crie-t-il en lui décochant un sourire qui fait apparaître deux nouvelles dents.

Yoel reste dans sa chambre des jours entiers, assis à écrire. Il sort parfois sur le balcon puis rentre et se remet à écrire.

Pendant qu'il travaille lui parviennent aux oreilles les sons de la cornemuse de l'Écossais en tenue traditionnelle de la place des Musées. Étonnant d'ailleurs : ça fait longtemps déjà qu'il ne l'a pas aperçu sur la place et dans ses environs. Il le croyait déjà rentré chez lui.

Il tressaille chaque fois qu'il entend hurler la sirène d'un véhicule d'urgence. Voilà, songe-t-il, la police vient arrêter Anne Frank.

Mais il arrive aussi qu'il n'entende rien durant de longues heures.

Avant la tombée de la nuit, il se force à boire un verre d'eau, à passer un coup de peigne dans sa chevelure touffue et dans sa barbe de Robinson, et se contraint à sortir comme on sort son chien : il lève son regard inquisiteur vers les fenêtres au-dessus de lui, sonde les appartements dont il connaît déjà les occupants, les chambres et les objets. « Ça va ? lui demande Bat Ami au téléphone.

– Bien évidemment que ça va, pourquoi cela n'irait-il pas ? » Il se sourit tristement à lui-même en passant sous le rebord d'une fenêtre où reposent toujours un pot plein de tubes de peinture ainsi qu'un autre rempli de six ou sept pinceaux de différentes tailles.

Quand il sort s'aérer, c'est en général à l'heure où une foule de cyclistes rentrent de l'université ou du travail, seuls ou avec leur progéniture qu'ils sont allés chercher, qui à l'école, qui à la crèche. Yoel aperçoit un père et sa fille adolescente qui pédalent côte à côte, un couple de parents avec chacun un enfant à l'arrière, une famille entière à vélo, des petits et des grands.

Un jour qu'il se promène sur la berge en contrebas de la

rue Jacob-Obrecht, il sent qu'on le regarde. Il lève la tête et ses yeux croisent ceux, tristes et las, d'une grande poule d'eau au long bec et au plumage délavé et hérissé. Elle se tient près de l'eau sur ses longues pattes fines. L'espace d'un instant, Yoel se sent très proche d'elle – il sent une communauté de corps et d'esprit. Un cycliste âgé arrive en sens inverse, il pédale lentement tout en bavardant avec un enfant qu'il transporte à l'arrière. C'est peut-être son petit-fils ; son visage rappelle à Yoel celui de Tal. En pensant à lui, Yoel a l'échine parcourue d'un léger frisson. Son amie à plumes baisse le bec et tremblote sans bouger. Yoel peut ainsi prendre une photo souvenir.

Un jour, il passe devant l'immeuble au moment où la mère arrive avec ses deux enfants. Alors que la petite descend du siège arrière du vélo, il voit qu'elle pleure. Sa mère, au bord du trottoir, la serre contre elle, caresse sa tête couronnée de fines tresses claires et lui murmure quelques mots consolateurs. Il semble qu'il lui soit arrivé quelque chose à l'école. Peut-être que des camarades l'ont trahie. Peut-être que quelqu'un – un enfant, la maîtresse – lui a dit quelque chose de blessant, quelque chose qui a atteint sa jeune âme et qui, même avec les années, ne s'effacera pas.

Il est assis dans sa chambre et écrit. Il est assis et il écrit.

Parfois, il se parle à lui-même. S'invective, se félicite, recense les tâches urgentes qu'il doit accomplir.

Il arrive que dans le silence il articule des mots en néerlandais : *Goedemorgen*, *Gracht*, *Ik spreek geen Nederlands*.

Léo marche à quatre pattes dans le petit appartement. Il pousse d'une main sa petite voiture en bois.

Il s'arrête, abandonne la voiture, ramasse entre le pouce et l'index une miette d'on ne sait quoi qu'il approche de ses yeux pour l'examiner. Léo poursuit ses investigations et tombe sur le filet à provisions de sa mère, avec dedans trois pommes de terre.

Il tire sur le filet qu'il renverse, tombe sur son derrière tapissé de langes et observe sa trouvaille. Il prend une pomme de terre qui a roulé sur le sol, et s'en va en rampant jusqu'à la chambre et son lit. Il la glisse à travers les barreaux du lit, puis aussitôt se retourne et rampe rapidement en poussant des « Pa-pa-pa » enthousiastes pour aller chercher les deux autres pommes de terre.

Yoel se promène dans le quartier De Pijp, passe devant la maison d'Etty Hillesum, et sous le marché municipal entre dans un autre grand jardin public dont l'accès était interdit aux Juifs du temps de la guerre, le Sarphatipark. Il foule un épais tapis de feuilles pourries quand, au centre du parc, se pose sur lui le regard du buste de Samuel Sarphati, l'homme qui a donné son nom au jardin, un médecin et homme d'affaires juif, essentiellement connu pour avoir été l'un des urbanistes de la ville d'Amsterdam. En sortant, il cherche dans la rue qui surplombe le marché la synagogue dont la niche du sanctuaire a servi de cachette à trois ou quatre Juifs. Il arpente la rue plusieurs fois et finit par distinguer une étoile de David gravée sur une plaque en bronze en haut des marches d'un bâtiment étroit ; dessous, en lettres hébraïques usées par le temps, il peut lire : « Lève-toi, viens à notre secours[1]. »

Sonia prend la rue du marché, comme on le lui a demandé.

Elle porte des vêtements sombres et longs, un chapeau noir, comme on le lui a demandé.

---

1. Psaumes XLIV, 27.

Elle avance avec la poussette devant elle, comme on le lui a demandé.

Dans la poussette en bois est assis son fils unique tant aimé. Il y a de cela quelques jours, un membre de la Résistance étudiante est venu lui rendre visite : une fille de petite taille qui a dit se prénommer Katya. Elle est restée un instant chez elle en compagnie des enfants qu'elle a attentivement observés.

Le lendemain, un type de la Résistance s'est également présenté chez elle pour lui annoncer qu'ils avaient désormais une adresse pour Léo.

Il lui a donné des instructions et lui a dit que Katya serait son contact.

Voilà. On y est.

Léo est assis dans sa poussette, le dos droit. Il a du mal à bouger, engoncé dans son petit manteau écossais sous lequel il porte trois couches de vêtements et trois langes superposés. Au fond de la poussette sont pliés d'autres vêtements et d'autres langes. Autant qu'il a été possible d'en camoufler sous la couverture sur laquelle il est assis. Autour de lui sont entassés son assiette en fer-blanc émaillée, la timbale en fer-blanc orange dans laquelle il a l'habitude de boire, son ballon rouge dégonflé et sa petite voiture en bois. Léo adore se promener. En ce moment, il se délecte, curieux, du spectacle du monde, et de celui de la rue du marché, avec ses étals, ses couleurs et la foule de ses passants affairés.

Sonia pousse la petite voiture et arrive au cœur du marché, en pleine effervescence, au milieu des éventaires. Soudain, sur sa droite, surgit Katya. Son apparition n'est pas censée être une surprise, elle se passe d'ailleurs exactement comme prévu. Mais Sonia est tout de même suprise. Katya – c'est sûrement un nom d'emprunt – marche à côté d'elle. Elle aussi porte de longs vêtements sombres et un chapeau noir. Katya ne ressemble pas à Sonia, qui est beaucoup plus grande qu'elle. Mais leurs vêtements noirs donnent malgré tout l'impression d'une certaine similitude entre elles. Katya marche à côté de Sonia sans la regarder. Sonia continue de pousser Léo droit devant elle. Elle évolue au milieu de la foule sans tourner la tête, l'esprit vide.

Elles avancent, toujours sans se regarder, et Katya tend une main, la gauche, petite et menue, la pose sur la poignée métallique de la poussette. Sonia, ainsi qu'on l'a exigé d'elle à l'avance, retire sa main droite. Quelques pas encore et Katya pose à présent sa main droite sur la poignée.

Maintenant ce sont les deux petites mains aux doigts courts de Katya qui poussent la voiture, mais les longs doigts de Sonia sont toujours posés sur la barre.

Elle leur ordonne de lâcher. Ils lâchent la poignée.

À présent, seule Katya pousse Léo.

Sonia continue de marcher à côté d'elle sans plus toucher la poussette. Tout cela a duré entre dix et vingt secondes.

Quand elles parviennent à l'intersection des deux rues, Sonia tourne brusquement à gauche. Sans poussette, sans son bébé, elle s'engouffre dans une rue latérale et disparaît dans la foule.

Katya marche toujours droit devant elle en poussant Léo. Puis elle l'arrache à sa poussette.

Sonia fait encore quelques pas. Se force à continuer. Mais elle s'effondre, tombe à genoux, crie sans émettre un son.

Un jour, à la fin d'un pique-nique familial dans la forêt de Jérusalem, revenant là où ils avaient laissé leur voiture, ils avaient trouvé sous la roue avant droite de leur Subaru une chienne blessée et affamée : c'était un husky de Sibérie. « Comme elle est belle ! » s'était émerveillée Bat Ami, bien que la chienne n'ait plus que la peau sur les os sous sa fourrure sale. Bat Ami l'avait installée sur le siège arrière pour la ramener à la maison, où elle l'avait nourrie, lavée, soignée.

Leur fille Zohar leur avait dit vouloir l'adopter, mais au bout de quelques jours, Bat Ami l'avait conduite chez le vétérinaire afin de trouver ses propriétaires d'après la puce électronique que la loi obligeait à implanter à chaque animal domestique. Le vétérinaire avait méthodiquement passé le scanner derrière les oreilles de la chienne puis sur toute la largeur de sa nuque et affirmé qu'elle n'était pas pucée. Bat Ami lui avait demandé de continuer à chercher, persuadée qu'une chienne aussi belle appartenait à quelqu'un. Elle n'avait pas lâché le médecin tant qu'il n'avait pas sondé la moindre parcelle de peau du grand husky efflanqué, sagement allongé sur la table d'auscultation, fixant de son regard bleu reconnaissant Bat Ami, comme si l'animal comprenait tout. Finalement, la puce, de l'épaisseur d'un grain de riz, avait été découverte dans l'une des pattes arrière où elle avait dû glisser tant la chienne était décharnée. Le vétérinaire avait alors vérifié son matricule sur Internet auprès de l'association de ses confrères et remis à Bat Ami les coordonnées des propriétaires. Elle avait téléphoné le jour même et l'homme qui lui avait répondu avait failli s'étrangler lorsqu'elle lui avait dit que sa chienne était chez elle. « On a retrouvé Blue », avait-il hurlé à la cantonade, et Bat Ami avait pu entendre les cris de joie poussés derrière lui. L'homme lui avait raconté qu'on leur avait volé leur chienne plus d'un an auparavant alors qu'ils se baladaient du côté de Rosh HaNikra ; ils s'étaient résignés, persuadés de ne plus jamais la retrouver. Il avait demandé s'ils pouvaient venir la chercher. Le temps d'arriver de Goush Etzion, moins d'une heure plus tard, une Ford Transit claire s'arrêtait devant chez eux. Des quatre portières avait jailli une famille religieuse, un père, une mère et sept ou huit enfants, tous pleurant de joie et étreignant leur chienne qui sautait de l'un à l'autre toute frétillante. Elle aussi riait en aboyant. Yoel ne s'était jamais imaginé qu'un chien savait rire.

48.

Sonia continue quelque temps – pas longtemps, mais cela lui semble une éternité – à emmener Néti à son école éphémère chez l'institutrice juive. Elle ne dort plus depuis qu'elle a remis Léo aux membres de la Résistance. Elle ne dort plus ni ne mange plus. Elle sort avant le lever du soleil pour aller faire le ménage au café brun. « Je refuse de te mettre en danger, a-t-elle répondu à Vij qui insistait pour qu'elle vienne se cacher chez elle avec sa fillette, mais je suis prête à travailler chez toi en échange de la rémunération de ton choix. » Avant le lever du jour, elle a le temps de lessiver les tables et les chaises en bois, de les retourner sur les tables, de remplir les caisses en bois des bouteilles de bière vides de la veille, de vider la poubelle, de laver les verres, les assiettes et les cendriers, de frotter le comptoir en bois et le parquet. Puis, lentement, le café brun est inondé par la lumière du soleil levant. Alors Vij arrive et les deux femmes, effleurant la joue l'une de l'autre, y déposent alternativement trois bises. Elles se regardent dans les yeux comme pour se dire : Encore une nouvelle journée qui commence. Vij glisse dans la main de Sonia une somme d'argent et dans son panier quelques carottes, un oignon, du persil, parfois une pomme ou deux œufs. Chez elles les ménagères ouvrent leurs fenêtres quand

Sonia retraverse la rue. Elles secouent draps et couvertures, battent leurs tapis, et quand elle arrive à la maison, sa petite fille est réveillée et habillée. Ne me livre pas, la supplient les yeux de Néti, ne me sacrifie pas moi aussi, vois comme je suis responsable et gentille, comme jamais je ne te dérange, ne me livre pas à des étrangers comme tu as fait pour mon petit frère. Sonia tresse ses cheveux en deux fines nattes et part avec elle à pied, main dans la main, dans les rues d'une ville devenue hostile.

Dans la rue qui conduit au marché, il y a un magasin de jouets en bois anciens. Yoel entre, circule entre les étagères encombrées et les jouets. Avec beaucoup de délicatesse, il fait marcher des boîtes à musique à cylindre, tripote des cubes en couleur et fait rouler des trains en bois miniatures dont on peut démonter et réassembler les wagons. Alors qu'il tire les ficelles d'un Pinocchio, le pantin agite ses mains en bois et le regarde par-dessus son long nez comme s'ils s'étaient déjà rencontrés.

Il ne voulait pas aller au musée Anne-Frank. La vue de la longue queue qui s'étirait au bord du Prinsengracht devant l'entrée du célèbre bâtiment, chaque jour de la semaine, à toute heure de la journée et par n'importe quel temps, lui avait suffi.

Mais Bat Ami, quand elle est venue le voir, lui a dit qu'il ne pouvait pas écrire un roman sur l'époque de la guerre et des Juifs cachés sans visiter la maison d'Anne Frank.

« Ce n'est pas sa maison du tout, a-t-il rétorqué, mais un bâtiment industriel où la famille Frank a tenté de se cacher sans succès.

– Et alors ?

– En réalité ils vivaient dans un quartier totalement différent, a-t-il essayé de lui expliquer. Ils habitaient sur une élégante avenue non loin de Sarphatipark, jusqu'à ce que l'on expulse tous les enfants juifs des écoles. Anne fréquentait une école primaire Montessori. La même que celle où Néti était censée aller dès le cours préparatoire. Nous y sommes passés tous les deux ce shabbat après l'office à l'Esnoga. »

Ils sont arrivés au musée Anne-Frank avant l'heure du déjeuner et déjà la queue s'allongeait jusque dans une rue parallèle au canal. La plupart de ceux qui attendaient paraissaient jeunes et non juifs. La météo était capricieuse : la pluie tombait tout à coup et des centaines de parapluies de toutes les couleurs se déployaient au-dessus de la foule ; l'instant d'après, le ciel s'éclaircissait et les parapluies étaient aussitôt repliés. Yoel frissonnait, apparemment à cause du vent frais, et il regardait les feuilles mortes virevolter au-dessus des gens.

« Regarde, lui a dit Bat Ami en désignant un panneau qui mettait les touristes en garde contre d'éventuels pickpockets. C'est une idée, a-t-elle ajouté en souriant. Quitte à faire la queue, autant en profiter pour faire les poches de ses voisins. » Mais Yoel a eu du mal à sourire. Ses pensées ployaient sous le poids des événements qui touchaient en ce moment Sonia et ses enfants tout comme la pauvre Anne Frank. Quand Bat Ami lui a expliqué comment connecter son téléphone au wifi de la maison d'Anne Frank, il a paru totalement confus : « Si la maison des Frank est reliée au Net, pourquoi ceux qui s'y cachent ne l'utilisent-ils pas pour crier leur détresse ? Pourquoi ne profitent-ils pas d'Internet pour appeler à l'aide ? »

Ils ont fini par se rapprocher de l'entrée. Sur des écrans des deux côtés sont projetées des images de la vie d'Anne Frank ainsi que des citations de son *Journal* : « La guerre, un jour, s'achèvera », « Nous serons à nouveau des êtres humains et plus seulement des Juifs ». D'ici aussi on entend la cloche de l'église toute proche. Yoel sait que les membres de la famille Frank qui se cachent derrière ces murs entendent les cloches tous les quarts d'heure. Et il sait qu'ils continueront de les entendre jusqu'à ce qu'elles disparaissent d'Amsterdam, après avoir été confisquées et fondues pour approvisionner l'industrie d'armement allemande.

Anne rêve d'être un grand écrivain. À travers la fenêtre occultée et quasi opaque du bureau, elle regarde les enfants sales qui vont et viennent en courant près du canal. Elle a envie de les harponner pour les laver et rapiécer leurs vêtements déchirés. Elle prend plaisir à observer les voitures, les barques, la pluie, le crissement des roues du tramway la divertit et elle imagine l'existence et l'époux de chaque passante.

Contre son gré, Yoel achète un billet et suit Bat Ami dans le flux des visiteurs. Ils sont heureux d'être enfin parvenus en tête de queue, de déambuler d'une pièce à l'autre, d'un couloir à l'autre, de se retrouver en haut des marches raides de l'escalier, de gagner par celui-ci une autre pièce, puis un nouveau corridor au fond duquel ils tombent sur une bibliothèque dissimulant une porte. Derrière, une autre porte conduit à d'autres escaliers plus raides encore. Toute la journée, des hommes, des femmes et des enfants parcourent ce circuit. Ils montent et descendent, inspectent les différentes pièces, reflets des méandres de l'âme d'Anne.

À la fin de cet amusant périple, la foule débouche sur une spacieuse boutique de souvenirs flambant neuve où l'on peut acquérir un exemplaire du best-seller, le *Journal* d'Anne Frank, dans la langue de son choix. Mais également un cahier, copie conforme de celui d'Anne, relié et à petits carreaux. Ainsi les visiteurs pourront eux aussi tenir un journal, qui se vendra peut-être dans le monde entier si par chance ils traversent une guerre qui leur permet de se cacher à leur tour dans des conditions aussi favorables à l'inspiration littéraire. La boutique offre de surcroît toutes sortes de maquettes de la maison, à côté d'autres souvenirs typiquement néerlandais – moulins à vent, sabots… Comme si toute l'histoire de la réclusion prolongée de la jeune fille, de sa dénonciation par des délateurs hollandais et de son arrestation par la police hollandaise qui l'avait envoyée à la mort n'était qu'un mythe compliqué dont le peuple néerlandais devait être fier. Yoel tente d'imaginer ce qu'auraient pu ressentir Anne et sa famille en voyant l'offre phare de la boutique : une maquette pour réaliser soi-même une adorable maison de poupée, réplique exacte de la maison d'Anne avec ses différentes pièces, ses couloirs et ses passages ouverts ou secrets. Qu'aurait éprouvé la jeune fille si elle avait vu des enfants construire cette maison miniature en carton coloré ? Sans parler du jeu hypnotisant que l'on trouve sur le site du musée, où l'on peut à loisir errer virtuellement dans les recoins de la maison, se glisser derrière la bibliothèque coulissante et se hisser dans la cachette pour son plus grand plaisir.

En pleine nuit, Sonia sursaute, à nouveau épouvantée. La voix d'Eddy l'a réveillée et, cette fois, il ne l'a pas seulement appelée mais lui a dit quelque chose. Mais quoi ? Qu'a-t-il dit ?

49.

Ce matin, Achille, particulièrement débraillé, a les traits tirés. Yoel entre dans la salle à manger et trouve la porte de service ouverte. Le chat tacheté, juché sur l'une des tables du buffet, est une parfaite illustration du mot חתול, « chat », avec sa tête plongée dans le plateau de viandes froides et sa queue dressée et enroulée sur elle-même qui semble former la lettre hébraïque lamed. Yoel prend une petite assiette en porcelaine blanche sur la pile posée au bout du buffet, près des pommes flétries et du yaourt. Mais il aperçoit sur le bord de son assiette une fine ligne noire incurvée, et ne sachant s'il s'agit d'une fêlure ou d'un cheveu, il la remet à sa place. Puis il sort.

Cela devient de plus en plus dangereux. Cela devient de plus en plus dangereux à mesure que les jours et les heures passent. Beaucoup de Juifs n'ont désormais plus rien à manger, et les synagogues, comme celle de la rue Jacob-Obrecht, se sont transformées en soupes populaires où l'on vend aussi des étoiles jaunes à bas prix. « Très bientôt, a secrètement confié Anouk à Sonia, très bientôt nous partirons en Amérique. » Sonia n'a pas réagi, elle n'en avait aucune envie, elle n'a pas non plus la force de discuter avec des Juifs qui collaborent avec l'ennemi.

Yoel aurait aimé écrire sur l'architecture d'Amsterdam, sur ces façades de petites briques rouges, sur ces corniches ornementées au-dessus des fenêtres, sur tous ces détails qui magnifient chaque bâtiment. Mais tôt le lendemain matin, Sonia traverse la rue. De l'autre côté de la chaussée, des policiers chassent une famille juive de son bel immeuble Art déco. Ils essaient de marcher, l'air fier, vers le camion venu les chercher. Mais leurs enfants, en bas âge, hurlent. Leur valise est lourde, la vieille grand-mère peine à avancer, et tous ces retards énervent les policiers qui crient et recourent à la force. Sonia sait qu'elle ne peut plus attendre. Un soir, la petite jeune fille qui est peut-être juive, ou peut-être pas, et qui s'appelle Katya, ou alors c'est un pseudonyme, qui sait, revient chez elle. Sonia ne parvient pas à conserver son calme. Elle se jette sur Katya en poussant des cris d'animal sauvage : « Mon bébé ! Où est mon bébé ?

– Ton fils est en lieu sûr, lui répond Katya sans un sourire. Je ne sais pas où il se trouve mais, ainsi qu'on te l'a promis, il a été remis à une famille fiable qui vit dans un village. »

Elle s'adoucit un peu en voyant Sonia toute tremblante et ajoute : « Avec ses cheveux blonds et ses yeux clairs, cette famille n'aura aucune difficulté à le faire passer pour l'un des siens, sois-en sûre. »

Néti le voit, Sonia a toutes les peines du monde à ne pas s'effondrer et elle sait. Elle est couchée dans son petit lit, à côté du lit vide de son frère, et écoute la conversation entre sa mère et cette femme. Elle sait. Demain, c'est son tour.

Sur la place des Musées, les touristes continuent de se faire prendre en photo dans mille attitudes et postures près des lettres sculptées « I Am-Sterdam ». Ils grimpent dessus ou se regroupent pour regarder des spectacles de rue. Ils jouissent tranquillement des concerts improvisés sous les arcades en pierre. Ils ne cessent de se photographier et Yoel songe à ces multiples clichés qui l'immortalisent à son insu à l'arrière-plan avec sa bouille barbue et sa veste de motard. Du matin au soir, le joueur de mandoline ventru joue avec un plaisir évident, assis sur son muret. Un jour, au milieu de la foule, un garçon et une fille se tiennent face à face sous un grand parapluie. Alors que Yoel s'approche d'eux, le garçon dit quelque chose à la fille vêtue d'un imperméable violet, d'un foulard orange et d'un pantalon aux joyeux tons colorés. Elle l'écoute en tentant de dissimuler sous le parapluie ses yeux larmoyants.

Vers la fin de la matinée, Sonia tresse les cheveux clairs de Néti en deux nattes serrées qu'elle noue avec des rubans roses. Elle ajuste sur les épaules de la fillette un sac à dos dont elles ont retiré ensemble les livres et les cahiers pour le remplir de vêtements. Puis elles sortent dans les rues froides, traversent un boulevard, un pont en pierre, longent un mur de briques, traversent un autre pont, plus petit que le précédent. Des hâleurs courent sur la berge du canal, poussent des péniches avec de longues perches. Au-dessus du troisième pont, la rue bruisse de voix d'enfants tout juste sortis de classe. Des mères sont là, venues chercher les plus jeunes d'entre eux. Sonia et Néti se fondent parmi eux. Au bout d'un court laps de temps, une femme fend la foule à vélo ; à l'arrière, une fillette emmitouflée dans une cape à carreaux. Sonia émerge aussi de la multitude. À pied. Seule.

50.

Sur cent quarante mille Juifs des Pays-Bas, seuls trente-huit mille survivront à la guerre. Enfants compris. Sonia a pu acquérir une identité d'emprunt et trouver un toit et un travail dans une maison de retraite au nord-ouest de la ville. Elle donne à manger à des vieillards cacochymes, lave des corps ratatinés, change des couches souillées. Elle accomplit tout cela en silence et avec dextérité, sans penser à rien ni rien ressentir. Entre deux gardes, elle dort dans le grenier de l'hospice, sur une vieille paillasse qu'elle partage avec une autre auxiliaire dont les gardes alternent avec les siennes. Il lui semble que cela fait une éternité qu'elle a habité chez les De Lange. Que des siècles ont passé depuis qu'elle a été la femme d'Eddy Blum. Des siècles depuis qu'elle a été la mère de Néti et de Léo. Elle ignore où ils se trouvent. Elle ignore si on s'occupe convenablement d'eux. Ignore si elle a fait le bon choix. Peut-être aurait-il mieux valu les garder auprès d'elle. Advienne que pourra. À présent, assise dans la salle à manger de la maison de retraite, elle tend une cuillère de soupe claire aux petits pois vers la bouche d'une vieille femme à l'air absent. L'autre soignante est censée se reposer à cette heure sur leur grabat commun. Mais voilà qu'elle fait irruption dans la pièce, s'approche de Sonia jusqu'à la frôler et lui souffle à l'oreille : « Tu es juive, ne crois pas que je l'ignore. » Sonia, soudain glacée, se ressaisit aussitôt, replonge la cuillère dans l'assiette et réintroduit le liquide verdâtre dans la bouche décatie qui s'ouvre comme le bec d'un oisillon.

« Je ne sais pas pourquoi tu me soupçonnes, répond Sonia, mais si tu veux, je peux te montrer mes papiers et tu verras que tu te trompes.

– Tes papiers ? s'esclaffe la femme dans un grognement de mépris. Que valent des papiers ? Tu es juive, et je ne suis pas certaine de vouloir risquer ma vie pour toi. »

Le carillon des cloches emplit l'air et Yoel compte cinq coups. Il sort sur son balcon. La pluie est tombée aujourd'hui et le ciel est maintenant envahi de couches de nuages sombres. « On dit qu'une tempête se prépare pour demain », lui a dit Achille plus tôt. Mais Yoel doute qu'aux Pays-Bas une tempête puisse en être vraiment une. Debout sur le balcon, il voit que les oiseaux sont déjà regroupés dans les arbres à l'approche de la nuit, silencieux. Seul un gazouillement rauque et inquiet retentit ; de plus en plus rauque et anxieux, il se transforme en une plainte affligée à mesure que la pluie redouble d'intensité.

Ici et là Yoel aperçoit un homme ou une femme à leur fenêtre face au balcon : fragments d'existence exposés au vu et au su de tous. Mais la psychanalyste n'est pas là. Seul le bouton de veille de son ordinateur palpite dans la pièce déserte ; en réalité, Yoel ne l'a vue ni aujourd'hui ni hier, et il éprouve quelque inquiétude. Du côté gauche, l'électricité n'a pas encore été allumée. Le danseur n'est pas encore revenu de son travail. La peluche se dissout dans l'obscurité croissante. Mais voici qu'apparaît une lumière tamisée à droite, laissant deviner un bout de canapé clair, une portion d'étagère encombrée de livres et des silhouettes mouvantes.

Que font-ils ? Ils parlent, rient, vivent. Peut-être la mère regarde-t-elle des dessins animés à la télévision avec ses enfants. Peut-être entassent-ils des cubes pour construire une tour ? Peut-être reconstituent-ils un puzzle. Peut-être le bébé s'est-il agrippé à la chaise sur laquelle sa sœur, en train de faire ses devoirs, est assise. Peut-être s'est-il hissé sur ses deux jambes.

La fillette a-t-elle encore pleuré aujourd'hui en rentrant de l'école ? À présent peut-être demande-t-elle à boire. La mère prépare pour eux trois tasses de chocolat chaud. Puis elle tourne le bouton du radiateur pour augmenter la chaleur, car il fait froid dehors. La porte de l'appartement s'ouvre et son mari rentre. Les verres de ses lunettes sont embués. Il prend les enfants dans ses bras et les soulève jusqu'au plafond, jusqu'au ciel, en les appelant, plein d'affection, par des petits noms amusants. Sa femme se lève en riant pour lui préparer à lui aussi une tasse de chocolat chaud. L'appartement est agréablement chauffé. Ils passeront tous ensemble une soirée calme jusqu'à l'heure du bain des enfants et de leur coucher. Demain est un jour nouveau. On dit qu'il y aura une tempête.

C'est la nuit. Sonia est couchée tout habillée, aux aguets, sur la paillasse du grenier de l'hospice. La fatigue consume son corps, mais elle garde, malgré tout, les yeux ouverts. L'autre auxiliaire, de service en ce moment, l'a peut-être déjà dénoncée. Non pas parce qu'elle est mauvaise, mais parce que c'est une citoyenne néerlandaise qui obéit à la loi. Et aussi parce qu'elle veut vivre. Sonia se souvient de ces jours où, alors qu'on multipliait les décrets antijuifs, des ouvriers avaient fait grève et manifesté dans les rues de la ville en signe de protestation. Mais aujourd'hui, quiconque à Amsterdam cache un Juif ou l'aide de quelque manière que ce soit s'expose à la mort. Le sommeil a gagné le bâtiment, mais Sonia perçoit les toussotements, les gémissements, les piétinements des vieillards. Dehors la pluie tombe. Le vent frappe au carreau. On dit qu'une tempête approche, et à certains signes, Sonia suppose qu'elle sera violente.

Minuit passé, elle entend qu'on tambourine à la porte ; des coups brutaux et un ordre : « Ouvrez, police ! »

Tout est fini, se dit Sonia. On est venu me chercher et tout est fini. Elle saute de son lit, reboutonne ses vêtements et remet ses chaussures en un clin d'œil. Néti, songe-t-elle, Léo. A-t-elle une chance d'en réchapper ? Elle entend sa collègue ouvrir la porte d'entrée. Les policiers crient. Elle comprend alors qu'ils sont venus arrêter un couple fraîchement arrivé ici. Un homme et une femme qui avaient suscité l'admiration de Sonia par le respect et la délicatesse qu'ils manifestaient l'un envers l'autre. Il s'avère qu'ils sont juifs et que la police est là pour eux.

Sonia entend des cris, des bruits de corps que l'on traîne et que l'on pousse, des sanglots. Elle entend et voudrait mourir. Elle voudrait mourir.

Les nuits d'hiver, dans leur maison de Jérusalem, les branches de l'amandier, avant qu'il soit coupé, s'agitent au gré du vent. Branches nues où sont encore accrochés ici et là quelques fruits amers. Elles frappent à la fenêtre de la chambre à coucher et égratignent le carreau comme si elles cherchaient à entrer.

Avant le lever du jour, l'autre auxiliaire grimpe jusqu'au grenier. « Il faut que tu descendes travailler, bredouille-t-elle, embarrassée, quand elle aperçoit Sonia vêtue de son manteau au lieu de son tablier blanc repassé.

– Je dois partir d'ici, lui répond Sonia.

– On dit qu'il va y avoir une violente tempête », la prévient la jeune femme avec une sincère inquiétude.

Sonia la regarde droit dans les yeux, la remercie puis soulève son maigre baluchon et dévale précipitamment les marches raides. En cette heure matinale, le bureau du directeur de la maison de retraite est encore désert. S'il avait été là, elle lui aurait réclamé son dernier salaire, mais elle ne peut se permettre d'attendre qu'il arrive.

Lorsqu'elle sort de l'établissement, des grêlons la giflent en plein visage.

« C'est seulement depuis que je participe à ces rencontres, lui a dit Raphaels tandis qu'ils discutaient de nouveau dans la synagogue après la prière du shabbat, ce n'est que depuis que je discute avec d'autres Juifs eux-mêmes cachés dans leur enfance que je suis conscient de cette colère enfouie en moi depuis tant d'années. Il s'avère que nous tous – tous ceux qui dans leur tendre enfance sont passés de main en main, d'un parent à l'autre –, nous souffrons encore aujourd'hui des mêmes problèmes, et particulièrement de la difficulté à tisser des liens. »

À la fin de leur dernier échange, Raphaels l'a invité à venir lui rendre visite chez lui dans le nord-ouest de la ville. C'est aujourd'hui que Yoel doit aller le voir. Au petit déjeuner, Joséphine lui annonce que les transports en commun sont à l'arrêt à cause de l'ouragan à venir. Comme ce rendez-vous avec Raphaels est important pour lui, il décide de se rendre dans le nord-ouest de la ville en taxi. Il se couvre bien puis sort. Dehors, c'est un jour d'automne classique. Il défait le bouton supérieur de son manteau et se dit que ces Hollandais exagèrent : sûrement un simple coup de vent. Probablement parce qu'ils n'ont d'autre préoccupation que la météo. À la station de taxis du Concertgebouw, il monte dans le premier de la file, et le chauffeur, un véritable ours au regard triste, démarre.

Pendant près d'une heure, le taxi louvoie à travers les rues à moitié vides où le vent se déchaîne. Ici et là des feuilles ou des détritus tourbillonnent. Le quartier excentré où vit Raphaels a été construit après la guerre. Il fait irrésistiblement penser à un kibboutz, un peu à celui de Néti dans la vallée de Beit Shean : des rangées de petites maisons de plain-pied en lisière de larges espaces verts au milieu desquels apparaissent des sentiers pavés, avec tout autour des bosquets à perte de vue. Les maisons portent des numéros attribués selon une logique incompréhensible et le taxi erre longtemps entre les différentes habitations jusqu'à trouver enfin la bonne. De violentes rafales s'abattent sur Yoel tandis qu'il emprunte le sentier. Les feuilles mortes tournoient d'un côté à l'autre du gazon, devant les maisons alignées les passants se font rares, quelques maîtres avec leur chien, des cyclistes égarés ou des coureurs forcenés. Le chauffeur de taxi dont les yeux tristes apparaissent dans l'entrebâillement de la vitre tend sa carte de visite et promet de revenir chercher Yoel pour le ramener rue Jacob-Obrecht.

Sonia met un pied devant l'autre avec effort. Elle lutte contre le vent qui forcit de minute en minute et menace de la jeter à terre. Comme il est bizarre de traverser après tout ce temps l'espace sous les arcades à l'entrée du Rijksmuseum. Comme il est étrange d'emprunter la rue Van-Baerle jusqu'au Concertgebouw. Étrange et dangereux. C'est l'habitude qui apparemment l'a conduite de l'hospice jusqu'ici, bien qu'elle n'ait rien à y faire : De Lange ne l'aidera pas, et ni Martin ni Anouk ne lèveront le petit doigt. Peut-être pénétrera-t-elle dans l'immeuble en prenant mille précautions, pense-t-elle, peut-être descendra-t-elle chez elle pour y prendre quelques effets. Peut-être s'y introduira-t-elle un instant, malgré le terrible danger que représente l'homme à la tête du Conseil juif qui collabore avec les persécuteurs de ses coreligionnaires.

Quand elle a confié Néti pour qu'on la cache et s'est dépossédée de son identité, elle croyait que peu de temps après elle pourrait rentrer chez elle avec ses enfants. Elle s'imaginait accueillir Eddy avec les deux petits. Elle avait même eu l'audace de concevoir la possibilité que tous les quatre, ils embarqueraient pour la Palestine. Mais jamais ne s'est présentée à son esprit la situation qu'elle vit à présent. Jamais elle n'aurait cru possible que ce cauchemar semble ne jamais s'achever.

De loin, l'immeuble lui paraît étrange. Et ce n'est qu'en se rapprochant qu'elle comprend pourquoi : toutes les fenêtres en façade sont grandes ouvertes et un vent violent s'y engouffre. À travers les fenêtres béantes, elle voit l'intérieur des appartements, dépouillés de tous leurs meubles et objets. Ont également disparu les lourds rideaux en velours des fenêtres du logement principal, comme les lustres somptueux de Mme De Lange. Les murs sont absolument nus. Elle se penche alors vers la longue fenêtre à hauteur de la chaussée et regarde dans son logis et celui d'Eddy : il n'y a plus rien, tout est sombre comme dans une tombe.

Sonia se tient sur le trottoir, sidérée. Le vent siffle entre les murs de son cœur. Son esprit refuse de saisir ce que voient ses yeux. Quand elle trouve enfin la force de se rapprocher du bâtiment, son cœur palpite en apercevant qu'en dépit de tout – comme à l'automne dernier, comme à tous les automnes précédents – le perron est jonché des feuilles pourpres du lierre de la façade.

C'est alors qu'elle distingue le câble en acier posé par des mains étrangères et malveillantes autour de la poignée de la porte et que ferme un lourd cadenas.

Une grande bande en plastique bloque l'accès à la maison de Raphaels qui ressemble à celle d'un kibboutz. Alors que Yoel se demande dans le vent glacial comment venir à bout de cet obstacle, Raphaels en personne apparaît à l'entrée, souriant jusqu'aux oreilles et articulant des syllabes aussitôt emportées par le vent. Il fait finalement signe à Yoel de faire le tour de la maison et d'entrer par la large porte-fenêtre qu'il lui ouvre de l'intérieur. Il l'accueille par un « Bienvenu » solennel et lui présente une femme souriante prénommée Régina. Ils sont voisins depuis des décennies, mais ce n'est que récemment, grâce à ces rencontres communautaires, qu'il a appris qu'elle aussi était juive et avait été cachée dans son enfance. « C'est incroyable ! » s'esclaffe-t-il, et il ajoute, hilare, qu'à peine une heure auparavant l'ouragan a emporté sa toiture. Ce qui bloque l'accès à sa maison n'est autre qu'une partie du toit envolé.

Vêtu d'un pull à col roulé jaune vif, Raphaels est un autre homme qu'à la synagogue. De tous les métiers du monde, c'est celui d'ingénieur ferroviaire qu'il a exercé durant la majorité de son existence. Depuis qu'il est à la retraite, il se livre à sa grande passion : le modélisme ferroviaire. En fait, son petit logement déborde de trains électriques. Une simple pression sur un bouton les fait parfois bouger, ensemble ou seuls, sur de longs rails qui passent entre des montagnes et des canaux, entre des villes et des villages, dans des tunnels ou sur des ponts. Il est en ce moment occupé à ériger un zoo miniature à côté d'une des voies ferrées. Il invite Yoel à l'aider à fabriquer les cages des singes tandis que sa voisine Régina termine un petit lac pour les animaux aquatiques. Raphaels ne s'est jamais marié, pas plus que sa voisine. « C'est beaucoup mieux ainsi, dit Régina, penchée au-dessus d'arbres nains en plastique. Beaucoup de Juifs qui ont traversé la guerre enfants ont choisi de ne pas fonder de famille. »

Raphaels : Raconte-lui, raconte-lui l'histoire de ton nom.

Régina : Je ne sais pas si monsieur a envie de l'entendre.

Yoel : Évidemment que j'ai envie de l'entendre ! Si cela ne vous est pas trop pénible à raconter.

Alors qu'ils sont tous les trois courbés au-dessus du monde créé par Raphaels et que dehors la tempête ébranle celui créé par Dieu, Régina raconte ses tribulations pendant la guerre. Et comment, la guerre finie, ceux qui l'avaient cachée, voyant que personne ne venait la rechercher, ignorant jusqu'à son nom et d'où elle venait, l'avaient confiée à un orphelinat juif. Yoel relie entre elles des petites branches de plastique et reconstitue des troncs miniatures en songeant combien il est terrible d'ignorer qui l'on est et quel est son nom. « Mais un jour, poursuit Régina, ou plus précisément un soir, alors que je me promenais seule, j'ai entendu une voix. Vous comprenez ? » Yoel la regarde, acquiesce. « Je ne suis aucunement mystique, précise-t-elle, je ne crois pas aux esprits, mais le fait est que j'ai entendu une voix qui me disait : "Haya Malka, Haya Malka Goldmintz." » Elle chuchote le nom mystérieux que lui a révélé cette voix, comme si elle dévoilait un secret. Puis elle se tait.

Raphaels : C'est stupéfiant hein ? Qu'en dites-vous, cher écrivain ?

Yoel : Que puis-je dire ?... Et c'était vraiment votre nom ?

Régina : Ce phénomène s'est répété plusieurs fois, c'est-à-dire, j'ai entendu la voix m'appeler par ce nom plusieurs fois, alors je me suis rendue auprès du directeur de l'orphelinat et je lui ai dit que je croyais savoir quel était mon nom. Le directeur a vérifié et a trouvé qu'une famille juive du nom de Goldmintz, qui avait une fille répondant au nom de Haya Malka, avait en effet émigré avant la guerre d'Allemagne en Hollande, etc, etc. Tous les détails concordaient.

L'ouragan est de plus en plus violent. Un vent impétueux cingle le monde. Sonia tente de regarder devant elle mais cela lui est impossible. Elle est projetée dans le coin de la rue et se presse, à bout de forces, contre la porte arrière du café brun. Peut-être s'évanouit-elle, peut-être s'assoupit-elle un instant, jusqu'à ce que Vij la trouve là. « Oh ! gémit-elle : ma pauvre petite, on dirait que tu es passée sous un rouleau compresseur ! Tu es méconnaissable ! »

Vij veut la faire entrer dans le café. La réchauffer, la désaltérer, la nourrir, et l'entendre raconter ce qui lui est arrivé depuis qu'elle a confié ses deux enfants et qu'elle a elle-même adopté une fausse identité. Sonia hésite à entrer, hésite à mettre en danger cette femme qui lui est si chère. Elle veut seulement lui demander si elle sait ce que sont devenus les De Lange : où sont-ils ? Et qu'est-il arrivé à tout ce qui se trouvait chez eux et dans son petit appartement à elle ?

« C'est vraiment bizarre, lui répond Vij. Les deux chefs du Conseil juif et leur famille vivent encore chez eux, mais De Lange et sa femme, ainsi que Martin, Anouk et le petit ont disparu un beau jour. Ça s'est passé juste après que tu as rejoint la clandestinité.

– Peut-être ont-ils trouvé un moyen pour partir en Amérique, suggère Sonia en réfléchissant à voix haute. Anouk a toujours dit que telles étaient leurs intentions.

– J'espère que c'est l'explication de leur disparition, mais tu n'as pas idée, ma chère Sonia, de la réalité et de qui l'on arrête. Martin serait complètement anéanti d'apprendre qu'on est venu chercher son maître adoré Samuel de Mesquita et sa merveilleuse épouse, laquelle entretenait dans la serre de leur appartement d'incroyables cactus. L'artiste Escher, qui vient encore me voir parfois lorsqu'il n'y a pas de soldats allemands, m'a raconté qu'après leur départ, il avait réussi à pénétrer chez eux et à sauver des œuvres magnifiques de Mesquita, dont certaines avaient déjà été saccagées. »

Dans l'arrière-boutique, Sonia suit les gestes vifs et précis de son amie qui s'assure de la bonne fermentation de la bière, penchée sur une rangée de petits tonneaux. « Je sers ces jours-ci essentiellement un produit maison, lui explique Vij. Car d'un côté l'approvisionnement en bière industrielle a totalement cessé, et de l'autre arrivent ici, soir après soir, toutes sortes d'officiers assoiffés. Hier, j'ai épuisé mon dernier stock de sucre, et je ne sais vraiment pas où en trouver pour ma prochaine fabrication. D'ailleurs, c'est un miracle si j'ai réussi à me procurer au marché noir de la levure et du malt.

– C'est incroyable, dit Sonia, qu'ils soient parvenus à se débrouiller pour partir en Amérique... Mais qu'est devenu tout ce que contenait l'immeuble ? C'est en passant un jour à l'improviste que tu as remarqué qu'il n'y avait plus rien ni personne ? Pourquoi ont-ils emporté aussi nos affaires, à Eddy et moi ? »

Vij se redresse et la regarde. « La vérité, dit-elle, c'est que quelques jours après leur disparition, une grande grue que la police utilise pour vider les maisons des Juifs est arrivée. Du matin jusqu'au soir, elle s'est élevée, abaissée, élevée, abaissée, et du matin jusqu'au soir on a fait sortir de la maison tous les meubles, les livres, les tableaux et les objets... »

Ils sont assis tous les trois à boire du thé devant le vaisselier exhibant des assiettes de Delft bleu et blanc, dans cet intérieur surchargé par les trains jouets de Raphaels. Régina oriente la conversation sur sa décision de ne pas fonder de famille, sur la difficulté de croire en quiconque, sur la peur de la perte.

Raphaels dit qu'il se sent exactement comme elle. Pendant des années, l'idée de ne pas être marié l'a tourmenté, mais il comprend aujourd'hui qu'avoir choisi la vie est en soi un miracle après ce qu'il a traversé dans son enfance. Il téléphone pour savoir quand on viendra réparer son toit. On lui répond que les conditions météorologiques obligent à repousser toute intervention au lendemain. Il exprime son inquiétude pour ses chers trains qui seront exposés à l'humidité du plafond sans toiture.

Avant de prendre congé Yoel téléphone au chauffeur de taxi qui l'a conduit jusqu'ici. Celui-ci promet dans un anglais rudimentaire qu'il arrivera dans une vingtaine de minutes. Les violentes bourrasques bousculent Yoel lorsqu'il sort de la maison, et il lui faut mobiliser toutes ses forces pour demeurer sur ses jambes. Les arbres du bosquet se balancent comme des branches de palmier. La tourmente a brisé et arraché trois ou quatre arbres pourtant vigoureux. Un autre gît en travers du gazon, sa cime pareille à un moignon tendu. Yoel parvient tant bien que mal au bord de la route qui passe entre les bâtisses, où il a rendez-vous avec son chauffeur au regard mélancolique. Mais vingt minutes passent et le taxi n'arrive pas. Il a les os glacés. Une pluie mêlée de grêle le cingle, le vent l'agresse. Il resserre davantage son manteau, renfonce son chapeau et renoue son écharpe. Il fait les cent pas sur le trottoir en songeant à Sonia dans ce froid glacial et pénétrant. Vingt autres minutes s'écoulent et le taxi n'est toujours pas là. Dans le bosquet derrière les habitations, un tronc d'arbre brisé est penché vers le sol. Une bande de jeunes garçons grimpent dessus comme sur un pont ne menant nulle part. Yoel sort son portable de sa poche trempée et retéléphone au chauffeur. Mais cette fois, seule sa messagerie automatique lui répond dans un néerlandais énergique et guttural. Yoel essaie encore une fois, en vain. Il fait de plus en plus froid, un homme court sur un chemin éloigné avec un grand chien, et derrière l'homme et l'animal, un autre arbre tombe brusquement. Yoel lève les yeux au ciel, il a le corps gelé, ses vêtements ruissellent. À chaque instant, un de ces arbres pourrait lui tomber sur la tête et le tuer. Comme il serait triste de finir l'histoire de sa vie par une si piètre métaphore.

Très tard dans la nuit, Sonia explore l'immeuble de l'extérieur. L'ouragan semble s'être calmé. Elle longe la rue, se presse contre la palissade de la cour abandonnée puis se faufile silencieusement entre les arbustes et le mur de briques rouges. Elle actionne les poignées des fenêtres basses et tire les battants. Elle grimpe les cinq étages de derrière, pose la main sur la poignée de porte qui, à sa grande surprise, en dépit du lourd cadenas, laisse passer du jour. Elle s'accroupit sous la chaîne métallique, se glisse entre la porte et le linteau et la voilà dans la cuisine du couple De Lange. L'obscurité est si épaisse qu'elle est presque palpable. Soudain, le vide absolu des cinq étages la frappe au visage comme le souffle de la mort. « J'attendais davantage de toi, Martin », dit-elle. L'écho de sa voix lui est renvoyé par les murs, lui faisant aussitôt regretter ses mots. Comment avait-elle seulement pu croire qu'il était en son pouvoir de faire quelque chose pour elle et ses enfants ? Et si elle avait été à sa place, aurait-elle renoncé à l'opportunité de s'échapper d'ici pour sauver sa famille ?

Malgré tout, quand elle descend les marches plongées dans la pénombre jusqu'à son appartement, elle ne peut réprimer la colère qui bouillonne en elle à la pensée que peut-être Martin, Anouk et Sébastien sont ailleurs à cet instant, jouissant de la liberté, dans un lieu où ils peuvent respirer sans crainte. Ne les hais pas, se raisonne-t-elle, surtout pas leur bébé, si insupportable et privilégié soit-il de n'avoir jamais été séparé de ses parents, pas même un seul jour, à la différence de tes enfants. Elle remonte en tâtonnant jusqu'à l'appartement du banquier et de son épouse, puis elle continue jusqu'au dernier. La vie ressuscite devant elle, les mots prononcés volent autour d'elle comme des papillons transparents. Ici des hommes ont vécu, ici ils ont parlé, aimé et crié, mais ils ne sont plus là, il n'y a plus qu'elle ici.

Si c'est bien elle. Tel un fantôme, elle plane d'un lieu à l'autre, d'un appartement à l'autre, d'une pièce à l'autre. La bâtisse a été ratissée, vidée, pillée, dépouillée de tous signes d'existence humaine. Elle flotte dans les espaces vides, inspecte, palpe, appelle par leur nom ceux qui ont vécu ici jusqu'à ce qu'elle n'en puisse plus. Elle chancelle devant l'alcôve qui autrefois abritait les lits de ses enfants, puis elle s'effondre. C'est là qu'elle se laisse choir, qu'elle laisse ses membres s'affaisser un à un sur le parquet. Ses yeux se ferment.

Quand il pense que Bat Ami n'a jamais vécu que dans une maison en pierres au cœur du quartier de Rehavia à Jérusalem. Son père, un homme cultivé, marchand de biens, l'avait construite bien avant sa naissance. C'est lui qui avait également planté les cyprès et les pins qui l'entouraient et l'isolaient, jusqu'à aujourd'hui, du monde extérieur. Quand Bat Ami et Yoel s'étaient mariés, son père leur avait donné un petit appartement au bout de la bâtisse, et lorsqu'ils avaient eu leurs trois filles, il les avait installés dans un autre, plus grand. Un jour, Bat Ami avait hérité de toute la maison ; ses frères et sœurs avaient pris possession des extensions à droite, à gauche, au-dessus et au-dessous.

C'est ainsi que Bat Ami n'a jamais vécu ailleurs que dans

cette seule et même demeure. Peut-être est-ce la raison pour laquelle elle aime changer leur intérieur si souvent. Régulièrement, comme si elle déménageait sans changer de lieu, elle fait appel à un entrepreneur à qui elle donne l'ordre de casser la plupart des cloisons pour faire bouger les pièces, selon un nouveau plan extraordinaire qui, cette fois, promet-elle à Yoel, va améliorer de façon radicale leur qualité de vie : par l'ajout d'une ouverture donnant plus d'air et de lumière, ils vont élargir ainsi leur horizon. Malgré lui, Yoel doit subir pendant de longues semaines des coups de marteau, de perceuse, un vacarme incessant et un désordre indescriptible. Jusqu'au jour où il peut enfin rentrer chez lui et découvrir un nouvel appartement : le coin de l'ancienne cuisine a été transformé en couloir, l'ancien couloir en salle de bains contiguë à la nouvelle chambre, l'ancienne terrasse en cuisine flambant neuve. Seul son bureau est interdit à Bat Ami et à sa cohorte de rénovateurs de tous poils. Bat Ami garde bien ça à l'esprit chaque fois qu'elle restructure l'appartement. Yoel sait, quant à lui, qu'il pourra toujours s'affaler sans crainte dans son fauteuil installé dans le coin, près de son bureau, entre ses étagères, contempler de sa fenêtre ses arbres familiers et se concentrer sur son travail.

Il est finalement rentré à l'hôtel dans un taxi que Raphaels a commandé après avoir attendu le premier pendant plus d'une heure. Cette fois, il s'agissait d'un immigré indien à l'air gai, qui ajoutait imperturbablement *too* devant *many* et *much*. Un jour, ce devait être à Hong Kong, Bat Ami et lui s'étaient retrouvés dans une voiture dont le chauffeur parlait de la même façon. Ils n'avaient cessé de rire et de s'amuser des « trop de touristes » qu'il avait conduits, et du « trop d'argent » qu'il avait gagné. À présent, ce ridicule anglais le déprimait. L'homme lui parlait des « trop nombreux canaux », des « trop nombreux musées », mais Yoel était sans domicile fixe, sans nom, et Amsterdam lui apparaissait comme après l'Apocalypse, jonchée de décombres et d'arbres décapités.

Le lendemain, lorsqu'il descend pour le petit déjeuner, Joséphine et Achille lui confient qu'ils se sont inquiétés. De nombreux passants ont été blessés lors de la tempête, lui racontent-ils. Un arbre cassé a tué une femme qui se rendait au centre-ville ; un autre s'est abattu sur une maison-bateau et c'est par miracle que l'on a réussi à en évacuer ses occupants indemnes. « Un chauffeur de taxi a eu moins de chance, ajoute Joséphine en poussant un soupir, tandis qu'elle dispose les tranches de saucisson sur la table du buffet.

– Un chauffeur de taxi ? s'exclame Yoel, effrayé.

– Oui. Il est mort écrasé par un arbre tombé sur son véhicule alors qu'il conduisait. »

Achille entre deux bâillements corrobore ces informations : les victimes de la tornade sont une touriste et un chauffeur de taxi. Yoel n'ose demander à quelle compagnie de taxis l'homme appartenait. Où est tombé l'arbre. Et à quelle heure.

51.

L'esprit de sa mère commença à s'embrumer dans les derniers mois de son existence. Peu à peu, elle le quitta. Les derniers temps, quand il venait la voir à la maison de retraite, il la trouvait assise, en train de somnoler, la tête renversée contre le dossier de son fauteuil, la bouche ouverte, comme le bec d'un oiseau assoiffé. Sans faire de bruit, il s'approchait et prenait place sur la chaise à côté d'elle. Il trouvait parfois, logé dans son sein, le livre des Psaumes. Il en lisait quelques versets d'où il puisait de nouvelles significations. Parfois, elle ouvrait les yeux, et son regard, d'abord dans le vide, s'attardait ensuite sur sa silhouette. Son visage raviné s'illuminait alors d'un sourire et avec une douceur à nulle autre pareille elle articulait : « Eddy, mon Eddy. » Parfois même, elle laissait échapper avec des trémolos dans la voix : « Comme tu m'as manqué, Eddyka. »

Quand elle fut hospitalisée, Yoel demeura à son chevet du matin au soir sans cesser de se préoccuper que tout soit fait afin de soulager les douleurs de son corps robuste : ce grand corps qui, à larges foulées, avait conquis la terre et les mers, et qui s'accrochait à présent à la vie avec une force insoupçonnée, refusant de libérer son âme. Jusqu'à ce que ce corps soit finalement vaincu. Avant le baisser de rideau, un instant avant qu'elle lâche définitivement prise, il avait vu ses lèvres remuer comme si elle tentait de lui dire une dernière chose. Il s'était penché vers elle, entre son lit et le moniteur qui révélait une grave hypoxémie et un pouls à bout de course. Il avait approché son visage du sien, tentant de saisir le dernier mot qu'elle s'évertuait de ses dernières forces à lui livrer. Mais il n'avait pu percer le sens des deux syllabes qu'elle avait chuchotées plusieurs fois. Il avait pensé que peut-être elle voulait dire son nom mais les lettres s'étaient embrouillées dans sa bouche.

Il avait tourné et retourné la chose dans sa tête durant les sept jours de deuil. Il avait raconté ses derniers instants à tous ceux qui venaient le consoler. Néti et Bat Ami essayaient de l'en dissuader, d'évoquer la vie de sa mère plutôt que son agonie, mais lui, comme obsédé, répétait cette histoire à la procession des consolateurs, comme s'il espérait que l'un d'eux pouvait élucider le mystère de ce mot ultime.

À présent il se remémore le mouvement de sa langue, les sons qui expiraient dans sa bouche, et il comprend que le nom que sa mère tentait d'articuler dans son dernier souffle n'était autre que Lé-o. Léo.

La nuit, Sonia est tapie dans la maison déserte et morne. On n'entend plus désormais les cloches carillonner, car celles de toutes les églises de la ville ont été confisquées.

Dans les nuits qui suivent, Vij lui fait furtivement passer une couverture, un bout de savon et un peu de nourriture. Sonia regarde tous ces présents et ne comprend pas pourquoi son amie au grand cœur pense qu'une femme morte veuille encore se couvrir, se laver, mâcher et avaler. Vij lui dit avoir réussi à établir le contact avec un groupe de la Résistance étudiante néerlandaise. « J'ai donné de tes nouvelles à Katya, dit Vij, je lui ai dit que tu ne travailles plus à l'hospice, et que désormais on doit passer par moi pour te transmettre des informations. »

Dans les jours qui suivent la grande tempête, les arbres de la rangée orientale de la place des Musées demeurent totalement dépouillés de leurs feuilles. Des branches cassées jonchent la pelouse boueuse, tachée de brun-gris.

Bien que la psychanalyste soit revenue à son poste et aux dossiers de ses patients, Yoel est inquiet pour elle. Il ne voit pas son visage mais seulement sa nuque délicate inclinée. Il perçoit le découragement que trahissent ses épaules comme la frustration contenue dans la courbe de son dos.

Il prend soin d'éviter la station de taxis du Concertgebouw pour ne pas avoir à chercher la lourde silhouette de son chauffeur et savoir s'il est toujours vivant, s'il a survécu à la tempête.

Et chaque matin, il se bat avec les trois robinets de la douche, essaie, en vain, de maîtriser la température de l'eau. Il grelotte de froid, peut-être même de rage. Il se recroqueville sous le pommeau fendu, sous les trombes d'eau tour à tour glacées et bouillantes qui éclaboussent toute la salle de bains. Puis, vaincu, il sort et patauge dans une véritable mare où flottent des cellules mortes et des cheveux dont la couleur et la longueur témoignent qu'ils ne lui appartiennent pas.

Les jours passent. Advienne que pourra, le temps s'écoule. Voici à nouveau l'hiver, les jours raccourcissent, la neige recouvre les rues. Il songe au temps où les familles se calfeutraient chez elles, à l'approche du soir, se réchauffaient devant les fours à charbon de bois, mangeaient de la soupe aux haricots ou un plat de chou et pommes de terre accompagné de charcuterie. Puis c'est à nouveau le printemps, l'été, et rebelote.

Yoel allume la télévision de sa chambre et zappe entre les fades séries américaines. Il s'attarde parfois sur une émission néerlandaise dans laquelle un homme à la barbe soignée, non pas broussailleuse et sauvage comme la sienne, aide les invités qui défilent sur le plateau à rechercher leurs ancêtres. Yoel ne comprend ni les questions des invités ni les réponses du barbu. Mais il aime voir à l'écran les lettres rondes et brunes tracées sur des parchemins jaunis. Il aime aussi qu'on compare des gravures d'anciens paysages des Pays-Bas avec des photos contemporaines des mêmes lieux. Il ne comprend pas leurs échanges mais reste fasciné sans savoir pourquoi par cet expert assis avec ses hôtes sur de moelleux canapés, autour d'une table couverte de documents d'archives, face à un tas de bûches prêtes à être mises au feu. Il comprend qu'ils s'attendrissent sur l'âge d'or hollandais, cette époque où leur État était à la tête d'un influent et immense empire. Il comprend que chaque bribe d'information les remplit de satisfaction. Il parvient parfois à identifier dans leurs conversations les mots « ancêtres » et « archives ».

Sonia s'astreint désormais à une routine mécanique. Chaque jour, elle se lève alors qu'il fait encore nuit pour faire le ménage au café brun. Au lever du soleil, elle rentre se cacher dans son immeuble. Elle ne vit pas, elle maintient un fragile équilibre pour ne pas mourir. Tu as des enfants, se rappelle-t-elle à chaque fois qu'elle inspire ou expire. Tu as des enfants.

Un jour, un membre de la Résistance juive avertit Vij que Katya doit voir Sonia d'urgence. Elles se retrouvent de nuit sous la tour de l'horloge de la place de la Monnaie. « Viens avec moi, suis-moi sans me poser de questions », lui enjoint Katya. Elles marchent côte à côte en pressant le pas, une grande silhouette aux larges épaules et une plus petite et plus menue. Elles longent les murs des bâtisses et montent dans le tramway. À cette heure tardive, le wagon est presque vide. Seuls s'y trouvent quelques soldats allemands dont la forte odeur de parfum fait suffoquer Sonia. Katya est assise à côté d'elle. « Écoute-moi, commence-t-elle. Ayons l'air de deux amies qui reviennent d'une soirée. À tout ce que je vais te dire, tu me répondras uniquement par un hochement de tête et un sourire, d'accord ? Juste un hochement de tête et un sourire ! Voilà : quelqu'un a dénoncé l'endroit où ta fille se trouvait. Il y a eu une perquisition et elle s'est fait rafler. Puis elle a été conduite au Hollandsche Schouwburg, le Théâtre de Hollande. Et de là, au baraquement des enfants, sur Plantage Middenlaan. Nous lui cherchons une nouvelle adresse, poursuit Katya, mais en attendant il faut la faire sortir de là avant qu'il ne soit trop tard. Aussi tu vas la prendre avec toi, et vous vous cacherez toutes les deux jusqu'à ce que nous trouvions une nouvelle planque. » Sonia répond par un hochement de tête et un sourire, mais en son for intérieur, elle prie. Que peut-elle faire d'autre que prier ? « On doit essayer de la faire sortir, répète Katya sous les regards des soldats ennemis assis non loin. On doit essayer, tu comprends ce que je te dis, Sonia ? Nous devons essayer même s'il y a peu de chances pour que nos agents parviennent à faire sortir ta fillette cette nuit même. Et qu'il n'y a quasiment aucune chance pour que tu arrives jusqu'à elle sans encombre et que tu la ramènes chez toi. » Sonia approuve d'un hochement de tête, sourit, s'effondre intérieurement mais continue de sourire.

Peu après, la voilà seule à l'arrêt du tram, au centre de Plantage Middenlaan. À sa droite la porte d'accès au baraquement des enfants, à sa gauche l'entrée du Théâtre de Hollande. Les deux bâtiments sont remplis de femmes, d'hommes et d'enfants sur le point d'être conduits dès le lendemain matin au camp de transit de Westerbork, puis de là en Pologne. Sonia aperçoit la sentinelle armée postée devant l'entrée du théâtre, puis celle qui se tient devant la maison des enfants. Toutes les deux ou trois minutes, un tram s'arrête, alternativement à droite et à gauche de l'avenue. À chaque fois, il dissimule au regard la sentinelle plantée à l'une des deux entrées.

Sonia attend. Katya a disparu l'on ne sait où et Sonia attend durant un temps interminablement long. Mais soudain, des deux côtés de l'avenue deux trams s'arrêtent simultanément, lui cachant les deux factionnaires une fraction de seconde. Surgit alors près d'elle un homme qui lui jette dans les bras un paquet chaud et frétillant : la petite Néti. La mère et la fille se retrouvent bientôt assises dans un wagon. Le tram s'ébranle. Aucun mot ne peut décrire cet instant. Aucun.

Il cesse à nouveau d'écrire. Le soleil n'est pas encore couché. Il se lève de sa chaise et sort pour une promenade nécessaire, comme un homme qui doit sortir son chien. Le vent du crépuscule lui caresse la joue lorsqu'il émerge de l'hôtel. Les façades ornementées, les parterres de fleurs, l'eau irisée sous les ponts de pierre, les cimes des arbres qui se balancent, et le ciel en arrière-plan, tout cela est d'une insupportable et douloureuse beauté. Yoel descend la rue Jacob-Obrecht, puis Reijnier Vinkeleskade, réfléchissant à la quasi-homophonie entre le néerlandais *kade* et le *gadah* hébraïque qui désignent tous deux une berge. Puis il songe qu'il faudrait au moins trois personnes pour entourer de leurs bras le tronc de tous les arbres aux branches épaisses qui ombragent la berge.

Il marche lentement, observant l'eau du large canal sur laquelle se reflètent les derniers rayons du soleil. Il marche lentement, distinguant dans les abondantes frondaisons les oiseaux qui se préparent pour la nuit. Des cyclistes passent par dizaines en un flot ininterrompu. Ils rentrent chez eux après une nouvelle journée de travail ou d'école : des adolescents revenant du lycée à deux ou en groupes, de jeunes enfants à l'arrière du vélo de leurs parents ou à côté de l'un d'eux sur leur propre deux-roues. Ils bavardent tout en pédalant, rient, s'interrogent dans leur charabia guttural, qui a pour Yoel le son du gravier dans la boue. Les mots que se jettent deux cyclistes demeurent parfois suspendus en l'air, même après leur passage. Yoel regarde les syllabes en suspens entre le ciel et la chaussée et songe au temps lointain où il comprenait le néerlandais, où probablement il le parlait, ne seraient-ce que quelques mots. Quoi qu'il en soit, ils lui sont désormais étrangers. Mais cela finalement importe peu, car aucun de ces hommes ne s'adresse à lui, aucun d'eux ne le connaît, ne s'aperçoit de sa présence. Il voit sans être vu, déambule au milieu de tous ces êtres parlants et réels.

Je suis Yoel Blum, se dit-il en hébreu, comme s'il parlait à ce cycliste qui est alors penché sur son guidon pour embrasser la tête du jeune enfant attaché devant lui. Je suis Yoel Blum. Les feuilles des arbres lui adressent une légère révérence.

Néti lui raconte. Que lui raconte-t-elle ? Comment une si petite fille pourrait-elle raconter à sa mère des choses qu'elle est trop jeune pour comprendre ? Des choses de cet automne-hiver-printemps-été où elle se trouvait dans un monde totalement étranger, avec des adultes étrangers, dans des lieux inconnus. Comment pourrait-elle décrire les événements qui ont précédé son séjour dans le baraquement des enfants de Plantage Middenlaan ? Les enfants avec qui elle s'est liée d'amitié, les bébés escamotés, l'un dans un sac à dos, l'autre dans un sac de linge sale ? Et l'auxiliaire qui l'a fait sortir en pleine nuit par la fenêtre, pour la confier à un homme dans la cour, qui l'a ensuite livrée à un autre, en faction de l'autre côté de la palissade et qui sentait la cigarette de papa, lequel l'a enfin remise à sa mère...

Ce n'est qu'en revenant rue Jacob-Obrecht, en passant par la petite place et en rentrant à l'hôtel, qu'il se sent redevenir un être de chair et de sang.

Il s'attarde parfois dans le hall, sans rien faire, attendant qu'Achille apparaisse à la porte, près de la réception. Il erre parfois dans les couloirs, à la recherche de la radieuse silhouette de Joséphine. Seulement pour croiser quelqu'un. Pour s'assurer qu'il est visible, qu'il est bien sur terre, qu'il vit.

Ce matin, Joséphine lui a raconté que sa fille, étudiante en économie à l'université d'Amsterdam, avait remporté la veille une compétition de boxe thaïe et qu'elle avait reçu une coupe. « Ma fille restera dans ce pays, lui dit-elle, et pour la première fois elle ne sourit pas. Mais moi, après la mort de mon père, je retournerai à Curaçao. J'en ai assez du froid. »

Puis elles se cachent ensemble dans la maison vide. Elles dépendent l'une de l'autre, se ressuscitent l'une l'autre, s'aident à survivre. Néti est encore d'âge si tendre, mais ce n'est plus une petite fille. Peut-être, songe Yoel, peut-être que malgré tout elle raconte à sa mère certains épisodes qu'elle a traversés durant les longs mois de leur séparation. Sonia ne la force pas, mais peut-être faut-il qu'il écrive comment elle est passée de mains en mains, d'un endroit à un autre, jusqu'à tomber dans une famille qui la présente à son entourage comme une petite fille chrétienne de Rotterdam, devenue orpheline à la suite des bombardements. Qu'il couche par écrit le plaisir qu'elle avait pris, grâce à son apparence de non-Juive, à la relative liberté dont elle avait pu jouir, comment elle avait étudié avec des enfants de son âge à l'école locale. Et, à la maison, au harcèlement incessant dont elle avait été victime, mais sans pouvoir en saisir la teneur à cause de son jeune âge. Comment cette ignominie avait été découverte par les membres de la Résistance qui l'avaient alors transférée dans une nouvelle famille qui cachait d'autres Juifs. Jusqu'à une rafle de la police qui avait arrêté tout le monde.

D'un côté, Yoel a envie de s'étendre sur les tribulations de Néti. De l'autre, il sait qu'il doit continuer de compiler des notes pour la partie suivante de son récit. Il a conscience que, s'il désire détailler les mésaventures de sa sœur, ce n'est que pour repousser la fin de l'histoire : cette partie ultime qu'il craint d'écrire, qui attend impatiemment d'être racontée. Ce qui succède au confinement de Sonia et de Néti dans les cinq étages du bâtiment qui avait été leur foyer.

Il regarde distraitement les tables de multiplication imprimées au dos de son cahier. Mais seules surgissent les images de la claustration de la mère et de la fille, blotties l'une contre l'autre et se maintenant mutuellement en vie, malgré la faim, le froid et le désespoir. Elles se sustentent des restes de nourriture que Vij parvient de temps en temps à leur apporter sans jamais éclairer l'immeuble. La nuit, à travers la large fenêtre en haut du mur de la cuisine, elles distinguent les jambes d'autres Juifs raflés chez eux. Puis le jour arrive où l'on vient les chercher elles aussi. Leur planque est découverte. La chaîne métallique qui cadenasse la porte d'entrée est arrachée. Elles sont conduites, via Apollolaan, jusqu'au QG de la police verte, près de la rue Beethoven, puis transférées vers le nord, au camp de transit de Westerbork. Yoel se lève de sa chaise, sort sur le balcon, sonde l'immeuble du regard, inspecte chaque fenêtre, chaque étage, puis rentre. Il ferme la porte de l'armoire et ouvre celle de la chambre, et quelques instants plus tard se retrouve dans la rue. Il marche d'un pas rapide, hors d'haleine, marche sur la piste cyclable et manque se faire écraser. Il passe sous les arcades du Rijksmuseum au moment précis où les violons jouent un crescendo dans la *Première Symphonie* de Brahms. Il poursuit son chemin, passe devant les galeries d'art et d'antiquités du Spiegelgracht, traverse le Prinsengracht, puis le Herengracht et le Keizersgracht. Le pouls de la ville résonne dans sa tête. Son eau inonde son cœur. Il se dirige vers la gauche, descend la place Leidse, puis se réfugie dans les espaces ouverts du Vondelpark où les traces de l'ouragan sont encore visibles. Le vent a eu raison de certains arbres. Dans les différents recoins du parc, les employés municipaux s'activent à scier les fûts des arbres déracinés. Ils rassemblent les souches coupées, à l'aide d'une grande grue jaune, qu'ils jettent ensuite dans un camion. Bientôt le parc sera nettoyé. Tout sera déblayé. Tout redeviendra comme avant. Comme au temps où il était interdit à Sonia et à ses enfants d'y entrer ou même d'y jeter un regard de l'extérieur. Une femme au beau visage, amputée d'une jambe, emprunte un sentier sur un tricycle. Une autre promène en laisse deux grands chiens en leur aboyant des ordres en néerlandais. Yoel aperçoit également un groupe de cyclistes israéliens chevauchant des vélos rouges de location, un homme recroquevillé sur un banc, des gros pigeons qui picorent sur la pelouse, et le ciel azuréen strié par le long sillage d'un avion. Sa tête résonne mais il n'a d'autre choix que de rentrer dans sa chambre. Assis à sa table sous le regard compatissant de l'orchidée, il ouvre avec soulagement un nouveau cahier et commence la rédaction de la dernière partie du récit.

QUATRIÈME CAHIER

52.

« Salut, Néti.

– Yoel ! Comment vas-tu ? Tu es rentré d'Amsterdam ?

– Non, Néti. Toujours pas. J'ai quelque chose à te demander.

– Attends un instant, j'éteins la radio. Que veux-tu savoir ?

– Si tu te souviens de la manière dont je me suis comporté dans le train au cours de notre premier voyage ensemble.

– Durant le trajet ? Dans le train ?

– Oui.

– Tu... tu pleurais, Yoel.

– Combien de temps ai-je pleuré ?

– Le voyage a duré plus de deux jours, et toi... tu n'as cessé de pleurer.

– Maman a-t-elle essayé de me calmer ?

– Tu ne la laissais pas t'approcher. On nous a fait voyager dans un wagon à bestiaux, tous les voyageurs étaient assis ou couchés à même le sol, tu t'étais éloigné de maman, et de moi, autant que tu pouvais... Tu étais si petit, si misérable, tu t'étais recroquevillé dans un coin, collé contre la paroi du wagon, et tu pleurais, tu pleurais sans interruption...

– Je disais quelque chose ?

– Tu criais : “Maman, Maman.”

– Je criais : “Maman”…

– Oui, tu mourais de faim, de soif, Yoel, et… tu as fait dans ta culotte, ça puait horriblement… Mais tu ne laissais personne te toucher, ni même t'approcher. Avec maman, on essayait de te tendre la main ou de nous asseoir plus près mais tu poussais de tels hurlements, tout le monde nous regardait, comme si on avait tenté de t'assassiner…

– Et maman ?… N'essayait-elle pas de me toucher ? Que faisait-elle ?

– Que pouvait-elle faire ? Elle était assise aussi près de toi que possible. Mais tu n'étais pas le seul en larmes. Elle aussi pleurait. »

Cette partie de l'histoire commencera, décide-t-il, par une scène dramatique sur le quai de la gare du camp de transit de Westerbork. Et non par les premiers jours de Sonia dans ce camp, ni par sa rencontre surprise avec Martin et Anouk. La scène ne se déroule pas un mardi, jour des convois vers la Pologne, mais celui du départ pour l'Allemagne en direction du camp de Bergen-Belsen, dans le cadre d'une tractation exceptionnelle permettant à des dizaines de Juifs d'être expédiés de Bergen-Belsen en échange de citoyens allemands vivant dans la Palestine sous mandat britannique. Ça se passe à ce moment-là. Sonia est debout sur le quai, Néti à ses côtés. À leurs pieds sont empaquetés quelques rares effets dans une couverture usée dont les quatre coins ont été cousus ensemble. Sonia a les yeux démesurément écarquillés par le manque de sommeil et la faim. Elle attend toujours son fils. Léo. Un émissaire de la Résistance est censé le ramener du village où il a été caché. Elle attend Léo pour monter avec Néti dans le train qui crache déjà de la vapeur : d'ici une minute ou deux, il va partir pour Bergen-Belsen, puis de là vers la liberté. La Palestine. La vie. Martin lui avait promis que Léo lui serait remis avant-hier. Mais il n'est arrivé ni avant-hier, ni hier, ni cette nuit. Ni aujourd'hui.

« Monte ! lui crient les gens du train par les vitres. Monte ! Ne perds pas la seule occasion que tu as de vivre ! »

Sonia ne répond pas. Elle ne leur prête aucune attention.

Soudain, deux Juifs sautent du wagon derrière elle. L'un prend Néti dans ses bras, l'autre s'empare du baluchon qu'il jette dans les bras de Sonia. « Viens ! Dépêche-toi, le train va partir !

– Non, dit-elle, je ne partirai pas sans mon fils.

– Sauve au moins la petite », lui crient des voix.

Il semble que le train s'ébranle ; une fumée noire s'élève, un sifflement aigu retentit, et des soldats allemands vont et viennent rapidement pour vérifier que les wagons sont bien fermés.

Les deux Juifs lâchent Sonia et Néti et reculent au fond du wagon.

Mais voilà qu'un homme s'approche du quai en courant comme un fou.

C'est Martin.

Qui porte-t-il dans ses bras ?

Son fils. Sébastien.

La même vieille Juive que l'autre jour franchit ce matin le seuil du café de la rue Beethoven. Bossue, élégante, les lèvres peintes en rouge vif. Ce matin encore, elle pousse devant elle une poussette d'enfant contenant un petit chien gris aux longs poils retenus par un ruban au-dessus des yeux. Elle gare à nouveau la petite voiture devant l'une des tables, prend contre elle son enfant à fourrure et s'approche du comptoir.

Elle a certainement connu Sonia, pense Yoel en voyant la foule et la circulation envahir la rue comme chaque jour à huit heures. Les tramways se succèdent, les lycéens, symboles de liberté, de jeunesse et de santé, en descendent et traversent la rue pour se rendre dans leurs établissements. Un flot infini de vélos s'écoule devant le café. Un fleuve de bicyclettes, dont des tandems avec parent et enfant. Avec quelle tranquillité ils se meuvent ! Comme ils sont confiants en l'homme et dans le monde ! Avec quelle sérénité ils s'asseyent, dos droit, le regard ouvert devant eux. Les longs cheveux des jeunes filles s'agitent au vent. Certains cyclistes foncent pour traverser le carrefour, d'autres coupent les voies réservées aux tramways, avec cette nonchalance qui leur est propre. Ils prennent le virage de l'intersection et poursuivent leur course avec insouciance.

« Bonjour, Bat Ami.
– Bonjour, mon chéri. Où es-tu ?
– Sur mon balcon.
– Ah vraiment ? Et comment va ton voisin danseur ?
– Il n'est pas encore rentré. Son chat est seul à la maison, plongé dans la rédaction d'un roman.
– Et la psychanalyste ? Toujours occupée à ses dossiers ?
– En effet, elle a une vie difficile.
– Et la peluche ?
– Également. Mais je t'appelais pour te dire que je t'aime.
– Quoi ?
– Je t'aime, Bat Ami.
– Tu… Je… Pardonne-moi de me troubler ainsi, *i shéli*, mais je pense que c'est la première fois que tu me le dis…
– Pardon de ne te l'avoir jamais dit. »

Martin lui tend son fils. « Prends-le », lui dit-il, hors d'haleine. Sonia regarde l'enfant. Le bruit du train, les voix des gens qui crient sifflent dans ses oreilles. Elle se sent terriblement oppressée. Son regard se brouille. « Prends-le, gémit Martin. Prends-le, et nous t'amènerons ton fils… Nous l'amènerons à Bergen-Belsen la semaine prochaine... Tes papiers indiquent que tu as un fils et une fille. Sur les nôtres, il y a notre fils. » Et ce disant, il fait monter Néti de sa main libre dans le wagon dont la porte est encore entrouverte. En un clin d'œil, il pousse le ballot à l'intérieur tandis que Néti hurle : « Maman, maman, monte ! » Anéantie, Sonia se laisse hisser par ses compagnons dans le wagon, avec l'enfant dans les bras : le petit Sébatien Rousso qui, lui lançant des regards apeurés, éclate en sanglots.

Il fait nuit. De la place du Dam, il marche jusqu'à un magasin de vêtements pour femmes de la rue Kalver, mû soudain par l'envie d'acheter, pour la première fois de sa vie, un cadeau à Bat Ami. Posté devant les cintres encombrés, il se rend compte qu'il ignore sa taille et n'a pas non plus la moindre idée de ce qui lui plairait : il envisage de lui choisir une chemise zébrée mais se ravise et sort de la boutique. En haut du palais royal, Atlas, dans un ultime effort, ploie sous la sphère céleste. Les lions en pierre campés des deux côtés de la statue suivent d'un regard inquiet la multitude de jeunes, en majorité des Israéliens, qui s'égayent autour de la place. Yoel emprunte sa ruelle favorite, entre dans le pub irlandais, s'assied à sa table. Anouk est-elle d'accord ? se demande-t-il en savourant sa première bouteille. Anouk a-t-elle consenti au fol échange conçu par Martin ? A-t-elle seulement connaissance de cet accord ? s'interroge-t-il à la deuxième bouteille. Sait-elle ce qu'il compte faire ? Comment réagit-elle quand il revient du quai sans Sébastien ? Que fait-elle quand elle comprend que son fils lui a été retiré, qu'il se trouve entre les mains de Sonia, en route vers l'inconnu ?

Mais que voulait au juste Zohar ? Zohar, sa cadette, dont l'existence était un véritable fiasco – c'étaient ses propres mots –, mais qui, ajoutait-elle, méritait quand même de devenir mère. Il se rappelait comment Bat Ami l'avait envoyé acheter des guzmanias : Zohar travaillait à l'époque à la pépinière du jardin botanique. Ce n'est que maintenant, bête à manger du foin, qu'il comprend que Bat Ami avait trouvé ce stratagème pour qu'il parle avec sa fille, sa fille qui était alors au début de sa grossesse et déterminée à assumer sa monoparentalité mais qui avait besoin du soutien de son père. Il s'était posté devant elle, bras ballants, pendant qu'elle empotait la fleur. Au lieu de prendre de ses nouvelles, de lui demander si elle avait des nausées, si elle avait peur de se retrouver mère célibataire alors qu'elle n'était plus toute jeune, au lieu de toutes ces questions normales et attendues, il lui avait demandé, bête comme il était, bête à manger du foin, si elle était toujours en contact avec Guidi. Ce dernier l'avait quittée il y avait un bon moment déjà, après une relation difficile. La pauvre fille, qui travaillait donc comme pépiniériste parce qu'elle ne parvenait pas à vivre de sa formation d'hydrothérapeute – ou peut-être avait-elle préféré travailler la terre plutôt que l'eau –, lui avait répondu : « Guidi ? Pourquoi aurais-je de ses nouvelles ? » Sa voix s'était étranglée, elle avait détourné la tête, probablement pour qu'il ne voie pas ses larmes, tandis que de sa pelle elle enfouissait de jeunes plants. Mais au lieu d'en rester là, il avait insisté : « Tu n'as pas idée de l'endroit où il pourrait se trouver ? » car il ne savait pas de quoi il aurait dû parler avec elle. De cette même voix étranglée, elle avait rétorqué que Guidi vivait en Italie, qu'il était capitaine, ou plus exactement skipper sur des yachts de riches, et qu'il avait probablement trouvé quelque chose là-bas (il se souvient qu'elle avait dit « quelque chose », et pas « quelqu'un »). Quand elle avait achevé sa plantation, elle avait ajouté des poignées de terre meuble et d'engrais, puis elle avait tassé le tout comme on prépare le lit douillet d'un nouveau-né.

Plus l'heure avance, plus le pub se remplit. Alors que Yoel vide sa troisième bière, l'endroit est saturé de gens, de bruit, de musique et d'odeurs. Deux jeunes garçons, assis à côté, lui demandent dans un anglais hésitant s'il est israélien. Comme il répond par l'affirmative, ils passent à l'hébreu et se présentent : Ido et Tomer. Ils viennent d'avoir leur bac, lui racontent-ils, et passent quelques jours à Amsterdam avant l'armée. « On voulait vous demander quelque chose », lui dit Ido, ou peut-être est-ce Tomer. Et Tomer – ou Ido – d'expliquer : « On est venus avec un copain qui prétend que vous êtes l'écrivain Yoel Blum. La vérité est qu'on est pratiquement sûrs qu'il se trompe, car vous ne lui ressemblez pas du tout.

– On a même regardé sur Internet, s'esclaffe Ido – ou Tomer – en désignant son smartphone, on a trouvé des photos de cet écrivain, et on a vu que vous ne lui ressembliez pas du tout.

– Mais pourquoi malgré cela votre camarade pense-t-il que je suis Yoel Blum ?

– Notre copain est son petit-fils. Autrement dit, il prétend que vous êtes son grand-père. »

Ce n'est que le troisième ou quatrième jour à Westerbork que Sonia découvre avec un coup au cœur que Martin, Anouk et Sébastien se trouvent là eux aussi. Elle y a déjà entendu prononcer le nom de De Lange comme celui d'un des Juifs responsables du sort de ses coreligionnaires, mais il ne lui serait pas venu à l'esprit qu'il s'agissait du banquier Yoseph De Lange d'Amsterdam. Elle croyait que depuis longtemps déjà le banquier avait sauvé sa peau et s'était installé bien à l'abri avec son épouse, sa fille, son gendre et son petit-fils. Mais voilà qu'il s'avère que toute la famille se trouve dans le camp, à l'exception de Mme De Lange, tombée malade et morte peu après avoir quitté son domicile d'Amsterdam.

Sonia et Néti logent avec les autres femmes et enfants dans un baraquement entouré de barbelés. Tout le long des murs du bâtiment s'alignent des lits en bois à trois couchettes superposées. Yoel a la nausée à l'évocation de ces grabats moisis que tout lecteur de récits sur le sujet connaît. Mais que faire à présent que Sonia et Néti se trouvent là ? Que faire lorsque les mots : « Bientôt nous allons embarquer pour l'Amérique » prononcés par Anouk lorsque les deux femmes se retrouvent au camp ne peuvent dissimuler la dure réalité ? « Ma pauvre mère n'aura pas la chance de voir l'Amérique, poursuit Anouk qui cherche en vain à repousser derrière l'oreille une mèche de ses cheveux couleur miel. Mais Martin, Sébastien et moi n'allons pas tarder à partir pour New York. »

Sonia a été terrifiée quand on l'a convoquée avec sa fille aux baraques dévolues aux Juifs privilégiés. Quel n'a pas été son étonnement lorsqu'elle y a retrouvé son ancienne voisine. Anouk a perdu sa fraîcheur. Elle a maigri, ses cheveux sont devenus ternes, mais elle, Martin et le petit sont protégés, ne cesse-t-elle de répéter.

« Tout ça grâce à mon père, fanfaronnait Anouk. Mon père a vu ton nom sur les listes des nouveaux prisonniers et nous a annoncé que Néti et toi étiez arrivées au camp. Lorsque nous avons demandé à vous voir, il a fait en sorte que l'on aille vous chercher ! » Sonia a un haut-le-cœur, car son père, elle ne l'ignore pas, collabore avec les Allemands, c'est l'un des responsables de l'efficace organisation du travail dont s'enorgueillit le camp de transit néerlandais. Dans ce cadre, il aide à établir des listes hebdomadaires de Juifs à déporter vers la Pologne. Les vétérans du camp ont expliqué à Sonia que les trains pour la Pologne quittaient le camp chaque mardi à dix heures du matin ; aussi la liste des déportés était-elle établie dans la nuit de lundi à mardi. « Et De Lange s'assure que le nombre de ceux qui montent correspond exactement au quota exigé. Si un Juif de la liste vient à manquer dans un convoi, De Lange doit aussitôt désigner quelqu'un d'autre. »

Yoel tourne la tête vers l'endroit que les deux garçons pointent timidement du doigt : et au milieu de la foule compacte, ce beau garçon aux cheveux bruns coupés ras, c'est Tal. Tal qui lui fait un signe de la main. Yoel se lève légèrement de son siège, et lui rend son salut – en se demandant comment un grand-père doit se comporter à l'égard de son petit-fils en de telles circonstances.

« Nous allons vous laisser seuls », dit Ido – ou Tomer – au moment où le garçon s'approche. Yoel s'entend protester à voix haute, il crie presque : « Non ! Et pourquoi donc ? Restez et installez-vous avec nous. Je commande tout de suite une tournée de cette excellente bière ! » Tomer et Ido semblent surpris de cette injonction et s'asseyent rapidement. Tal parvient jusqu'à lui et les deux hommes ouvrent les bras sans cependant s'étreindre. L'adolescent pose une main hésitante sur l'épaule de son grand-père, qui tapote à son tour plusieurs fois celle de son petit-fils. « Incroyable ! Mais que fais-tu là ? s'exclament-ils en même temps.

– Non, ta mère ne m'a pas dit que tu allais à Amsterdam avant ton service !

– Non, grand-mère ne m'a pas dit que tu travaillais à Amsterdam sur ton nouveau roman. Ou peut-être que si, mais je n'y ai pas prêté attention ! »

Et c'est tout. Ils ont plus ou moins épuisé les sujets de conversation à leur disposition. Les trois jeunes gens sont assis avec Yoel autour de sa table habituelle, ils boivent à petites gorgées la bière qu'il a commandée et lui jettent des regards craintifs à la dérobée. Oui, ils trouvent que la ville est belle. Non, ils n'ont visité aucun musée. En fait, ils ne se promènent pas beaucoup. Ils sont plutôt venus s'éclater après leur bac et avant l'armée. Oui, ils vont essentiellement dans les coffee shops. Non, ils ne prennent pas de drogue dure. Mais il doit savoir que la plupart des jeunes viennent ici pour les coffee shops. Dans un peu moins de vingt-quatre heures, ils retournent en Israël.

« Tout ça, c'est grâce à mon père », lui dit Anouk. Et c'est vrai que, grâce à Yoseph De Lange, Martin est parvenu à adoucir l'existence de Sonia et de Néti à Westerbork. Sonia a cédé malgré elle : elle ne peut pardonner à De Lange son rôle dans le malheur d'Eddy, dans le sien, et dans celui des Juifs d'Amsterdam en général. Martin n'est lui aussi à ses yeux rien d'autre qu'un misérable collaborateur. Mais moins elle lui cache son mépris, plus il œuvre en sa faveur. Le statut de la famille De Lange confère à Martin certains privilèges, comme de pouvoir posséder une radio qui lui permet de capter les radios occidentales ou de se rendre régulièrement le soir auprès de Sonia – droit octroyé seulement aux détenteurs d'autorisations spéciales à l'heure du couvre-feu. Ainsi s'informe-t-il de sa santé et de ce qui lui manque et lui apporte-t-il des nouvelles sur les différentes forces armées en présence, avec l'espoir que la guerre s'achèvera bientôt.

53.

Le premier convoi de Juifs destinés à être échangés était parti un peu avant que Sonia et Néti arrivent à Westerbork. Depuis, quatre ou cinq autres avaient quitté le camp. Au début, c'est ce qu'on lui avait rapporté, les voyageurs n'étaient pas compressés dans des trains de marchandises, mais assis sur des sièges dans des wagons. Le commandant du camp autorisait les camarades de ceux qui partaient à les accompagner sur le quai, où ils se séparaient en entonnant en chœur la *Hatiqvah*.

Martin lui a appris qu'une autre opération se préparait. Entre-temps, l'écoute des ondes étrangères dont il se faisait l'écho laissait présager des jours meilleurs. La victoire se profilait à l'horizon, lui a annoncé Anouk, bien qu'avant la fin du conflit l'ennemi soit susceptible d'actes extrêmes de désespoir : mieux valait donc être vigilant. Et en effet le nombre de Juifs envoyés en Pologne chaque mardi augmentait. Tout le monde pouvait voir comment on entassait dans les wagons vieillards, enfants et malades sous les aboiements des chiens et les ordres des soldats et tout le monde comprenait qu'on ne les expédiait pas pour pallier le manque de travailleurs. Un train partait, et le décompte des jours et des heures recommençait jusqu'au lundi suivant : qui vivrait et qui mourrait, quels noms figureraient sur la liste du prochain convoi, comment faire pour ne pas y figurer et demeurer à Westerbork une semaine de plus, et encore une autre, dans l'espoir que chaque jour supplémentaire passé sur la terre néerlandaise puisse conduire au salut. Seuls ceux à qui était échue une tâche officielle, ainsi que leur famille, coulaient une existence tranquille, sans craindre pour leur sort. Aux yeux de Sonia, cette tranquillité était égoïste et répugnante, abjecte et perfide.

Un jour, Martin lui annonce qu'un nouvel échange est projeté. Des centaines de Juifs vont de nouveau quitter Westerbork pour Bergen-Belsen et, de là, embarquer pour la Palestine. Cette fois, sa voix tremble : « J'ai réussi à te faire inscrire sur la liste, toi et tes deux enfants. »

Sonia a une seconde d'effroi : qu'en est-il de son Léo ? Comment allait-il arriver jusqu'à elle ? Mais Martin la rassure : « Je m'en suis occupé. La Résistance étudiante t'amènera l'enfant dans les prochains jours. En fait, son homme de liaison est déjà parti chercher Léo au village où il a été caché. » Une immense émotion envahit Sonia à qui son fils a tant manqué, son fils que des parents chrétiens ont élevé comme s'il était le leur, son fils qui ne se souvient peut-être même plus d'elle, qui doit appeler une autre femme « maman » et parler un patois qu'elle ne comprend pas. Lorsqu'elle lui demande : « Et vous ? Pourquoi ne faites-vous pas également figurer vos noms sur cette liste pour recouvrer la liberté ? », Martin lui explique que figurer sur la liste de ceux à qui sont dévolues des tâches officielles dans le camp les empêche de paraître sur une autre. Mais il ne faut pas s'inquiéter pour eux, la rassure-t-il, leur statut privilégié les protège, et le jour viendra où ils pourront aussi partir d'ici.

Une lettre arrive peu de jours après de la Croix-Rouge, confirmant que Sonia Blum, Néti Blum et Léo Blum sont inclus dans l'échange à venir entre des citoyens de Palestine se trouvant sur le territoire allemand et des citoyens allemands vivant en Palestine. Dans la lettre est spécifiée la date de départ du train. Dans le plus grand secret, Martin révèle alors à Sonia que lui, Anouk et Sébastien vont les suivre à Bergen-Belsen avec d'autres dignitaires du camp dans un train affrété spécialement une semaine plus tard.

Dès l'instant où elle apprend que Léo est en chemin, Sonia ne peut plus ni dormir ni manger, et à peine respirer. Elle ignore si l'émissaire de la Résistance a pu arriver en toute sécurité au village situé au sud d'Amsterdam, s'il y a trouvé son petit, s'il a réussi à le soustraire à ceux qui le cachaient, et si Léo, qui l'a évidemment oubliée, acceptera de revenir à elle.

Son téléphone sonne en pleine nuit, l'arrachant à un rêve palpitant, au moment précis où il découvre un secret vital que la sonnerie dissipe irréversiblement. Yoel se réveille en sursaut. Un incendie ! Je m'en doutais, comment m'échapper ? Mais il se calme et répond. C'est Tomer, le camarade de Tal. « J'espère que je ne vous réveille pas, lui dit-il. J'ai eu votre numéro par la mère de Tal, elle m'a dit qu'il valait mieux vous appeler.

– Il est arrivé quelque chose à Tal ?

– Nous avons commencé la soirée dans un coffee shop, lui explique Tomer, puis là on nous a invités à une fête. Tal avait soif et a bu plusieurs verres d'un jus de fruits. Ce n'est que quand il a perdu connaissance qu'on a compris que c'était de l'alcool, et que le mélange de marijuana et d'alcool…

– Tal a perdu connaissance ?

– Oui, enfin, il s'est évanoui. Quoi qu'il en soit, les gens de la fête ont appelé une ambulance, et là on est aux urgences. Le médecin nous a dit que tout ira bien. Le problème c'est qu'il faut payer les frais médicaux, et en plus, on doit libérer cette nuit la chambre qu'on a louée. Notre avion décolle dans quelques heures. Pour être franc, Tal est dans le coaltar, incapable de tenir sur ses jambes, et bien évidemment de prendre l'avion. Alors on a appelé ses parents, et Ronit nous a dit de vous demander… »

Notre-Dame-des-Roses fait entendre un unique son de cloche au moment où l'écrivain Yoel Blum sort précipitamment par la porte de service de l'hôtel Mokum pour courir en direction de la station de taxis du Concertgebouw. Il se rappelle le chauffeur de taxi, probablement mort écrasé, mais il poursuit sa course et s'empresse de sauter dans la première voiture, conduite par une femme d'âge mûr. En toute autre circonstance, il aurait cherché à savoir ce que fait une femme, à plus forte raison une femme de cet âge, dans ce métier. À plus forte raison à cette heure tardive. Mais cette nuit, il ne doit penser qu'à Tal qui a besoin de lui. L'hôpital Saint-Luc est situé à l'ouest de la ville, précisément rue Jan-Toorop. Ido ou Tomer l'attend à l'entrée d'un bâtiment blanc récent et le conduit aux urgences où Tomer ou Ido guette leur arrivée. Ce dernier dit que Tal a à nouveau vomi toutes ses tripes quelques minutes auparavant. Yoel trouve Tal allongé, inerte, les yeux fermés, avec une perfusion au bras. Un instant plus tard, les camarades de son petit-fils le quittent d'une ferme poignée de main. Ils lui disent avoir laissé le sac de Tal chez la propriétaire, puis ils s'en vont.

Yoel parle au médecin, règle l'ambulance et les frais médicaux, et au petit matin aide l'ado chancelant à sortir du taxi qui les a ramenés à rue Jacob-Obrecht. Comme la porte de l'hôtel ne sera ouverte qu'une heure et demie plus tard, il le fait entrer par la porte de derrière et le soutient en montant les marches raides. De fait, il le soulève et, au milieu de l'ascension, le charge sur son dos. Il ne sait où il puise sa force, cependant il porte sa lourde charge sur quatre étages et tout le long du couloir du quatrième. À l'instant où il entre dans la chambre d'un pas mal assuré, Tal se tord et semble étouffer. Yoel fonce avec lui aux toilettes. Tal vomit, tandis que Yoel lui maintient le front d'une main ferme.

Puis pendant de longues heures le grand-père demeure assis sur l'unique chaise, le dos contre l'étroite table qui lui sert de bureau, les yeux rivés sur son petit-fils plongé dans le sommeil. Derrière la porte, la nuit se dissipe peu à peu, une aube pâle dessine les premiers contours des bâtiments et des arbres sur fond gris rougeâtre, comme si une multitude d'yeux regardaient des fenêtres des immeubles dans la petite chambre. C'est toujours la même chambre, mais dans le lit ventru – dont on ne sait si c'est un large lit une place ou une couche étroite pour deux –, est étendu un jeune homme qui n'a pas encore eu le temps de vivre et de vieillir, et dont l'avenir est encore vierge et riche de mille promesses. Yoel l'écoute respirer. Ce sont probablement les substances qu'il a prises qui le font ronfler et lui donnent cet air confus. Il regarde le corps allongé, couvert d'une épaisse couverture, vêtu d'un jogging hivernal qu'il a aidé son petit-fils dans les vapes à enfiler ce matin après lui avoir retiré ses frusques souillées. Comment est-il possible que ce long et robuste corps soit celui, enfantin et léger, qu'il faisait sauter dans ses bras et qu'il serrait tendrement ? Pourquoi Tal l'aimait-il tant en ces jours lointains ?

Toutes les heures, les yeux de l'ado s'ouvrent et fixent, perdus, le vide. Yoel court à son chevet, appuie la tête quasiment rasée de son petit-fils au creux de son coude et tend un verre d'eau à ses lèvres desséchées. Tal avale une petite gorgée, bredouille quelques syllabes inaudibles qui ressemblent à une question, ou à une réponse, puis ses paupières se referment aussitôt, sa tête retombe sur l'oreiller et il replonge dans sa lourde torpeur.

Ce long trajet en train. Les sanglots de l'enfant. Les pleurs de la mère.

Les voies conduisant à la fin de la guerre sont semées d'embûches et périlleuses. Ils n'arrivent à Bergen-Belsen que deux jours et demi plus tard. On regroupe ceux qui ont été sélectionnés pour l'échange dans un périmètre appelé « périmètre des étoiles », du nom de celles qui sont accrochées à la poitrine des prisonniers. Sonia se sent découragée quand elle apprend que se trouvent là des Juifs qui attendent d'être échangés depuis l'automne. Depuis qu'ils sont descendus du train, le malheureux Sébastien Rousso s'agrippe à Sonia comme un bébé singe à sa mère. Il accepte qu'elle lui ôte ses vêtements souillés, qu'elle l'étrille comme un poulain pour retirer sa crasse puis qu'elle le rhabille. Cela mis à part, il refuse de se détacher d'elle. La nuit, Néti et Sonia se blotissent l'une contre l'autre.

D'autres convois humains arrivent et partent chaque jour, mais une semaine plus tard, puis deux, puis trois, toujours aucun signe de Martin, Anouk et Léo.

54.

« Quand Sonia a-t-elle compris qu'ils ne viendraient jamais ? » demande Tal. Le grand-père et son petit-fils se promènent tranquillement dans les environs de l'hôtel, à la demande du garçon qui a lu ses cahiers et voulu voir la façade de l'immeuble, la galerie de Martin et les autres lieux remarquables où l'histoire s'est tissée.

Tal émerge lentement du brouillard où il a failli se noyer. Il refait doucement surface. Yoel remet aussi progressivement un pied dans la réalité. Il ne se serait pas cru capable de passer des journées entières avec quelqu'un sans éprouver le besoin d'écrire, sans être taraudé par la culpabilité. Il observe son petit-fils au lieu de créer, demeure à son chevet au lieu de travailler. Il respire un air gratuit, sans avoir eu à travailler. Comme Rabbi Shimon bar Yohaï et son fils Rabbi Eléazar dans leur grotte de Galilée, Yoel et Tal sont réfugiés au quatrième étage de l'hôtel Mokum. Cachés au monde qui vibre et palpite au-delà des murs de leur chambre-grotte, ils le voient en HD comme jamais auparavant.

Telle une tante inquiète et pleine de sollicitude, Joséphine monte trois fois par jour, apportant cruches de jus de fruits et légumes qu'elle a pris la peine d'accommoder dans la cuisine de l'hôtel. Elle reste debout près du lit, sa peau couleur charbon irradiant de satisfaction tandis que Tal boit ses breuvages revigorants jusqu'à la dernière goutte. Achille aussi vient voir comment se porte son nouvel hôte. Il s'avère très vite que Tal et lui partagent la même passion pour une musique dénommée « deep house ». Ils se plongent dans des conversations codées, accessibles seulement aux initiés, allant jusqu'à ignorer Yoel. Celui-lui leur demande d'où vient ce nom de « deep house ». Ils échangent à bâtons rompus leurs expériences enthousiastes sur le sujet et découvrent que l'un et l'autre pratiquent ce style musical : Tal à la guitare basse, et Achille aux percussions. Yoel est étonné de l'étendue de son ignorance, mais son ordinateur semble plus stupéfait encore lorsque les deux jeunes gens l'arrachent à sa torpeur pour l'entraîner dans le vaste monde virtuel et glaner des chansons qu'ils passent à un volume assourdissant. Au lieu des lettres et mots auxquels Yoel est habitué apparaît à l'écran une multitude de danseurs endiablés en train de boire et de sourire devant la caméra en communiant dans une sorte d'extase.

« J'imagine, reprend Tal, qu'en ne les voyant pas arriver au bout d'une semaine, Sonia a compris. » Mais elle espérait encore qu'ils l'attendraient en Hollande. Les derniers prisonniers juifs qui avaient réussi à échapper aux convois et à demeurer à Westerbork avaient été libérés du camp à la fin de la guerre. Yoseph De Lange et la famille Rousso n'en faisaient pas partie. Ils étaient dans le dernier train que les Allemands avaient eu le temps d'expédier de Westerbork à Auschwitz.

Yoel et Tal se tiennent près de la vitrine de l'ancienne galerie de Martin, recouverte désormais de photos d'appartements à vendre ou à louer. Tal avale sa salive. « Et l'enfant ? demande-t-il. Qu'est-il arrivé à l'enfant ?

– D'après ce que m'a raconté Néti, Sonia espérait que Léo avait malgré tout survécu, mais cet espoir s'est définitivement brisé quand des témoins oculaires lui ont raconté que Martin et Anouk Rousso étaient montés dans un train pour Auschwitz avec leur petit garçon. Ce n'est que plusieurs années plus tard qu'elle a pu consulter la liste des Juifs néerlandais exterminés, où figuraient les noms de Martin Rousso, Anouk Rousso et Sébastien Rousso. Elle a apparemment fait son deuil de Léo avant d'embarquer pour la Terre d'Israël. Et pris la décision que Sébastien Rousso, le fils rescapé, serait le sien. »

Le beau visage de Tal se rembrunit quand il demande : « Alors en fait tu as remplacé son fils quand elle a perdu le sien ?

– C'est ce que j'ai pensé parfois, avoue Yoel. Mais ce n'est pas possible. On ne peut pas remplacer un enfant. »

Ils parviennent jusqu'à la place Jacob-Obrecht, s'asseyent sur un banc sous un vieux chêne, et lèvent ensemble les yeux vers le ciel, au-delà de l'épais feuillage.

« Il aurait été beaucoup plus simple pour elle de se débarrasser de moi, dit Yoel à Tal, mais aussi pour lui-même. Elle aurait pu chercher des proches d'Anouk ou de Martin, me remettre entre leurs mains et poursuivre son existence avec Néti, sans moi. Elle aurait pu se remarier, elle aurait pu donner naissance à d'autres enfants… Je l'ai empêchée de se reconstruire. À cause de moi, elle ne s'est pas autorisée à pleurer son fils. »

« Il n'a personne d'autre au monde, dit Sonia à Néti sur le pont du bateau qui les conduit en Terre d'Israël. Il n'a personne, mais à partir d'aujourd'hui il m'aura moi et il t'aura toi. » La fillette acquiesce, elle comprend, elle accepte. Sonia pose une main sur sa tête et l'autre sur celle de l'enfant lové contre son sein en position fœtale, comme si elle était pourvue d'une matrice externe. « Nous l'appellerons désormais Yoel, dit-elle. Ces gens-là l'ont affublé du nom d'un saint, ce qui leur ressemblait parfaitement. Mais nous l'appellerons Yoel, du nom de ton grand-père. Et aussi en souvenir du pauvre Léo qui était censé s'appeler ainsi. Désormais, c'est notre Yoel. Yoel Blum.

– Yoel Blum, répète Néti.

– Jamais au grand jamais il ne devra connaître son premier prénom. Tu comprends, Néti ? Il ne faudra jamais qu'il sache comment il est arrivé jusqu'à nous, il ne faudra jamais qu'il sache qu'il y avait un autre enfant, car l'essentiel, tu dois comprendre, ma chérie, toi qui es si sage, et je sais que tu comprends, l'essentiel, c'est qu'il ignore à jamais qu'il est issu de ces gens-là. »

Leur bateau flotte telle une fragile embarcation dans l'espace infini. Le soleil s'y noie comme une tache rouge sang. « Si Dieu existe, poursuit Sonia en levant le regard vers l'horizon, peut-être leur pardonnera-t-il. Peut-être par leurs tourments expieront-ils ce qu'ils ont fait. »

55.

Voici la scène : le grand-père et son petit-fils sont installés un après-midi dans l'arrière-salle d'un petit coffee shop du Keizersgracht. N'était cette odeur douceâtre, on pourrait prendre l'endroit pour un café classique. Une dizaine de clients sont installés au bar ou aux petites tables. Dans l'arrière-salle plongée dans une agréable pénombre, ils ne sont que tous les deux à se prélasser sur les coussins moelleux d'un canapé d'angle. On entend en arrière-fond une douce mélodie. D'étonnantes bêtes de proie se meuvent sur l'immense écran plasma et le monde est un nuage de fumée qui s'échappe au loin, bien qu'ils n'aient commandé que deux bouteilles de bière et ne soient venus ici que pour que Yoel voie à quoi ressemble un coffee shop.

Tal, après lui avoir présenté le menu, lui résume les choses à peu près ainsi : « Il s'agit de se libérer, de lâcher prise, pour goûter la liberté, tu comprends, grand-père ? De même, pour croire en Dieu, il faut s'affranchir des limites de la connaissance, n'est-ce pas ? » Yoel tente de se rappeler comment tout cela s'est produit, comment les derniers événements l'ont conduit à ce moment, à cette proximité avec son petit-fils dont il s'était éloigné depuis si longtemps. « La vérité, reconnaît-il, c'est que je ne suis pas très fort pour lâcher prise. »

Tal hausse les épaules et sourit. « Moi non plus, je ne suis pas vraiment expert en la matière. Les copains avec qui je suis venu à Amsterdam se sont drogués et sont parvenus à lâcher prise facilement. Moi, il m'a fallu plus de temps et d'efforts pour éprouver quelque chose. »

Aucune importance, pense Yoel, quelle importance de savoir comment cela est arrivé. Les chats mettent bas d'autres chats, les poissons copulent et se reproduisent, et l'intimité engendre l'intimité. Ce sont les conditions de proximité qui nous ont été imposées qui ont provoqué notre rapprochement. « C'est pour cela, demande-t-il à l'adolescent à voix basse, que le cannabis ne t'a pas suffi ce fameux soir, et que tu as bu autant d'alcool ?

– Tu as tout compris », répond Tal dans un sourire.

Quel sourire charmeur il a ! Le cœur de Yoel se dilate sous l'effet de la tendresse démesurée qu'il ressent pour son petit-fils.

Ils montent jusqu'au Spiegelgracht. À leur droite, une touriste scrute une vitrine remplie d'objets d'art et désigne à son compagnon quelque chose avec une émotion qui suscite chez Yoel de la jalousie : il aimerait être capable d'une telle émotion. Elle s'empresse d'entrer dans la boutique avec son conjoint. À leur gauche, un canard solitaire tout noir avec une rayure blanche de la tête à la queue nage au milieu du canal.

« Je n'ai pas d'opinion sur leur collaboration avec les Allemands », dit Tal. Yoel garde le silence, que pourrait-il dire ? « Il est clair que tu as raison, grand-père, lorsque tu dis que nous ne pouvons les juger, car que savons-nous sur eux, que connaissons-nous de la situation qui était la leur à l'époque ? » Yoel se tait toujours. « Tout ce qu'ils voulaient, c'était survivre, grand-père. C'est un instinct naturel. »

En effet, songe Yoel. Merci, mon cher petit-fils, de comprendre combien les choses sont complexes. Plus tard je t'expliquerai peut-être que beaucoup de collaborateurs croyaient aussi avec la plus grande naïveté que leur collaboration réduirait la souffrance de leurs coreligionnaires et empêcherait la mort de nombre d'entre eux.

Ils gravissent un petit pont au-dessus du Prinsengracht et se tiennent face au courant. « La vérité, poursuit Tal, c'est qu'il m'est très difficile de m'empêcher de la juger.

– De juger qui ? demande Yoel, bien qu'il sache clairement de qui parle Tal.

– Grand-mère Sonia, répond Tal, la femme qui t'a élevé.

– Pourquoi juger grand-mère Sonia ?

– Je suis désolé, grand-père, mais j'ai du mal à comprendre de quel droit elle s'autorisait à juger tes parents biologiques. Non seulement elle les jugeait, mais en plus elle leur a infligé la pire des punitions : toi, leur fils, devais ignorer jusqu'à leur existence. »

Ils s'appuient au parapet du petit pont. Yoel aperçoit une femme en train d'étendre des serviettes sur le pont de sa maison-bateau. Il voit l'eau lentement couler dans le canal. Il voit le reflet du visage d'un enfant charrié par le courant.

« J'essaie pourtant de ne pas la juger, ajoute Tal, car que savons-nous de tout ça ? On peut comprendre ce qu'elle avait contre les De Lange, et même ce qu'elle avait contre Anouk, mais pourquoi effacer également la mémoire de Martin ? Qu'a-t-il fait de mal ? C'était le meilleur ami d'Eddy et il a fait tout son possible pour sauver Sonia et ses deux enfants. »

Cette nuit-là, Tal s'enfonce facilement dans un sommeil paisible sur le lit de camp qu'Achille a réussi à faire tenir dans la petite chambre. Mais la question qu'il a posée ne dort pas, elle : de quoi Martin était-il coupable ?

Yoel se rend compte que cette question le taraudait avant

même que Tal ne la formule. Elle le consumait intérieurement, et peut-être cela s'est-il traduit inconsciemment par son fantasme qu'un incendie anéantisse l'hôtel Mokum.

Si un incendie se déclarait, il s'enfuirait de l'hôtel comme Bat Ami et lui l'avaient fait une nuit à Istanbul. De retour d'un long voyage, ils avaient fait escale en Turquie avant de rentrer chez eux et, cette-nuit-là, ils avaient été arrachés à leur sommeil par un violent tremblement de terre. Quand ils avaient vu leur chambre tanguer, ils avaient éclaté d'un rire hystérique. « Qu'est-ce que c'est que ça ? criait Bat Ami. Comment les Turcs peuvent-ils vivre ainsi ? » Comme si un tremblement de terre d'une magnitude de 7,4 sur l'échelle de Richter se produisait chaque nuit dans ce pays. Au bout de vingt longues secondes, les secousses avaient cessé et un silence de mort s'était installé, suivi d'un bruit de battements d'ailes de milliers d'oiseaux s'envolant de concert de tous les arbres de la ville. Ils avaient essayé d'allumer la lumière de la chambre, mais l'électricité avait sauté. Ils avaient alors enfilé les premiers vêtements qui leur étaient tombés sous la main dans l'obscurité et avaient cherché leur chemin vers la sortie avec les autres clients de l'hôtel. Tout le monde s'était regroupé dans la rue étroite, tous se réconfortaient en se souriant, soulagés. Parmi eux, une femme âgée avec sur le dos une simple nuisette transparente et à la main son passeport. Il y avait également un homme qui avait perdu ses lunettes et qui ne voyait rien. Mais aussi deux sœurs de Rishon Le Zion dont c'était le premier voyage en dehors des frontières d'Israël. Pendant que leurs maris somnolaient sur les marches d'entrée de l'établissement, elles ne cessaient de s'invectiver : « Tu vois comment c'est à l'étranger ? Ne t'avais-je pas dit que mieux valait rester au pays ? » Ce n'est que deux jours plus tard que l'on avait mesuré l'ampleur de la catastrophe :

des milliers d'hommes, de femmes et d'enfants avaient été enterrés vivants durant ces vingt secondes.

Mais de quoi Martin était-il coupable ?

Le jeudi, Tal annonce qu'il est tout à fait requinqué, et le soir même Achille l'emmène écouter de la deep house dans un club néerlandais authentique, ignoré des touristes et fréquenté seulement par la jeunesse locale. (Achille : C'est une bonne chose que ce soir je n'aie pas cours. Yoel : Quel cours ? Achille : Je suis des séminaires quatre soirs par semaine. Je suis en deuxième année de droit. J'ai cours de sept heures et demie à onze heures et demie du soir. Vous avez certainement remarqué, monsieur l'écrivain, que pendant la journée je parais toujours fatigué, non ?)

« Dommage que je rentre samedi », dit Tal en revenant, heureux, de sa soirée au club. Il pénètre dans la chambre juste après les trois coups à Notre-Dame-des-Roses, frais comme un gardon, comme si on avait sonné trois heures de l'après-midi. Il balance son manteau dans un coin. « Ça te dirait que ce shabbat nous allions prier dans la synagogue portugaise ? Qu'en penses-tu, grand-père ? » demande-t-il.

56.

Ils quittent l'hôtel le samedi matin et tous les shabbats qu'a connus Amsterdam, tous ces shabbats les escortent à travers les rues, traversent avec eux les ponts à l'effigie de la Couronne au-dessus de l'Amstel, et débouchent avec eux sur la place Waterloo pour se diriger vers l'Esnoga. Lorsqu'il fait aussi froid, l'office de shabbat n'est pas célébré dans le temple principal, trop grand pour être chauffé, mais dans l'une de ses annexes, un bâtiment de l'ancien quartier juif, une petite salle où a enseigné Rabbi Moshe Chaim Luzzatto entre sa fuite d'Italie, persécuté pour son intérêt pour la Kabbale, et son installation en Terre d'Israël où il devait périr, lors d'une épidémie, avec sa femme et son enfant. À présent l'on chante : « Béni soit Celui qui a donné la Torah au peuple d'Israël », puis c'est la lecture de la péricope hebdomadaire. À la troisième section de la lecture de la Loi, le bedeau Kastiel se racle la gorge, et annonce à haute voix : « Que Yoel Sébastien, fils de Martin, se lève. » Yoel regarde à droite, à gauche et derrière lui pour vérifier que personne d'autre, dans le public, ne répond au nom de Yoel Sébastien, fils de Martin. Ce n'est que lorsque Tal lui tapote l'épaule en lui souriant avec une émotion contenue qu'il saisit que c'est lui que l'on appelle à l'estrade du lecteur. Il s'empresse alors de resserrer son châle de prière sur ses épaules et se lève. Le sol, avec ses pilotis plantés dans l'eau, se dérobe sous ses pieds au moment où il accède à l'estrade que ses ancêtres ont gravie avant lui. Il effleure du bout du doigt le Livre que ses pères ont touché avant lui. Il articule : « Béni soit Celui qui nous a choisis et nous a donné sa Loi » comme ses ancêtres l'ont fait autrefois. Quand Kastiel, avec la cantilation sépharade, entonne : « Que Celui qui a béni nos pères, Abraham, Isaac et Jacob, bénisse Yoel Sébastien, fils de Martin », Yoel ne s'est jamais senti aussi vivant.

Puis, entre les châles de prière, les chapeaux cylindriques et les poignées de mains rituelles, son petit-fils s'approche de lui, et tous deux s'étreignent affectueusement.

« Voilà, se dit Yoel tard dans la nuit, après avoir raccompagné Tal à l'aéroport, gravissant ses quatre étages en haletant pour revenir dans sa chambre vide. Voilà, ça suffit. » Il sera bientôt libre de partir à son tour pour rentrer à la maison. Sur le balcon, où règne désormais un froid mordant, il cherche au-delà des arbres noirs un bout de la lyre surplombant l'édifice du Concertgebouw, mais il ne trouve que des nuages, de l'obscurité et des fenêtres impénétrables. L'immeuble est lui aussi plongé dans la torpeur, bien qu'il distingue deux faibles lumières, l'une à hauteur du sous-sol, l'autre au dernier étage, qui semblent se faire des clins d'œil. Le souvenir de l'honneur qui lui a été donné de lire la Loi ce matin même à l'Esnoga l'exalte encore, autant que la pensée que tout cela a été organisé par Tal. L'adolescent savait, avant même qu'il l'ait imaginé lui-même, à quel point il désirait être appelé par son vrai nom.

« Comment savais-tu que c'est ce que je voulais ? » lui a-t-il demandé au terminal. Tal a haussé les épaules et souri. « J'en savais rien, mais j'avais comme un pressentiment. » Ils étaient postés devant le comptoir de la compagnie El Al, qui, comme dans tous les aéroports, est relégué tel un honteux ghetto assigné au peuple élu tout au bout du hall d'embarquement : les couleurs de son drapeau l'acculent dans un coin comme Joseph avec sa tunique de couleur précipité au fond d'un puits par ses frères. Ils se sont finalement rendus tous deux jusqu'à la porte, puis se sont serrés dans les bras avant de se séparer. Voilà, s'est dit Yoel, voilà le fils d'Anouk et de Martin Rousso qui étreint l'arrière-petit-fils d'Anouk et de Martin Rousso. Puis, soudain, les différentes pièces du puzzle se sont assemblées. Il a compris ce qu'il avait refusé de comprendre, il a chancelé, et l'adolescent a resserré son étreinte, l'a soutenu de ses bras robustes jusqu'à ce qu'il se raffermisse sur ses jambes. Puis le jeune homme l'a doucement lâché et lui a dit : « Merci pour tout, grand-père. » Il a pris son vol, avant de revêtir quelques jours plus tard son uniforme de soldat.

« C'est vrai, Néti ? Maman t'a dit que c'est ce que Martin avait fait ?

– Je suis désolée, Yoel. Cette partie de l'histoire, je n'avais vraiment pas l'intention de te la dévoiler.

– Que t'a-t-elle dit sur lui, Néti ? Que t'a-t-elle dit sur Martin ?

– Ce que tu viens de me dire à l'instant, Yoel. Ce que toi et ton petit-fils perspicace avez compris par vous-mêmes.

– Mais quoi précisément ? Qu'a-t-elle dit précisément sur ce que Martin avait fait ?

– Elle m'a raconté… elle m'a raconté que Martin, dès le début, avait procédé intentionnellement à l'échange des deux enfants. Qu'il avait agi ainsi pour sauver son fils.

– C'est ce qu'elle t'a raconté exactement ?

– Oui, Yoel, je suis désolée… Au début, elle en parlait beaucoup.

– De quoi parlait-elle ? Que t'a-t-elle dit d'autre, Néti ?

– Elle pensait que Martin savait, par la radio et d'autres sources, que sa famille courait un grand danger. Que par conséquent il avait décidé de tout faire pour que son fils reste en vie en trouvant quelqu'un qui le fasse sortir du camp aussi vite que possible.

– …

– Yoel ?

– Oui, oui, j'écoute, Néti.

– Voilà. C'est tout ce qu'elle m'a raconté. Mais lorsque tu as grandi, elle a cessé de parler de ça, mais… En fait, quelle importance.

– Mais quoi ? Qu'allais-tu dire ?

– Rien de particulier. Il me semble que j'en ai déjà trop dit.

– Je te demande de ne rien me cacher.

– La vérité c'est que même après plusieurs années, maman me racontait encore que plus elle y pensait, plus elle était persuadée que Martin n'avait jamais eu l'intention de lui ramener Léo à temps. Que dès le départ, lorsqu'il avait réussi à lui procurer l'autorisation d'emmener avec elle un enfant, il n'avait fait cela que pour sauver son fils. Sébastien. C'est-à-dire, toi.

– …

– Tu es toujours là, Yoel ?

– Oui, oui, Néti… Je…

– Je suis désolée, Yoel, je suis vraiment désolée que tu aies découvert tout cela. »

57.

Que veut-il ? Que veut-il et que fait-il dans cet autobus néerlandais en route vers les villages situés au sud d'Amsterdam ? Qui compte-t-il trouver là-bas étant donné qu'il n'a pas la moindre idée du nom du village ni même de la région où l'enfant Léo Blum avait été caché ? Néti, à qui ces derniers jours il téléphone une, voire deux fois par jour, prétend que Sonia aussi ignorait le nom du village ou celui de sa famille d'adoption. À un moment, s'est-elle souvenue, peu après leur installation en Israël, Sonia avait cherché à se renseigner. Mais elle avait appris que seuls deux ou trois membres de la Résistance savaient où son fils était caché, seuls deux ou trois jeunes étudiants, parmi lesquels cette Katya dont on avait toujours ignoré si c'était le vrai nom. Mais pas un seul n'avait survécu. « Oui, a conclu Néti, oui, Katya aussi avait disparu, et maman désespérait de jamais trouver la moindre information sur la dernière période de la vie de Léo. » En l'écoutant, Yoel songeait à la Sonia de son enfance et de sa jeunesse, Sonia marchant droit devant elle, rue Herzl à Netanya, et lâchant du haut de sa taille fière : « Laissons là le passé. Depuis, l'eau a coulé sous les ponts. »

« Et comment savons-nous qu'il n'a pas survécu ? a-t-il demandé à sa sœur la fois d'après. Peut-être est-il toujours vivant ? »

Néti n'a pas compris : « Qui donc est vivant ? De qui parles-tu ?

– Léo. Je parle de Léo. Peut-être Martin n'a-t-il pas envoyé la Résistance le chercher ? Peut-être est-il simplement demeuré dans le village ? »

Néti était scandalisée : « Quelle idée, Yoel ! » Sa voix, dans la colère, ressemblait à celle de Sonia. Non pas celle, aimée, qu'elle avait lorsqu'elle s'adressait à lui, mais ce ton acerbe et incisif qu'elle adoptait pour éloigner d'elle ceux qui auraient souhaité sympathiser et se lier à elle. « Comment peux-tu poser une question pareille, a poursuivi Néti, quand tu as très bien compris que le pauvre Léo avait été exterminé ! Des gens n'ont-ils pas vu Martin et Anouk Rousso monter avec lui dans un convoi ? Ce que corrobore encore un registre officiel selon lequel ils sont morts ensemble avec un petit enfant. »

En l'entendant au téléphone, il se l'est représentée devant sa fenêtre qui donne sur le mont Guilboa et les champs de dattiers alentour et il est demeuré sans voix. Et voilà qu'à présent il quitte Amsterdam pour parcourir des villages, il traverse des zones industrielles, passe devant de grands bâtiments et des usines, des blocs de logements dotés de balcons. Puis, tout au long du chemin, des rangées d'arbres, et derrière des champs, des canaux, des polders semés d'anciens moulins à vent ou de récentes éoliennes.

« Mes parents, lui avait raconté Raphaels, ont été obligés de chercher longtemps pour me retrouver. J'avais déménagé plusieurs fois, et ce n'est que par hasard qu'ils ont réussi à me localiser. Ma mère a été persuadée, dès le premier instant, que j'étais en effet leur fils. Mais mon père a toujours douté. Peut-être toute sa vie a-t-il pensé que j'étais l'enfant d'un autre couple… » Raphaels lui avait encore parlé de ces Juifs revenus brisés de la guerre, physiquement et moralement, et qui aussitôt étaient partis à pied ou à vélo à travers le pays à la recherche de leurs enfants cachés. Beaucoup de familles adoptives n'avaient pas fait enregistrer officiellement ces enfants, beaucoup s'y étaient attachées et avaient essayé de les dissimuler à leurs vrais parents pour les garder auprès d'elles.

« Souviens-toi, Yoel, et ne l'oublie jamais, lui répétait sa mère dans son enfance. Il y a ta mère, ta sœur et toi. C'est tout. Et rien d'autre ne compte. »

Il descend dans le premier village desservi par l'autobus et déambule à travers les rues. Dans cet endroit, ou dans un lieu semblable à celui-ci, a vécu le petit Léo. Ses yeux bleus ont vu ces larges étendues ou d'autres similaires. Il a joué sur les berges de ce canal ou sur d'autres semblables. Et c'est à travers des ruelles aussi pittoresques que celles-là qu'il revenait vers la cabane, semblable à celle-ci, dans laquelle ses parents adoptifs l'avaient élevé. Est-il possible – même si cela défie toute logique – que l'une de ces personnes soit Léo ? Il fixe chaque homme qui pourrait avoir l'âge de Léo aujourd'hui, s'il n'est pas mort. Il cherche sur tous ces visages des traits qui ressemblent à ceux de Sonia ou de Néti. Dans une épicerie où il entre pour s'acheter un yaourt et du pain, il se rappelle un passage du Talmud sur la ressemblance fréquente entre un fils et le frère de sa mère. Il lui semble alors que l'épicier a l'âge requis et qu'il ressemble au défunt fils de Néti, Israël. Il commence à interroger en anglais l'homme étonné, lui demande le nombre d'habitants de ce joli village, s'il est né et a grandi ici, et ne le lâche pas jusqu'à ce que l'homme, fatigué par son interrogatoire, se tourne et s'adresse en néerlandais au client suivant.

Arrête de te faire des idées, se dit-il en sortant de la pénombre du magasin pour retrouver la lumière de midi. Il y a dans les environs des dizaines de villages semblables à celui-ci où vivent des hommes de l'âge de Léo. Qui te dit qu'il n'a pas quitté le village pour la ville après son bac ? Peut-être a-t-il suivi, sans le savoir, le chemin de son père biologique pour devenir médecin dans un grand hôpital ? Ou peut-être a-t-il rejoint la troupe d'un cirque itinérant ? Et pourquoi pas ? Ou bien a-t-il émigré des Pays-Bas ? Ou bien est-ce qu'il est en effet mort avec Martin et Anouk ? Ou seul, mort comme tant d'autres enfants juifs ?

58.

Il s'est rasé. Est allé chez le coiffeur. A enfilé sa veste bien taillée et s'est coiffé de sa casquette. Il allait bientôt prendre l'avion. Il allait bientôt rentrer à la maison.

Pour son dernier jour à Amsterdam, il s'est rendu au Vondelpark pour dire adieu à l'arbre tombé pendant la tempête. Puis il est allé dire au revoir aux musées et il est resté longuement en compagnie de la mer de Jan Toorop, de l'*Autoportrait aux sept doigts* de Chagall, ainsi que de Vincent Van Gogh. Quand il est passé pour la dernière fois sous les arcades, il a entendu jouer une partita de Bach pour violon seul, comme si cette mélodie lui était tout spécialement destinée. Dans la rue Jacob-Obrecht, il a aperçu à la tombée de la nuit la jeune mère qui pédalait à vélo avec sa petite fille assise devant elle. Il a vu la fillette dire quelque chose à sa mère, qui en réponse a caressé la tête de l'enfant tout en continuant d'avancer doucement.

Il a décidé d'acheter un cadeau (une petite robe ? un jouet en peluche ?) pour le bébé de Zohar. Il fallait qu'il se souvienne du prénom du bébé (ne pas oublier d'interroger Bat Ami), qu'il demande comment il allait, comment allait Zohar et lui dire qu'il était fier d'elle.

Il a vu l'obscurité s'installer peu à peu. La lumière apparaître aux fenêtres. Et l'intérieur des habitations ceintes de murs, protégées par tous leurs tableaux, lampes, tables, tapis, bibelots, livres et vases. Sur le rebord d'une fenêtre, il y avait toujours les deux pots, l'un contenant des pinceaux, l'autre des tubes de peinture. Dans la galerie d'art de Martin transformée en agence immobilière, il a vu que des gens s'intéressaient à des biens à acheter ou à louer et étaient peut-être sur le point de signer des contrats. Le café brun se remplissait peu à peu. Quand il est passé devant l'entrée, les cloches de Notre-Dame ont sonné, et il a compté six coups. Vij riait derrière son comptoir, près de ses œufs durs et de ses noisettes.

Son tournesol était depuis longtemps fané dans sa bouteille verte. Désolé de ne pouvoir emporter au moins son orchidée en Israël, il l'a offerte à Joséphine qui, embarrassée et la larme à l'œil, l'a serré dans ses bras.

En sortant de l'hôtel, traînant sa valise et son sac jusqu'au taxi qui devait le conduire à l'aéroport, il a failli entrer en collision avec deux jeunes femmes sveltes qui descendaient les marches jusqu'au hall d'entrée. Alors qu'elles le dépassaient, il a entendu l'une d'elles s'adresser en hébreu à son amie : « Je ne peux pas le croire ! C'est l'écrivain Yoel Blum, tu as vu ? »

Il voudrait écrire ce livre comme Vincent Van Gogh a peint : verser généreusement ses couleurs, les malaxer avec son pinceau comme on modèle l'argile pour donner forme à son esprit, couche après couche. Il voudrait, à l'instar du peintre, oser prendre une feuille de papier sur laquelle il aurait dessiné la rue d'une ville ou un nid d'oiseau pour la retourner et griffonner au verso un autre autoportrait. Comme lui, il aimerait travailler dehors, dans le vent ou sous la pluie, de sorte que, sous les différents portraits superposés, on puisse un jour déceler des grains de poussière ou des brindilles.

Il voudrait aussi que son nouveau roman ressemble à cette toile petit format, large comme la fenêtre de l'appartement du sous-sol, sur laquelle le peintre a représenté des poiriers baignant dans une lumière crépusculaire : l'or scintille à travers les frondaisons, jusqu'à un sentier qui disparaît au loin.

Dans la queue d'enregistrement de la compagnie aérienne israélienne, un groupe attend devant lui, des Néerlandais d'âge mûr et trapus, apparemment heureux d'aller en Terre sainte. Ils ne cessent de plaisanter dans leur langue gutturale et rocailleuse. Derrière lui, un Israélien demande à son épouse pourquoi les femmes doivent toujours porter quelque chose, dans leur sac ou dans leur ventre. Un autre homme, un de ces magnats qui ont fait fortune dans les hautes technologies et dont l'État hébreu est si fier, conclut sa conversation avec son voisin en disant : « On n'y peut rien, nous sommes une île, et la mer est du bon côté de l'île. »

En se dirigeant vers la porte d'embarquement, Yoel songe aux protocoles identiques qui régissent tous les aéroports, à tous ces terminaux qui se ressemblent, au point qu'en franchissant la porte d'embarquement on a du mal, parfois, à se souvenir dans quel pays on se trouve. Comme il est touchant de voir avec quel sérieux les gens se plient aux règles, se cramponnent à ces prétendus ordres et consignes, comme les personnages des gravures des maisons infinies d'Escher qui ne vont nulle part. Chacun se rend à sa porte et à son siège pour voyager d'un point A à un point B sur un minuscule globe tournant sur lui-même. Mais l'unique voie sur laquelle ils avancent est en fait celle qui les conduit à leur mort.

Alors qu'il suit les instructions imprimées sur le petit carton qu'on lui a remis, il aperçoit un aquarium encastré dans le mur en marbre du hall. Un petit enfant, qui n'est plus tout à fait un bébé, se glisse dessous en tendant sa menotte vers les poissons d'ornement qui s'agitent dans l'immense réservoir transparent. « Des poissons ! Je veux voir les poissons ! » gazouille-t-il. Malgré le brouhaha ambiant, ses jeunes parents l'entendent, et la mère rayonne tandis que le père soulève l'enfant de ses bras vigoureux pour qu'il puisse mieux voir les poissons.

« LES GRANDES TRADUCTIONS »

(extrait du catalogue)

VIOLA ARDONE
Le Train des enfants
traduit de l'italien par Laura Brignon

ELIAS CANETTI
Histoire d'une jeunesse, la langue sauvée, 1905-1921
Les Années anglaises
traduits de l'allemand par Bernard Kreiss
Le Flambeau dans l'oreille, histoire d'une vie, 1921-1931
traduit de l'allemand par Michel-François Démet
Jeux de regard, histoire d'une vie, 1931-1937
traduit de l'allemand par Walter Weideli
Le Livre contre la mort
traduit de l'allemand par Bernard Kreiss

VEZA ET ELIAS CANETTI
Lettres à Georges
traduit de l'allemand par Claire de Oliveira

ELIAS CANETTI ET MARIE-LOUISE MOTESIZKI
Amants sans adresse, correspondance 1942-1992
traduit de l'allemand par Nicole Taubes

DANIEL DEFOE
Robinson Crusoé
traduit de l'anglais par Françoise du Sorbier

JOÃO GUIMARÃES ROSA
Diadorim
traduit du portugais (Brésil) par Maryvonne Lapouge-Pettorelli
Sagarana
Mon oncle le jaguar
traduits du portugais (Brésil) par Jacques Thiériot

DANA GRIGORCEA
La Dame au petit chien arabe
traduit de l'allemand par Dominique Autrand

GEORG HERMANN
Henriette Jacoby
traduits de l'allemand par Serge Niémetz

IAKOVOS KAMBANELLIS
Mathausen
traduit du grec par Solange Festal-Livanis

YASUNARI KAWABATA
Récits de la paume de la main
traduit du japonais par Anne Bayard-Sakai et Cécile Sakai
La Beauté, tôt vouée à se défaire
traduit du japonais par Liana Rossi
Les Pissenlits
traduit du japonais par Hélène Morita
Première neige sur le mont Fuji
traduit du japonais par Cécile Sakai

YASUNARI KAWABATA ET YUKIO MISHIMA
Correspondance
traduit du japonais par Dominique Palmé

GUYLA KRÚDY
L'Affaire Eszter Solymosi
traduit du hongrois par Catherine Fay

OTTO DOV KULKA
Paysages de la métropole de la mort
traduit de l'anglais par Pierre-Emmanuel Dauzat

MICHAEL KUMPFMÜLLER
La Splendeur de la vie
traduit de l'allemand par Bernard Kreiss

DORIS LESSING
Le Carnet d'or
Les Enfants de la violence
traduits de l'anglais par Marianne Véron
Journal d'une voisine
traduit de l'anglais par Marianne Fabre
Si vieillesse pouvait
traduit de l'anglais par Natalie Zimmermann

PRIMO LEVI
Le Système périodique
traduit de l'italien par André Maugé

THOMAS MANN
Les Confessions du chevalier d'industrie Felix Krull
Dr Faustus
traduits de l'allemand par Louise Servicen

SÁNDOR MÁRAI
Les Braises
traduit du hongrois par Marcelle et Georges Régnier
L'Héritage d'Esther
Divorce à Buda
Un chien de caractère
Mémoires de Hongrie
Métamorphoses d'un mariage
Le Miracle de San Gennaro
traduits du hongrois par Georges Kassai et Zéno Bianu
Libération
Le Premier Amour
L'Étrangère
La Sœur
Les Étrangers
Les Mouettes
Ce que j'ai voulu taire
La Nuit du bûcher
Dernier Jour à Budapest
Journal, t. 1, Les Années hongroises, 1943-1948
traduits du hongrois par Catherine Fay

ROSELLA POSTORINO
La Goûteuse d'Hitler
traduit de l'italien par Domoinique Vittoz

CHRISTOPH RANSMAYR
La Montagne volante
Le Syndrome de Kitahara
Atlas d'un homme inquiet
traduits de l'allemand par Bernard Kreiss

MORDECAI RICHLER
Le Monde de Barney
traduit de l'anglais (Canada) par Bernard Cohen

MADELEINE ST JOHN
Les Petites Robes Noires
traduit de l'anglais (Australie) par Sabine Porte

ARTHUR SCHNITZLER
Gloire tardive
traduit de l'allemand par Bernard Kreiss

SOPHIE TOLSTOÏ
À qui la faute ? Réponse à Léon Tolstoï
traduit du russe par Christine Zeytounian-Beloüs

F.X. TOOLE
Coup pour coup
traduit de l'anglais (États-Unis) par Bernard Cohen

NICK TOSCHES
La Main de Dante
Le Roi des Juifs
traduits de l'anglais (États-Unis) par François Lasquin
Moi et le diable
traduit de l'anglais par Héloïse Esquié

DUBRAVKA UGRESIC
Le Ministère de la douleur
traduit du serbo-croate par Janine Matillon

ERICO VERISSIMO
Le Temps et le Vent
Le Portrait de Rodrigo Cambará
traduits du portugais (Brésil) par André Rougon

Composition Nord Compo
Impression CPI Bussière en février 2021
Éditions Albin Michel
22, rue Huyghens, 75014 Paris
www.albin.michel.fr
ISBN : 978-2-226-44824-8
ISSN : 0755-1762
N° d'édition : 23856/01 – N° d'impression : 2054443
Dépôt légal : mars 2021
Imprimé en France